KB237503

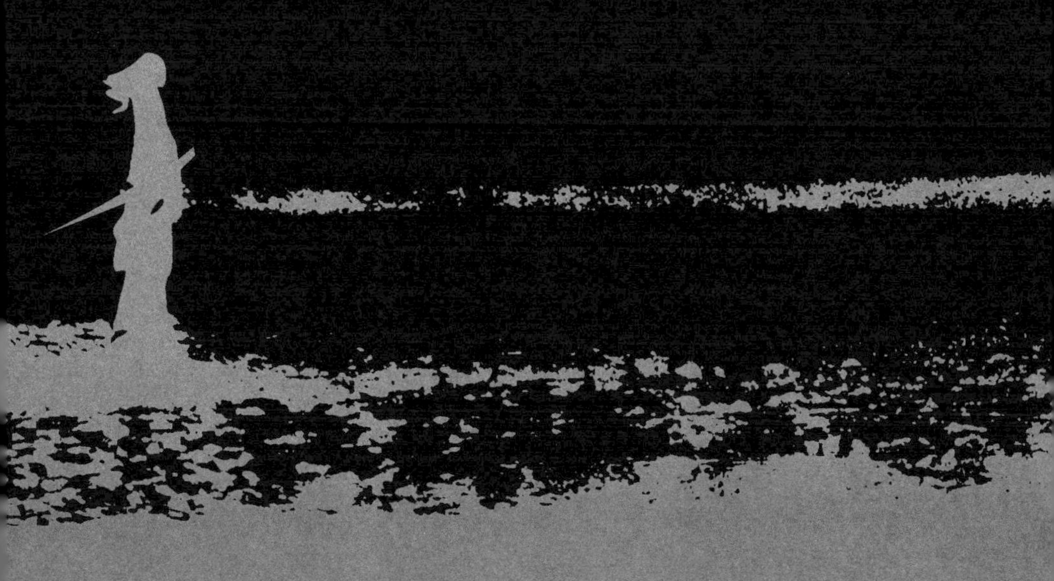

청평조
清平調詞

구름 닮은 옷차림 꽃과 같은 생김새
봄바람 난간을 스쳐 가고 이슬 맺힌 꽃 질어만 가네
만약 군옥산 머리에서 만나지 않았다면
정녕 요대의 달빛 아래서 만날 수 있으리

雲想衣裳花想容
春風拂檻露華濃
若非群玉山頭見
會向瑤臺月下逢

天龍神舞

천룡신무

천룡신무 9

월인 新무협 판타지 소설

초판 1쇄 찍은 날 § 2006년 10월 18일
초판 1쇄 펴낸 날 § 2006년 10월 28일

지은이 § 월인
펴낸이 § 서경석

편집장 § 문혜영
편집책임 § 장상수
편집 § 이재권 · 유경화

펴낸곳 § 도서출판 청어람
등록번호 § 제1081-1-89호
등록일자 § 1999. 5. 31
어람번호 § 제2-1035호

주소 § 경기도 부천시 원미구 심곡1동 350-1 남성B/D 3F (우) 420-011
전화 § 032-656-4452   팩스 § 032-656-4453
http://www.chungeoram.com
E-mail § eoram99@chollian.net

ⓒ 월인, 2005

ISBN 89-251-0362-1 04810
ISBN 89-5831-616-0 (세트)

天龍神舞

천룡신무

월인 新무협 판타지 소설

9

천상화(天上畵) · 완결

도서출판 청어람

목차

第八十五章
황금빛 서기(瑞氣)

황금빛 서기(瑞氣)

"이리 줘보시오."

진우청은 빼앗듯이 화선지를 손에 들고는 온 신경을 집중했다.

그의 뇌리에는 경설형의 피로 찍은 용 문양과 먹물로 찍은 열쇠 문양이 겹쳐지며 불현듯 한 가지 생각이 떠올랐다.

"사숙……!"

을지소소가 놀란 눈으로 진우청을 쳐다보았다. 평소의 그답지 않게 진우청은 흥분하고 있었다.

"사숙! 뭔가 생각나는 게 있습니까?"

장위봉도 초조함을 감추지 못하고 질문을 던졌다. 하나 진우청은 그 말을 듣지도 못한 듯 두 개의 문양이 겹쳐져서 만들어진 새로운 문양에 온 신경을 집중시키고 있었다.

이윽고 진우청은 경설형의 손에서 소도마저 건네 들었다. 그리고는 경설형이 했던 것과 같이 소도 끝으로 손등을 찍었다.

모두들 숨소리도 내지 않고 쳐다보는 가운데 진우청은 비상하는 용 문양에 자신의 피를 떨어뜨렸다.

"아!"

조송령이 불식간에 탄성을 토했다. 옥패 위로 피를 떨어뜨리자 경설형 때와는 달리 진우청의 피는 모래 속으로 물이 스며들 듯 한 방울도 남김없이 옥패 속으로 스며들고 있었다.

흙도 아닌 옥패 속으로 피가 스며드는 기이한 현상이 한참이나 이어졌다.

진우청은 계속해서 용 문양 위, 옥패 속으로 자신의 피를 흘려 넣었다. 옥패는 진우청의 피를 다 빨아들일 듯 흡수하고 있었다.

우우웅—

어느 순간 옥패에서 낮고 청량한 진동음이 흘러나왔다.

듣는 것만으로도 마음이 맑아지며 머릿속의 잡스러운 상념들이 모두 사라지게 하는 진동음이었다. 그리고 다음 순간 진동음은 사라지고 용 문양 위로 한줄기 선이 그려지기 시작했다.

용의 비늘을 따라 선명한 황금색 선 한 가닥이 기묘한 형상으로 그려져 나갔다.

진우청은 혼백이 빨려들 듯 그 선을 주시했다.

다섯 사질도 어린애 손바닥만 한 옥패가 만들어내는 기이한 장면에 온통 정신을 빼앗겼다.

옥패 위에 천천히 그려지는 한줄기 선은 마치 장보도 속에 그려진 지도 같았다.

어지럽게 그려져 나가지만 서로 겹치거나 교차하지 않고 길게 이어진 선은 그렇게 보였다.

"멈췄어요!"

조송령이 낮게 말했다.

길을 안내하듯 한참이나 그려지던 선은 어느 한 지점에서 멈추어 더 이상 움직이지 않았다.

모두들 뚫어질 듯이 그 지점을 향해 시선을 고정시켰다.

그러나 진우청은 다섯 사질과 정반대로 옥패에서 눈을 돌렸다.

"어엇!"

운가목이 소리를 질렀다.

운가목의 어깨를 와락 밀친 진우청이 급하게 옥패를 손바닥 안에 갈무리하고는 승천무의 자세를 잡았다.

황금색 선이 끝난 부분만 응시하고 있던 사질들이 급급히 구석으로 물러섰다.

둥실—

진우청의 왼쪽 어깨가 부드럽게 흔들렸다.

그 흔들림이 팔을 따라 손끝으로 전해지며 한 개의 손이 수십 개로 늘어난 듯한 착각을 불러일으켰다.

다시 오른쪽 어깨가 부드럽게, 그러면서도 태산을 무너뜨릴 듯한 기운을 담고 흔들렸다.

그 흔들림을 타고 오른손 역시 수십 개의 환영을 그렸다.

을지소소와 경설형은 숨을 멈추었다.

단순한 두 가지 동작이었지만 그 속에서 뿜어져 나오는 기세는 제대로 숨을 쉬기가 힘들 정도였다.

휘리릭—

진우청의 동작이 조금 더 빨라졌다.

그와 함께 춤사위 속에서 뿜어져 나오는 기세도 거세어졌다.

기세에 휩쓸린 사질들의 옷이 세차게 펄럭거렸다.

조송령이 주춤거리며 뒤로 밀렸다. 그런 그녀의 어깨를 경설형이 억세게 붙잡았다.

진우청이나 그들, 누구 한 사람도 말을 않고 있었지만 왠지 이 자리에서 꼼짝 않고 있어야 할 것 같은 예감이 들었다. 그래서 경설형은 조송령이 한 발짝이라도 움직이는 것을 허락하지 않았다. 다른 사람들도 그것을 느끼고 호흡을 고르며 꼼짝도 않고 서 있었다.

그러는 사이, 천룡의 춤사위를 펼치는 진우청의 움직임은 더욱 빨라졌다.

아니, 오히려 느려지고 있었다. 그런데도 그 춤사위에서 뻗어 나오는 기세가 너무 강해 질풍처럼 빠르게 느껴진 것이다.

콰앙—

기세를 이기지 못한 창문 하나가 박살이 나며 부서져 나갔다.

창문뿐만 아니라 방 안에 있던 물건들도 기세에 휩쓸려 분분히 허공으로 떠올라 벽에 부딪치기도 하고 밖으로 날려가기도 했다.

우우웅—

진우청의 손바닥 안에 감싸인 옥패에서 더욱 낮고 청량한 진동음이 흘러나왔다.

진동음과 함께 진우청의 춤사위는 점점 더 느려지고 대신 기세는 더 강해졌다.

콰앙—

또 다른 창문 하나가 터져 나가며 옥패에서 흘러나오는 진동음이 잦

아들었다. 아울러 진우청의 춤사위도 막바지로 치닫고 있었다.

점점 더 느려져서 거의 정지하는 듯한 움직임 속에 다섯 사질은 더 이상 서 있기도 힘든 듯 온 얼굴에 땀이 흘러내리고 있었다.

우웅―

마지막 진동음과 함께 진우청의 춤사위도 멈추며 실내를 터져 나가게 할 것 같은 기세도 수그러들었다.

그 순간 옥패가 들린 진우청의 손가락 사이로 찬란한 황금색 광채가 뿜어져 나왔다.

"우웃!"

너무나도 강렬한 광채에 다섯 사질은 자신도 모르게 눈을 감았다.

그들이 눈을 떴을 때 춤사위를 완전히 멈춘 진우청의 신형이 귀신인 듯 그 자리에서 사라지며 경설형의 앞으로 나타났다.

"손을!"

진우청은 덮치듯이 경설형의 손목을 잡았다. 동시에 다른 한 손을 경설형의 단전에 갖다 댔다. 맥문만으로는 노도같이 흐르는 기운을 다 쏟아 부을 수 없었기 때문이다.

우우웅―

"어엇!"

노도와 같은 기운이 온 혈맥을 통해 흘러드는 것을 느낀 경설형은 다급성을 토하며 본능적으로 운기를 시작했다. 그러나 그것으로는 부족했다. 경설형은 더욱 내력을 끌어올려 단전과 맥문을 통해 흘러드는 기운에 대응해 갔다.

"으윽!"

경설형은 짧은 신음을 토했다.

청량하기 짝이 없는 기운이었지만 그것이 너무 세차게 흘러들자 감당하기 힘들었던 것이다.

진우청은 완급을 조절하며 계속해서 경설형의 단전과 맥문으로 창룡금시에서 자신의 몸으로 스며든 기운을 불어넣었다.

마침내 경설형은 자신의 기해혈에 남아 있는 기운을 단 한 점도 남김없이 모두 끌어올렸다.

평소라면 이건 자살 행위였다.

혈맥이 터지든지 내부가 녹아내려 쓰러질 것이었다. 그러나 지금은 본능적으로 그렇게 하고 있었다.

"쿨럭!"

어느 순간 경설형이 기침을 토했다.

기침과 함께 그의 입에서 진흙 덩어리 같은 피가 토해져 나왔다.

오히려 진흙보다 더 시커먼 죽은피!

온몸의 혈맥을 손상시켜 가던 천형의 기운이 썩은 피로 토해져 나오고 있었다.

"컥, 크윽!"

두 바가지도 넘는 흑혈이 토해져 나오고 난 후 점점 색깔이 연해지더니 마침내 경설형의 입에서 깨끗하고 선명한 선혈이 흘러나왔다.

진우청은 경설형의 몸에서 손을 뗐다. 그리고는 똑같은 식으로 운가목의 단전과 맥문에 손을 갖다 댔다.

놀란 눈을 한 운가목이 급히 호흡을 골랐다.

"으윽!"

운가목의 입에서도 짧은 비명이 터져 나왔다.

노도처럼 흘러드는 기운!

운가목 역시 경설형과 똑같은 경험을 하며 극성의 공력을 끌어올렸다.

그리고 어느 순간 폭포처럼 시커멓게 엉긴 피를 토해냈다.

"휴우―"

진우청은 긴 한숨과 함께 다 같이 운기에 들어간 사질들을 쳐다보았다.

진흙탕 같은 피를 토해내고 삼매에 빠져든 사질들의 얼굴은 어린애를 닮아갔다. 그래서 동심여선(童心如仙)이란 말이 있는 모양이었다.

운기가 다 끝나봐야 알겠지만 진우청은 사질들 혈맥 속에 웅크리고 있던 천형의 기운이 모두 사라졌음을 직감적으로 느낄 수 있었다.

승천무와 함께 창룡금시에서 온몸으로 쏟아져 들었던 황금빛 찬란한 서기(瑞氣)!

그 기운으로도 그들의 혈맥을 씻어내지 못한다면 세상에 어떤 기운으로도 불가능할 것이다.

진우청은 창룡금시를 들여다보았다.

용 문양 표면으로 장보도처럼 그려져 나가던 금색 선은 보물이 있는 곳을 가리키는 길이 아니었다.

황산에서 하산하기 전날, 사부께서는 돌산 꼭대기에서 안개처럼 봉우리를 둘러싼 구름을 향해 천룡후를 터뜨리게 했다.

그때 사부께서 이끄는 대로 온몸 곳곳의 혈맥을 따라 호흡을 끌어올리고 난 후, 안개구름 속으로 천룡후를 터뜨렸다.

안개구름은 그대로였지만 사부께서는 아무런 호통이 없었다. 그래서 제대로 했나 보다 하는 생각만 했다.

경설형의 피로 찍은 용 문양과 먹으로 찍은 열쇠 문양이 겹쳐진 문양 가운데로 돌산 꼭대기에 올라 사부께서 이끌어주던 호흡의 경로가 어렴풋이 떠올랐다.

그동안 까맣게 잊고 있었던 기억이 떠오르며 자신의 피를 떨어뜨렸을 때, 옥패는 그 경로와 함께 또 하나의 춤사위를 선명하게 나타내 주었다.

금색 선이 나타남을 보고 옥패를 손에 들었을 때 단전으로 스며드는 청량한 기운과 함께 머릿속에도 그 춤사위가 선명하게 스며들었다.

완전한 천룡신무!

그것이야말로 사부께서 가르쳐 주신 모든 춤사위를 하나로 포괄하는 완전한 천룡신무였다.

그 춤사위와 함께 옥패에서 스며드는 기운을 완전히 몸속에서 녹일 수 있었다.

아울러 다섯 사질의 혈맥 속에 침잠된 천형 또한 씻어낼 수 있었다.

천룡신무를 수련할 때, 사부께서 호흡과 동작에 있어 눈 깜짝할 순간을 백 개로 자른 만큼의 불일치도 허용하지 않은 이유를 이젠 알 것 같았다. 그 깊고 얕은 천차만별의 호흡이 한순간이라도 어긋났다면 창룡금시에서 뻗어 나온 찬란한 황금색 서기를 온몸 깊이 완전히 흡수하지 못했을 것이다.

창룡금시에서 뻗어 나온 황금색 서기는 단전뿐만 아니라 온몸 곳곳, 온 호흡 한줄기 한줄기 속에 모두 스며들었다. 그것은 단전에만 가두기엔 너무 큰 기운이었다.

작년 가을 공손후상과의 대결 후 쓰러진 진우청의 몸에 구양천과 나유백이 자신의 공력을 불어넣었을 때 그들의 공력이 텅 빈 허공으로 흩어진 것 같은 느낌을 받은 이유도 그런 때문이었다.

진우청은 무념무상에 빠진 듯한 사질들의 얼굴을 한 번 더 쳐다본 후 옥패를 돌려보았다.

열쇠 문양 표면에 덮여 있던 찬란한 황금색은 예상대로 모두 사라져 버리고 황금색 열쇠 문양은 용 문양과 똑같은 녹옥색으로 변해 있었다.

그렇다고 안타까워할 것은 없었다.

그 기운은 자신의 몸속에, 자신의 호흡 속에 고스란히 녹아들어 있었다.

진우청은 천천히 호흡을 끌어올렸다.

남궁석천의 혈맥을 씻어줄 때 느꼈던 것과는 비교도 안 되는 청량한 기운이 온몸에서 대해처럼 물결쳤다.

바로 이 기운이 북제성 문도들의 운명을 바꿀 수 있을 것이다.

그러다 진우청은 흠칫 놀랐다. 잠시 기운을 끌어올림과 함께 손바닥에 있던 옥패가 가루가 되어 손가락 사이로 흘러내리고 있었다.

여태까지는 자신이 끌어올린 기운을 허공처럼 빨아들이던 옥패가 몸속에 쌓인 청량감을 느끼고자 가볍게 끌어올린 호흡에도 견디지 못하고 고운 모래알로 변해 바닥으로 흘러내렸다.

그건 마치 자신의 역할을 다한 장작이 한 줌 재로 변해 허공으로 흩날리는 것 같은 모습이었다.

왠지 아쉬운 마음에 진우청은 모래로 변한 옥가루를 양손으로 쓸어 모으려 했지만 부질없는 짓이었다.

그건 더 이상 창룡금시가 아니었다. 그냥 빛깔 고운 옥색 모래일 뿐이었다.

'사부……!'

고운 옥가루를 쓰다듬던 진우청은 가슴속으로 사부를 불렀다.

사부는 창룡금시에 대해서는 아무것도 가르쳐 주지 않았다. 그러나 그것은 결국 자신의 손에 들어오고, 북제성 문도들의 운명을 바꿀 기운을 자신의 몸속으로 흘려보냈다.

사부께서는 그것을 예측하고 계셨던 것일까?

그래서 어머니에게 창룡금시를 물려주시고 자신에게는 천룡신무를 가르쳐 주신 것일까?

아니면 사부께서 천룡신무를 배운 곳의 사람들이 그런 안배를 짜놓은 것일까?

경설형의 피에는 아무런 반응이 없다가 자신의 피를 흘려 넣자 생명을 띠고 황금색 선을 나타내던 옥패!

자신과 어머니의 뿌리는 어디일까?

그리고 사부는?

북제성의 운명을 바꿀 창룡금시에 대한 비밀은 풀렸지만 더 큰 의문들이 머릿속을 부유했다.

"후우—"

낮고 긴 호흡 소리와 함께 경설형이 눈을 떴다.

그의 얼굴에 온 세상을 다 얻은 것 같은 충만감이 어렸다. 사제들이 아직 운기 중만 아니라면 앙천대소라도 터뜨릴 것 같았다.

은은한 미소와 함께 몸을 일으킨 경설형은 진우청을 향해 깊이 고개를 숙였다. 그리고는 깃털처럼 가벼운 걸음을 옮겨 밖으로 나갔다.

아직까지 운기조식에서 깨어나지 않은 사제, 사매들을 위한 호법을 더 철통같이 서려는 것이다.

경설형에 이어 운가목이 눈을 떴다.

그 역시 경설형처럼 만면 가득 미소를 머금고 밖으로 나갔다.

을지소소와 장위봉도 그렇게 운기를 끝냈다.

"와아—"

마지막으로 눈을 뜬 조송령만이 사방을 두리번거리다 건물이 떠나갈 듯한 고함을 질렀다.

"나쁜 놈들, 모두 덤벼!"

다시 한줄기 고함과 함께 그녀는 벌떡 일어서서 질풍처럼 달려나갔다.

＊　　　＊　　　＊

늦여름의 무더위가 기승을 부리고 있었다.

장안의 무림맹 총단에도 늦더위의 극성스러움은 예외가 아니었다.

총단 안의 실내에는 그 더위를 무색하게 할 만한 무거운 긴장감이 자욱하게 내려앉아 있었다.

커다란 방 가운데에는 무림맹주인 북제성주가 자리하고, 그 양옆으로 무림맹의 구성원이 된 문파의 대표들이 자리하고 있었다.

무림맹이 결성되고 나서부터 총단에는 각 문파에서 온 몇 명의 명숙들이 항상 상주하고 있었다. 그들은 때로는 자기 문파의 의견을 무림맹주에게 전하기도 하고 무림맹주의 지시를 자기 문파에 전하기도 했다. 그리고 오늘처럼 자기 문파의 대표로서 이 자리에 앉아 결정권까지 행사하기도 한다.

그들의 표정은 전에 없이 무거워 보였다. 그 무거운 기색 뒤로 짙은 긴장감 한가닥도 언뜻언뜻 내비치고 있었다.

그건 그들 앞에 놓여진 남패천 총단에서 날아든 한 장의 급보 때문이었다.

호랑이 얼굴 문신에 금강불괴에 가까운 신체를 가진 괴물들!

그 괴물들을 제일 먼저 목격했던 문파는 남궁세가와 소림이었다. 그들은 진우청 가문으로 향하는 서왕문도들 사이에서 튀어나온 그 괴물들과 처음으로 맞닥뜨려 그 괴물들의 극강함을 보고 공포에 질렸고, 마지막 순간 정체를 드러내지 않기 위해 폭사하는 그 괴물들의 잔인함에 치를 떨었다.

그 후 그 괴물들에 대한 궁금증에 정체를 캐내고자 백방으로 노력하던 중 남패천으로부터 그 괴물들의 정체에 대한 급보를 받은 것이다.

"정말 괴사가 아닐 수 없구려."

무당의 선운 진인(鮮雲眞人)이 무거운 분위기를 깨며 제일 먼저 말문을 열었다. 그 말과 함께 선운 진인은 입속으로 도호를 읊조리며 눈을 감았다.

온 무림을 공포로 몰아넣은 호면괴인의 정체가 옥령인이고, 그들은 시체가 아닌, 의식 잃은 중상자들을 시체에 가깝게 만들어 탄생되었다는 사실은 도인으로서 도저히 받아들이기 힘든 모양이었다.

"괴사이기 이전에 산 사람을 그렇게 만든 놈들의 잔인함에 치가 떨립니다."

남궁세가의 원로인 남궁상학(南宮尙鶴)도 말을 끝맺지 못하고 진저리를 쳤다. 자신은 옥령인들과 직접 마주한 적은 없었지만 숙질들인 남궁상조와 남궁상무에게서 그들의 잔인성에 대해 상세히 들었던 것이다.

남궁상학의 뒤를 이어 모두들 분개한 어조로 목소리를 높였다.

"그만들 합시다. 그들을 탄생시킨 동방회의 천인공노할 행위에 대해서는 아무리 지탄해도 부족할 것이오. 그건 뒤로 미뤄두시고 그들에 대해 앞으로 우리 무림맹이 어떻게 해야 할지를 의논하는 것이 우선이 아니겠소."

좌중을 한 번 둘러본 선운 진인이 다른 사람의 말을 기다렸다.

"군사께서 얘기해 보시오. 우리 무림맹이 앞으로 어찌해야 좋을지."

누군가의 말에 제갈세가의 제갈호성(諸葛呼城)이 정광 가득한 눈빛과 함께 고개를 들었다.

제갈호성은 사십대 중반의 나이로, 이곳에 상주하는 각파의 대표들에 비해 가장 젊었다. 아니, 어쩌면 어리다는 말이 더 어울릴 지경이었다. 그러나 제갈무후의 후손답게 명석한 두뇌와 해박한 식견으로 누구도 그의 말을 경시하지 못했다. 그런 점이 부각되어 그는 현재 무림맹의 군사 직을 맡고 있었다.

"현재의 정국만으로 따진다면 남패천에 깊은 원한을 가진 동방회가 서왕문과 결탁하여 남패천을 치고 있습니다. 그러니 우리는 그들이 어떻게 되든 강 건너 불 보듯 하면 된다고 여길 수도 있겠지요. 하지만 조금 더 깊이 들여다보면 절대로 그렇게만 끝날 일이 아닙니다. 동방회만 생각한다면 또 모르겠지만 서왕문은 오래전부터 중원의 비옥한 땅을 호시탐탐 노리고 있었습니다. 하지만 사천을 벗어나 중원으로 진격하는 것이 절대로 만만치 않았지요. 사천은 들어갈 때도 험하지만 그곳에서 밖으로 나올 때도 마찬가지니 말입니다. 그런 불리한 조건들이 동방회와 결탁하여 말끔히 해결되었습니다. 그들은 그 험로에서 몸만 빠져나오고 모든 보급은 동방회에서 맡았으니 말입니다."

제갈호성은 잠시 말을 끊은 후 다시 설명을 이었다.

"그런 그들에게 동방회는 옥령인이라는 괴물들까지 제공해 주었습니다. 그것으로 날개까지 달게 된 서왕문이 남패천의 영역만을 차지하는 것으로 만족하리라고는 생각할 수 없습니다. 실제로 남패천 영역을 완전히 장악하기 위해서는 구파일방 및 오대세가의 영역을 거치지 않고는 불가능하니까요."

무림맹의 군사 제갈호성은 간략하고도 단도직입적인 내용으로 현 무림 상황은 물론이고 앞으로 서왕문이 어떻게 나올지에 대한 예측까지 한꺼번에 설명했다.

제갈호성의 말에 무거운 침묵이 이어졌다.

모두들 내심은 그렇게 생각하고 있었지만 그걸 인정하고 싶지 않은 표정들이었다. 정확히 말하면 그걸 인정함으로 해서 그 뒤에 따르는 막중한 책임과 함께 각 문파에서 부담해야 하는 부분을 남들보다 앞에 나서서 더 많이 떠안고 싶지 않았기 때문이다.

"그렇지요. 남패천과의 전쟁에서 이긴 서왕문은 절대로 그것으로 끝내려 하지 않을 것이오. 아예 남패천에 터전을 잡고 무림맹의 영역을 하나씩 잠식해 들려고 할 것이오. 서왕문주 모비광 그놈은 사내로 태어나 무림일통을 위해 칼을 휘두르다 죽는 것이 소원이라고 평소 입버릇처럼 떠들고 다니던 놈이니 말이오."

서왕문의 세력 확장에 최근 가장 큰 타격을 받고 있던 공동의 장로 엽청한(葉靑漢)이 진득한 원한이 깃든 목소리로 말했다.

"하지만 동방회 놈들이 계속해서 서왕문의 손을 들어주지는 않을 것이 아니겠소? 그들은 결코 바보가 아니니 이용할 만큼 이용한 후에는 견제를 하려고 할 것이오. 그때 그들을 견제할 수 있는 곳은 우리 무림맹뿐이오. 그래서 그들은 우리 무림맹의 영역은 철저히 피하며 싸움을 벌이고 있소. 그런데 우리가 섣불리 나서서 긁어 부스럼을 만들 필요가 없다는 생각이오."

서문가의 원로인 서문창인(西門創仁)이 차분한 기색으로 반론을 펼쳤다.

공동의 엽청한과는 달리 감정이 섞이지 않은 목소리였다. 그래서 겉보기로는 신중한 명숙의 모습으로 비춰졌지만 내심은 그것과는 거리가 멀었다.

서문세가는 작년 봄 남패천에서 서역 특산품 교역권을 따내려 다른 가문들과 각축을 벌이다 진우청의 등장과 함께 하남진가로 대세가 기우는 것을 보고는 반란을 일으키려는 구양천의 넷째 아들의 음모에 가장 적극적이고 직접적인 힘을 실어주었다.

구양천의 넷째 아들이 실권을 잡았다면 서문세가는 교역권을 모두 차지해 막대한 이익을 올릴 수도 있었지만, 반란은 실패로 돌아가고 남패천에 왔던 서문가의 사람들은 치도곤을 당한 후 반쯤 기어서 남패천의 외성을 벗어났다.

그 원한을 잊지 못한 서문창인은 남패천의 멸망을 내심 바라는 것이다.

"예전 같았으면 그런 생각도 할 수 있겠지요. 서로의 대립 관계를 이용하여 균형을 이루게 하고, 그 균형 속에서 실리를 찾으려고도 하겠지요. 하지만 이젠 동방회는, 아니, 최소한 동방회주 임초건과 그 동생 임지건은 절대로 우리 무림맹과 양립할 수 없는 인간들입니다. 실혼인이나 강시는 사파에서도 지탄받기에 극단적인 경우가 아니면 함부로 만들지 않지요. 시체에 대법을 걸어서 사악한 짓을 하는 것도 그럴진대 놈들은 살아 있는 사람을 시체나 마찬가지로 만들어 옥령인이란 괴물을 만들었소. 그 행위는 절대로 묵과할 수가 없소."

화산의 조병무가 치를 떨며 좌중을 둘러보았다.

옥령인들의 반 이상이 화산의 속가나 마찬가지인 유가검보의 검대원이란 것을 알고부터 조병무는 유화성만큼이나 이를 갈았다.

"혼란한 상황을 틈타 서왕문이 그 마물들의 제조법이라도 손에 넣는다면 그건 나중에 더 큰 혼란을 불러일으킬 수도 있습니다. 최근 서왕문 놈들의 행적을 미루어보면 충분히 개연성이 있습니다."

제갈호성이 말했다.

그 말에 모두들 긴장된 눈으로 제갈호성을 쳐다보았다.

상인연합회인 동방회에서 그 마물들을 만들었음에도 온 무림이 혼란스러울 지경인데 만약 그 제조법이 서왕문으로 흘러들어 간다면 그 여파는 상상조차 하지 못할 것이다.

"저희 가문에서 최근 입수한 정보에 의하면 서왕문이 자파의 약왕당 당주를 은밀히 휘주로 잠입시킨 정황이 있습니다."

"서왕문의 약왕당 당주라면 흑수화타(黑手華陀) 교길소(喬佶所)를 말함이오?"

조병무가 와락 눈살을 찌푸렸다.

서왕문의 약왕당 당주인 교길소는 흑수화타란 별호 그대로 두 손이 먹물을 칠한 듯 짙은 흑색이었다. 그것은 평소 사람을 살리는 약초보다 사람을 죽이는 독초에 더 많은 관심을 가지고 온갖 독초와 독물을 만지다 보니 녹피장갑을 착용했음에도 불구하고 그 독이 조금씩 스며들어 손의 피부가 시커멓게 변색되었다. 이제는 그 손으로 슬쩍 장풍만 내질러도 흑살장 못지않은 위력으로 상대를 절명시킬 정도가 되었다.

그런 그의 무공도 위력적이었지만 독극물을 다루는 솜씨는 당문도 배워가야 할 판이었다. 또한 그는 특이하게 주술에도 조예가 깊었다. 그가 은밀히 휘주로 숨어들었다는 것은 서왕문이 옥령인의 제조법을 손에 넣고자 일을 꾸미고 있다는 추측을 더욱 강하게 해주었다.

"그렇다면 정말 큰일이오. 동방회가 호락호락하지 않겠지만 만에 하나 교길소가 마물의 제조법을 손에 넣는다면……."

점창의 장로 신필강(辛弼姜)이 말을 끝맺지 못하고 고개를 흔들었다.

"그 일만큼은 절대로 용인해서는 안 되겠지요."

이곳저곳에서 격앙된 목소리들이 불길처럼 거세게 일었다.

옥령인에 대한 남패천의 보고서를 보고 일기 시작한 불씨가 제갈호성의 말과 함께 걷잡을 수 없는 불길로 타오르고 있었다.

'허허…….'

무림맹주는 우려 섞인 눈빛으로 각파의 명숙들을 바라보았다.

그들의 심정을 모르는 바는 아니지만 옥령인들은 절대로 쉬운 상대가 아니었다. 그들은 시간이 갈수록 더 강해져서 튀어나오고 있었다. 지금은 그 수효가 얼마인지, 그들의 저주스런 힘이 또 얼마나 강해졌는지 알 수가 없었다. 이들 각파의 명숙들은 원론적인 차원에서 의견을 제시하고 문제를 풀어나가려 하지만 싸움터에서는 그런 것이 통하지 않는다. 비무대와 달리 싸움터에서는 인간의 이성은 모래탑처럼 허약했다. 피와 살점이 튀어 오르는 싸움판에서 이성적인 판단은 폭풍우 속의 등불처럼 부질없다.

오랜 세월 척백대와 싸우면서 그걸 본능처럼 몸에 익힌 북제성 문도들과는 달리, 이십여 년 동안 봉문에 가까운 상태로 문을 걸어 잠그고 있던 이들은 전쟁의 처절함을 잊고 있었다. 그런 사람들이 옥령인과 서왕문도들을 맞아 제대로 싸울 수 있을까?

맹주는 절로 고개가 저어짐을 느꼈다.

결국은 북제성의 문도들이 최선두에 서서 이들을 이끌어야 할 것이고, 북제성 문도들만이 옥령인을 제대로 상대할 수 있을 것이다. 이들은 그것을 믿고 전의를 불태우는 것이리라. 북제성의 힘으로 그 마물들을 퇴치하고, 서왕문에게 넘어갈 남패천의 광대한 세력과 함께 동방회의 막대한 부를 얻고 싶어하는 것이다. 하지만 그것은 북제성 문도들을 죽음의 길로 이끄는 것이다. 북제성 문도들의 혈맥에 도사리고 있는 천형을 씻어내지 못한 상태에서 그런 마물들과 맞섰다간 모두들 혈맥이 터져 죽게 될 것이다.

그런 내심을 밝힐 수 없는 맹주는 여전히 무거운 안색으로 침묵을 지키고 있었다.

"이젠 맹주님께서 결단을 내려야 할 때입니다. 결단을 내리고, 더 큰 재앙이 일어나기 전에 서왕문과 동방회의 마수를 막아야 할 것입니다."

공동의 엽청한이 형형한 눈빛과 함께 말했다.

"여러 명숙들의 말은 잘 들었소."

맹주는 무거운 음성으로 말문을 열었다.

"옥령인이란 마물들을 만든 동방회와 그들을 이용하여 중원을 휘젓고 있는 서왕문은 우리 무림맹이 결코 좌시해서는 안 되는 무리들이지요. 하지만 현실은 냉정한 것이고 전쟁은 명분만으로 이길 수 있는 것이 아니올시다. 지금 당장 그들 옥령인들을 어느 문파가 제일 선두에 나서서 상대할 것이오?"

맹주의 눈길이 사방을 훑었다. 그 눈길을 아무도 맞추려 하지 않았다.

"나 역시 그놈들이 중원을 유린하는 것은 용인할 수 없소. 하지만 제대로 된 준비가 없는 의욕만 앞세운 싸움은 지양해야 할 것이오."

맹주는 '의욕'이란 단어 대신 '사욕'이라는 단어를 쓰고 싶은 심정을 애써 억누르며 말했다.

남패천과 무림의 상황이 급박하게 돌아가지만 북제성 문도들의 운명을 바꿀 창룡금시가 도착하지 않은 이상 아직은 시간이 더 필요하다. 어떻게 하더라도 그 시간은 벌어야 하는데 상황은 악화일로를 치닫고 있다.

"하지만 그들을 보고만 있을 수는 없는 일이 아닙니까? 무슨 계획이 없으시오, 군사?"

종남의 장로인 정유(丁儒)가 나섰다. 그의 말과 함께 눈을 감고 있던 군사 제갈호성이 천천히 눈을 떴다.

"옥령인이란 마물들을 맞상대할 수 있는 사람들은 북제성 문도들이거나, 은거하고 계신 각파의 원로들 정도입니다. 원로들은 이미 무림의 대소사에 손을 뗀 분들이 대다수이니 현실적으로 그 마물들을 가장 확실히 막을 수 있는 사람들은 북제성 문도들이지요. 그건 인정하지 않을 수 없습니다."

제갈호성의 솔직한 말에 모두들 의중을 들킨 것처럼 눈길만 이리저리 돌렸다.

"하지만 모두를 북제성 동도들에게만 의지하여 싸울 수는 없지요. 그런 전술은 패전의 지름길이지요. 최악의 경우, 북제성 동도들을 모두 제외시키고도 그들을 몰아낼 자신이 있다면 싸워도 무방하다고 봅니다. 즉, 각파에서 그들을 상대할 수 있는 원로급 고수들을 차출하실 수 있다면 필승의 전략을 짤 수 있을 것 같습니다."

제갈호성은 북제성이 무림맹의 문지기가 되게 하고 싶지 않은 맹주의 의중과 손대지 않고 코를 풀려는 각파의 의중을 읽고 가장 현실적인 제안을 했다. 북제성의 힘만 믿지 말고 각 문파에서도 고통 분담을 하라는 뜻과 아울러 각파에서도 그만한 전력을 보낸다면 맹주도 북제성 문도들을 앞장세울 수밖에 없을 것이란 말이었다.

제갈호성의 말과 함께 잠시 동안 침묵이 흘렀다. 그리고는 회의가 잠시 중단되었다. 각파 원로의 소집은 여기 있는 자신들만의 생각으로는 결정할 수 없었다. 그래서 문파 사람들과의 의논이 이루어지고 있는 것이다.

맹주는 내심 한숨을 쉬었다. 결국은 무림맹이 싸움에 임하게 될 것이지만 최소한의 시간을 벌게 된 것이다. 아울러 북제성만이 전면에 나서는 부담도 덜게 되었다.

"사백!"

곽자서가 상념을 깨우며 맹주실로 들어왔다. 그의 손에는 북제성의 비문으로 씌어진 밀지 두 장이 들려 있었다.

맹주는 급히 그것을 펼쳐 들었다. 그것은 두 장 모두 을지소소가 보낸 밀지였다.

"천지신명이시여……."

밀지를 든 맹주의 손이 부들부들 떨리고 있었다.

"창룡금시의 비밀이 풀렸네. 또한 막내 사질과 같이 있던 아이들의 천형도 풀렸네."

맹주의 목소리가 손만큼 떨리고 있었다.

"이젠 모든 문도들을 휘주로 보내서 막내 사질과 조우하게 지시를 내리게. 그리고 명숙회의를 다시 개최하도록 하게!"

밀지를 거듭해서 읽은 맹주는 곽자서에게 급히 지시했다.

第八十六章
〔子을救出〕

구출(救出)

남패천 총단으로 연일 급보가 날아들고 있었다.

그것들은 하나같이 남패천 지부에서 대지급으로 날아온 것으로, 옥령인을 앞세운 서왕문의 공격에 지원군을 요청한다든지, 괴멸이 얼마 남지 않았음을 알리는 것들이었다. 그러나 그 급보들이 총단에 도착하기도 전에 대부분의 지부들은 괴멸되었고, 총단에서는 지원군을 보내기는커녕 총단에서 가까운 나머지 지부들의 병력을 오히려 총단에 귀속시키고 최후의 결전에 대비하고 있었다.

이제 얼마 남지 않은 것 같았다.

얼마 후면 옥령인을 앞세운 서왕문의 군사들은 남패천 총단으로 들이닥칠 것이다.

남패천 총단에서는 특급 경계령을 내림과 동시에 외성 성문을 닫고 모든 다리들을 들어올렸다. 또 외성 주변을 둘러싼, 사시사철 유람선이 끊이지 않는 인공 호수에는 기관을 작동시키고 물속에는 식인어들을 풀어 그곳에 빠지면 황소라도 한 식경 내에 뼈만 남을 험지가 되었다. 그리하여 현재의 남패천은 인공 호수 속에 완전히 격리된 한 채의 섬이 되었다.

그렇게 완벽한 준비를 하였음에도 남패천 내부의 분위기는 긴장이 넘쳐났다.

강시나 마찬가지인 옥령인!

그들이 호수 속에 첨벙 뛰어들어 성벽을 향해 다가온다면 어떻게 될까?

옥돌만큼 강한 그들의 신체라면 식인어들도 속수무책일 것이다. 그리고 그 속에 설치된 기관진식들도 그들의 차돌 같은 신체에 얼마만큼 타격을 줄 수 있을지 장담할 수 없었다.

남패천 내성과 외성에 설치된 기관진식은 모두 정상적인 인간을 겨냥해 만든 것이지 그런 괴물들을 염두에 둔 것은 아닌 것이다.

그래도 최대한 그 기관진식에 기대를 걸 수밖에 없었다.

한 가지 다행스런 일이라면 정파무림의 연합체인 무림맹이 옥령인이라는 천인공노할 마물을 만든 동방회에, 그리고 그들과 손잡고 있는 서왕문에 대항하겠다는 뜻을 공표하고 서왕문의 군사들 배후로 진격해 오고 있었다. 그 때문에 총단에 대한 서왕문의 공격이 지금까지 늦춰지고 있는 것이다. 그러지 않았다면 지금쯤 이곳에는 피비린내 나는 공방이 벌어지고 있을 것이다.

남패천주 구양천은 그런 긴박한 기운을 고스란히 표정에 드러낸 채 총단으로 복귀한 무적대주 유화성을 맞고 있었다.

“솔직히 이렇게 다시 볼 줄 몰랐네.”

태상호법 나유백은 자신과 구양천에게 가볍게 고개를 숙이는 유화성을 보고 감탄이 충만한 목소리로 말했다.

미친 늑대들을 뇌옥에서 풀어주고 그들을 제압하여 자신의 휘하에 두려는 의도를 가진 인간이라면 그 누구라도 그들에게 물려 죽으리라 생각했다. 설령 그들을 제압했다 하더라도 서왕문과 동방회, 그리고 북제성 사람들의 틈바구니 속에서 살아남지 못하리라 생각했던 것이다.

유화성은 나유백의 그런 우려를 완전히 불식시키고는 임무를 완수한 채 귀환하여 자신의 허리에 걸린 표풍검보다 더 날카로운 모습으로 서 있었다.

“그동안 수고 많았네. 수고라는 말로 그간 자네가 이룬 혁혁한 전과를 모두 치하할 순 없지만 지금은 시국이 풍전등화 같으니 그것만으로 만족하게나.”

구양천은 유화성에게로 다가가서 두어 번 어깨를 두드렸다.

유화성은 여전히 담담한 모습으로 앞만 보며 서 있었다.

이곳 남패천 총단을 떠나면서 부여받았던 임무는 완벽히 수행했지만 자신 앞에 놓여진 먹구름 같은 운명은 조금도 걷혀지지 않았다. 오히려 더 짙게 주변을 감싸고 있어 숨을 쉬는 것마저 힘들게 만들었다.

“앞으로 뭘 하고 싶은가? 내 부탁을 들어주었으니 이젠 내가 자네 부탁을 들어줄 차례일세.”

구양천은 정색을 하며 유화성을 쳐다보았다.

“필요한 것이 몇 가지 있습니다.”

유화성은 메마른 목소리로 답했다.

“말해보게!”

“우선 천주님의 보검, 청룡검(靑龍劍)이 필요합니다.”

유화성의 말에 나유백의 표정이 조금 굳어졌다.

청룡검이라면 구양천의 신물이다. 그것을 든 사람이 명령을 내리면 구양천의 명령과 같은 효력을 발휘한다.

그러나 구양천은 조금도 망설이지 않고 허락했다.

“그리고… 철갑마차와 함께 백봉령주, 비원각의 사람들 몇 명도 붙여주십시오.”

유화성이 거침없이 말했다.

“알겠네. 더 있는가?”

이번 질문에는 유화성이 잠시 뜸을 들이며 나유백을 쳐다보았다. 그리고는 말했다.

“태상호법님의 도움도 필요합니다. 그리고 별채에 계신 여덟 장로님들도…….”

“어허! 이런 미친놈 좀 보게! 아예 남패천을 집어삼킬 작정인가?”

나유백이 깜짝 놀라 고함을 질렀다. 자신 혼자만의 도움도 모자라 남패천 여덟 장로들 모두의 도움이 필요하다니? 그건 남패천의 본당의 열쇠를 내어달라는 것이나 마찬가지다.

나유백은 눈을 부릅뜨며 유화성을 노려보았다. 그러나 유화성의 눈빛이나 표정은 조금도 변하지 않았다.

“대체 네놈 일에 내가 왜 필요하단 말인가? 그리고 여덟 장로들까지……?”

“마음 같아서는 천주님까지 동행하고 싶지만 그럴 수는 없는 일이니 태상호법님과 장로님들의 동행을 부탁드리는 것이지요.”

"이, 이런 종잡을 수 없는 놈 좀 보게! 내가 하는 일이 무엇이냐? 천주 곁에서 한시도 떨어지지 않고 천주를 보호하는 일이 아니더냐! 그런 나를 보고 네놈 일에 동참해 달라니? 어디 그게 말이나 되는 소리더냐!"

나유백이 펄펄 뛰며 고함을 질렀다.

"일개 상인연합회에게 무림 최강의 단체인 남패천의 모든 지부가 구할 이상 괴멸당하고, 이제 총단마저 침범당할 위기에 몰린 사실은 더 말이 안 되지요."

"이, 이놈이!"

나유백의 수염이 부르르 떨렸다. 젊은 시절이었다면 그 말을 듣는 것만으로 출수했을 것이다.

"맞는 말이네. 이곳 총단마저 무너지고 나면 천주가 무어고, 태상호법은 또 무엇이겠나? 그럼 한 가지 묻겠네. 자네의 복수가 성공하면 동방회에게는 크나큰 타격을, 그리고 우리 남패천에는 또 그만한 유리함이 있겠지?"

구양천은 신중한 표정과 함께 유화성을 응시했다. 그의 눈에는 절대적인 신임의 빛이 어려 있었다.

"그건 어찌 될지 알 수 없습니다. 세상사 모두 인간의 마음대로, 인간의 계산대로 움직이지 않으니까요. 분명한 것은 제 복수의 대상과 남패천이 상대하는 적이 동일하다는 것은 말씀드릴 수 있습니다."

"그거면 됐네! 다른 것은?"

"그 외 다른 것은 비원각주님과 상의하면 됩니다."

"알겠네. 내 장로회의를 소집해서 최대한 설득해 보겠네."

구양천이 서둘러 지필묵을 당겼다. 유화성이 요구한 것에 대한 허가

중을 친서로 작성하여 비원각과 장로들 처소에 보내기 위함이었다.

"이 사람아! 난 아직 승낙하지 않았네! 내가 자네를 두고 어딜 간단 말인가?"

나유백이 구양천의 손에서 붓을 뺏으며 소리를 질렀다.

"자네가 내 곁에 있으면 항상 신경이 쓰여. 어떤 때는 누가 누구 호법을 서는지도 혼란스러울 지경이었네. 모처럼 그런 신경을 안 써도 될 기회가 아닌가? 그리고 자네가 저 아이를 도와 일을 성공시키면 그게 나를 가장 안전하게 지키는 길이 아닐까 하는 예감이 드는구먼."

구양천이 다시 붓을 뺏어 들었다.

"저놈이 무슨 일을 벌이려는지도 모르면서 청룡검과 나와 여덟 장로까지 내놓으려 하는가?"

"저 아이는 이제껏 쭉 내 예상을 세 배쯤 뛰어넘는 행보를 보였네. 이번에도 그럴 것 같네."

나유백의 기가 막힌 표정에도 불구하고 구양천은 계속해서 붓을 움직였다.

"이놈아! 대체 네놈이 하고자 하는 일이 무엇이냐?"

주먹으로 가슴을 친 나유백이 고함을 질렀다.

"지금으로서는 알려 드릴 수 없습니다."

유화성은 짤막하게 답했다.

"허허! 이놈이 갈수록……."

나유백은 연방 한숨을 내쉬다가 구양천의 지시서가 다 작성되는 것을 보며 뒤로 물러앉았다.

무슨 일을 꾸미는지 짐작도 가지 않았지만 팔대장로와 자신까지 대동하고 가려는 것을 보면 보통 일은 아닐 것이다. 구양천의 말대로 이

놈이 이런 정도의 요청을 한 이상 그 계획 또한 절대로 무시하지 못할
만한 것이다.

평생 동안 곁에 붙어 안위를 지키던 구양천 곁을 떠나는 것이 더없
이 걱정되었지만 이곳 총단이 무너지면 태상호법이든 천주든 한 구덩
이에 처박혀 파묻히게 될 것이다. 그러기 전에 자신의 미력한 힘이나
마 보태어 남패천의 앞길에 드리워진 먹구름을 날려 보낼 수 있다면
그것만큼 바람직한 일도 없을 것이다.

나유백은 문득 가슴이 뛰고 혈관 속으로 더운 피가 줄달음치며 흐르
는 것을 느꼈다.

일인지하 만인지상의 자리에서 무위도식했던 이십여 년의 세월!

이젠 다시 그 옛날의 혈기 넘치던 시절의 기분을 되살릴 수도 있을
것 같다는 예감에 호흡마저 가빠졌다.

"좋다, 이놈! 네놈 하는 일이 결국은 천주를 지키고 남패천을 위하는
일이라니 따라나서겠다. 그러나 만에 하나 별 시답지도 않은 일에 날
끌어들인 것이라면 내 손으로 네놈 목을 칠 것이니라."

나유백이 불길을 토하는 것 같은 눈으로 유화성을 쳐다보았다. 그러
나 유화성의 시선은 나유백의 시선을 뛰어넘어 자신의 계획 저 먼 곳
을 향해 치달리고 있었다.

*　　　　*　　　　*

희미한 발자국 소리가 다시 끊어졌다.

처음에는 우연히 방향이 같은 사람의 발자국 소리인 줄 알았다. 그
러나 의도적으로 방향을 바꾼 골목길에서도 그 발자국 소리가 희미하

게 들려오는 것을 느끼자 미행이 붙었음을 알았다.

아주 조심스런 발자국 소리여서 아직까지도 착각이 아닌가 싶을 정도였다. 그러나 왠지 모를 불길한 예감은 그 발자국 소리에 온 신경을 집중하게 만들었고 이젠 미행자가 있다는 것을 확신하게 되었다.

'대체 어떤 인간이지?'

소녀는 미행자의 정체가 무척이나 궁금했다.

완벽히 은신하지 못하고 기척을 드러낸 것을 보면 하수라는 생각도 들었다. 그런데 그 기척을 찾으려고 하면 연기처럼 사라져 버렸다.

그렇다면 기척을 드러낸 것은 의도적이라는 얘기였다.

'그러고 보니……'

소녀는 온몸에 얼음물이 끼얹어지는 느낌을 받았다.

오히려 자신의 꾀에 자신이 걸려들었다는 생각이 들었다.

놈은 적당한 경계심과 적당한 호승심을 자극하여 자신을 이곳까지 밀어 넣은 것 같았다.

처음부터 고수라고 느꼈으면 이런 한적한 곳으로 오지 않았을 것이다. 사람이 많은 대로변으로만 방향을 잡아 곧장 집으로 향했을 것이다. 그런데 하수 같은 어설픈 기색을 흘려 호승심을 자극하고 유인하게끔 만들었다.

결과적으로는 미행자에게 유리한 장소로 온 것이다.

'너무 자만했어!'

소녀는 허리에 찬 검병에 손을 갖다 댔다.

자기 한 몸 지킬 정도의 무공은 익히고 있었지만 상대는 예상보다 훨씬 고수 같았다. 마음만 먹는다면 지척에서도 기척을 사라지게 할 수 있을 것이다. 이제까지는 필요에 의해서 드러낸 것일 뿐이리라……

챙—

검갑에서 검이 빠져나오며 달빛 아래로 시린 광채를 뿜어냈다.

이젠 지루한 신경전이나 추격전은 필요없다. 미행을 해온 것이 확실하다면 나설 것이고 그것이 아니라면 자신은 이 골목길을 벗어나 집으로 갈 것이다.

'착각이었나?'

검을 빼 들고 골목 몇 개를 돌아가던 소녀는 고개를 갸웃거렸다.

끊어질 듯하다가 이어지고 그러다가 다시 끊어진 기척이 이제는 완전히 사라졌다.

그러던 어느 순간!

"크윽!"

골목 한쪽에서 낮은 비명 소리가 들려왔다.

소녀는 급히 신법을 펼치려 했다.

"여기서 꼼짝 말고 있으시오!"

바로 등 뒤에서 들리는 낮은 목소리에 소녀는 기겁을 했다.

"큭!"

길게 놀랄 사이도 없이 또 한마디의 비명이 들리며 복면을 한 인영이 벽에서 튀어나오며 쓰러졌다.

퍼퍽!

퍽!

거의 동시에 여러 곳에서 파육음이 터져 나왔다.

소녀는 이제 놀라다 못해 온몸이 굳어져 꼼짝도 할 수 없었다.

단 한 명이 자신을 끈질기게 미행한다고 생각했다. 그런데 최소한 다섯 명은 될 것 같았다.

그들이 거의 등 뒤에까지 접근해 있었다.

그것도 기절초풍할 일인데 그런 그들을 그림자처럼 미행해 순식간에 쓰러뜨려 버리는 사람들도 있었다. 자신은 전혀 의식 못하는 사이 등 뒤에서는 쫓고 쫓기는 추격전이 벌어진 것 같았다.

"괜찮으십니까?"

귀신처럼 한 인영이 모습을 드러내며 물었다.

소녀는 기겁을 하며 검을 치켜들었다. 등 뒤에까지 접근한 미행자를 처치하고 자신에게 꼼짝 말고 그 자리에 있으라고 지시한 목소리의 주인 같았지만 정체를 알 수 없기는 마찬가지였다.

솟아오르듯 모습을 드러낸 인영은 더 이상 다가오지 않고 서 있었다.

소녀는 그 인영이 자신만큼 어려 보인다는 사실에 또 한 번 놀라며 온통 혼란에 빠져들었다.

"다 해치웠어요, 사형!"

더 어릴 것 같은 소녀의 목소리와 함께 두 명의 인영이 더 나타났다.

그리고 그 뒤로 이남일녀가 더 나타났다.

제일 뒤에 나타난 인영을 쳐다보는 소녀의 눈이 두 배는 커졌다.

"서, 설마?"

소녀는 귀신을 본 듯 중얼거렸다.

"오랜만이오, 조 소저!"

철탑을 방불케 하는 사내가 빙긋 웃으며 조수아에게로 다가왔다.

"대체 어떻게 된 건가요?"

관제묘 한쪽에서 조송령이 건네준 물병을 거의 다 비운 후 겨우 진정을 한 조수아는 득달같이 물었다.

"이곳으로 와서 은밀하게 소저의 집으로 향하던 중 소저를 보았소. 반가운 마음에 다가가다가 미행의 낌새를 느끼고 이곳까지 오게 된 것이오."

진우청은 간단히 설명하고는 우려 섞인 눈빛으로 조수아를 쳐다보았다.

인근의 분위기가 흉흉하다는 것은 느꼈지만 이 소녀에게까지 놈들의 마수가 뻗칠지는 몰랐다. 조수아의 얼굴에서도 그런 우려가 흘러넘치고 있었다.

"내게서 갈취해 간 한철 조각은 잘 가지고 계시오?"

진우청은 무거운 분위기를 날려 버리고자 농을 던졌다.

비로소 조수아의 얼굴에서 긴장이 사라지고 입가에 옅은 미소가 피어올랐다.

한눈에 보아도 촌놈 티가 줄줄 흐르던 진우청을 처음 만났을 때의 기억이, 그리고 그 손에서 오십 냥도 넘는 한철 조각을 열 냥에 후려쳐서 손에 넣고 돈을 건넸을 때, 마치 횡재를 한 듯 식사도 다 하지 않고 객점을 빠져나가던 진우청의 모습이 아련히 떠올랐다.

그 뒤로 세상은 너무 많이 변했다. 그리고 진우청은 더 많이 변했다.

북제성의 제자라는 신분과 함께 무림 비무대회에서 우승하여 신성이 되었다는 소식은 가만히 있어도 귀가 따갑게 들렸다.

들을 때마다 설마 하며 믿을 수 없었는데 이렇게 다시 만났다.

"그런데 이분들은……?"

긴장이 풀린 조수아는 경설형 등을 쳐다보며 말했다.

"경황 중이라 소개가 늦었군요. 이분들은 내 사문의 사람들이오. 그리고……."

진우청은 유화결을 쳐다보며 잠시 조수아의 눈치를 살폈다.

복면을 쓴 채 텅 빈 눈을 한 유화결을 조수아는 전혀 알아보지 못했다.

"이 친구 역시 마찬가지고……."

"그렇다면 북제성……!"

경설형 등과 유화결을 쳐다보는 조수아의 눈에 이채가 번져 갔다.

진우청과 같이 나타났으니, 그리고 자신을 미행하는 자들을 너무 쉽게 제압하는 무위로 봐서는 대강 짐작하고 있었지만 북제성이란 단어는 언제나 신비로웠다.

"험! 험! 북제성 사람들이라고 해서 머리에 뿔난 건 아니오!"

다섯 사질과 유화결을 뚫어질 듯 쳐다보는 조수아를 향해 진우청이 농을 던졌다.

"결례했어요."

조수아가 얼굴을 붉혔다.

"괜찮아요. 처음 만나는 사람들은 모두들 우릴 그렇게 쳐다봐서 이젠 익숙해졌어요. 이곳으로 오면서 사숙으로부터 조 소저 얘긴 많이 들었어요. 반가워요."

조송령이 나서며 경직된 분위기를 누그러뜨렸다.

"사숙?"

조수아가 진우청과 조송령을 번갈아 쳐다보았다. 진우청이 이들과 같은 북제성 제자인 줄은 들었지만 이들의 사숙인 줄은 몰랐기 때문이다.

"하늘 같은 사숙이에요."

조송령이 과장스런 몸짓과 함께 말했다.

"말로만?"

을지소소가 쓸데없는 잡담은 그만 하라는 듯 조송령을 향해 눈을 흘겼다. 그리고 진우청을 쳐다보았다.

우연찮게 조수아를 만나는 바람에 시간이 지체된 것이다.

이곳 둔계는 휘주와는 좀 떨어진 곳이긴 하지만 놈들의 촉각이 미치는 곳이다. 그런 곳이니만큼 신속히 행동하는 것이 좋았다.

"조부께선 잘 계시오?"

진우청은 정색을 하며 물었다.

"잘 계세요. 하지만……."

조수아의 얼굴이 어두워졌다.

"왜? 무슨 일이 있는 것이오?"

"할아버지께 무슨 일이 있는 것은 아니에요."

"그럼?"

진우청의 눈 사이가 좁아졌다.

"해천 할아버지 소식을 들을 수가 없어……."

"그 노인장에게 무슨 안 좋은 일이 있는 것이오?"

진우청은 조수아의 말끝을 자르며 목소리를 높였다.

"남패천에서 이리로 오신 후, 해천 할아버지는 우리 집에 머무르라는 할아버지의 권유에도 불구하고 휘주로 가셨어요. 그 다음부터는 소식이 없어요. 그래서 할아버지의 걱정이 태산 같아요."

가볍게 물어본 안부 인사에서 뜻밖의 사실을 들은 진우청은 가슴이 무거워졌다.

"그동안 아무 연락도 하지 못한 것이오?"

진우청은 다시 질문했다.

"우리 무관 무사들을 통해 연락을 하려 했지만 꽃집은 텅 비어 있다고 했어요. 그러다 뜻밖에 해천 할아버지로부터 오늘 해질 녘 강변의 어느 곳에서 만나자는 연락을 받았어요. 남자들의 움직임은 감시가 심해서 제가 물놀이 나가는 척 나간 것인데……."

"만나기로 한 곳이 어디요?"

진우청은 긴장한 음성으로 물었다.

이미 어둠이 짙어졌으니 일이 틀어져도 한참 틀어진 것이다. 그렇다면 해천 노인의 신상에도 무슨 일이 생겼을 수도 있다는 말이다. 다행히 좀 늦게 약속 장소에 왔다고 하더라도 조수아에게 미행이 붙을 정도라면 그곳에서도 절대로 안전할 수 없었다. 그러나 지금으로서는 그곳이 해천 노인과 끈이 닿는 유일한 곳이다.

"강변에 있는 한 나루터예요."

조수아는 먹구름이 드리워진 표정으로 답했다. 이제까지는 남을 생각할 겨를이 없었지만 자신의 안위가 확보되자 그녀 역시 해천 노인의 신상이 태산같이 걱정된 것이다.

"우선 그곳으로 가봅시다. 혹시 늦게라도 왔을 수도 있고, 아니면 그곳에서 무슨 단서를 찾을 수도 있을 테니까요."

진우청의 말에 조수아는 서둘러 고개를 끄덕였다. 그곳에서부터 이곳까지 달려나올 때의 기분을 생각하면 절대로 되돌아가고 싶지 않은 곳이지만 지금은 그 어떤 사람들보다 더 든든한 호위가 생긴 것이다.

"어서 가요."

조수아는 벌떡 몸을 일으켰다.

나루터에 도착했을 때는 만월에 가까운 달이 강물 한가운데에 풍덩 빠져 있었다.

그 달을 품은 강물이 은가루를 뿌린 듯한 빛을 뿜어내고, 살랑살랑 불어오는 소슬바람이 고적한 분위기를 자아냈다. 보통 때라면 짝을 이룬 연인들이나 서탁을 짊어진 수재들이 제법 보일 듯도 했지만 지금 강변에는 지나가는 도둑고양이 한 마리 눈에 뜨이지 않고 괴괴한 적막만 감돌고 있었다.

그건 인근 어디라도 마찬가지였다.

비록 이곳은 휘주 복판과는 좀 떨어져 있었지만 동방회가 휘주에서 유가검보를 무너뜨리고 그곳 검대원들과 서왕문의 부상자들을 옥령인이라는 마물로 만들어 부리고 있다는 소문이 퍼지고 나서부터는 밤은 물론 낮에도 한적한 곳에는 사람들이 나돌아다니지 않았다.

"여기가 확실하오?"

진우청은 아무도 없는 강변을 둘러보며 조수아에게 확인했다.

조수아는 굳은 표정과 함께 고개를 끄덕거렸다.

"주변을 한번 살펴보아라."

진우청은 장위봉에게 지시를 내렸다.

장위봉과 운가목, 조송령, 을지소소는 산책 나온 청춘 남녀들처럼 짝을 맞추어 느긋하게 강변을 걸으며 주변의 기척을 살폈다.

한동안 그들은 온 신경을 곤두세우며 강변 제방과 강 아래의 자갈밭을 서성거렸지만 아무런 인기척을 찾아내지 못했다.

마침내 그들은 진우청에게로 되돌아왔다.

"근처에는 아무도 없어요, 사숙."

을지소소의 말에 진우청은 묵묵히 고개를 끄덕이고 조수아를 돌아보았다.

조수아의 얼굴에 드리워진 불안의 기운이 더욱 짙어졌다. 자신에게 일어난 일과 함께 해천 노인이 약속을 못 지킨 일은 노인의 신변에 위험한 일이 생겼음이 틀림없다는 확신이 들었다.

"일단은 집으로 돌아갑시다."

"하지만……."

조수아는 가슴속에서 지워지지 않는 걱정으로 발걸음을 움직이지 못했다.

"손에 몽둥이 하나만 들면 겁나는 것이 없는 노인네니 괜찮을 거요."

진우청은 조수아를 안심시키며 팔을 끌었다.

"잠깐!"

몇 걸음 옮기기도 전에 을지소소가 걸음을 멈추고 귀에다 손을 갖다댔다.

"백왕의 신호예요!"

빠르게 말한 을지소소는 입술을 오므려 긴 호흡을 뱉어냈다. 다른 사람의 귀에는 아무런 소리도 들리지 않았지만 그것은 그녀와 세 마리 짐승들 간의 원거리 의사소통 수단이었다.

"누군가 이쪽으로 빠르게 다가오고 있어요!"

을지소소가 진우청을 쳐다보며 말했다.

"해천 할아버지 같아요."

짧막하게 말한 조수아는 진우청이 말릴 새도 없이 을지소소가 귀를 기울이던 방향으로 몸을 날렸다.

"사숙! 우리도 어서 가요!"

조송령도 조수아의 뒤를 따라 몸을 날렸다.

피잉―

섬뜩한 음향과 함께 강전 한 대가 등 한복판을 향해 날아들었다.

속도를 전혀 줄이지 않고 경공을 펼치면서도 한 발씩 쏘아져 오는 화살은 뱀의 독니처럼 섬뜩한 느낌을 주었다.

사내는 급히 방향을 틀었다.

파앗! 하는 소리와 함께 옆쪽 바위에서 불꽃이 튀어 올랐다.

다시 한 개의 강전이 날아왔다. 사내는 애병을 흔들었다.

창―

강전을 쳐낸 애병이 날카로운 비명을 토했다.

"젠장!"

사내는 역정을 토하며 한층 더 강한 힘으로 바닥을 박찼다.

날아오는 화살에 실린 힘이 점점 더 강해지고 있었다. 그건 그만큼 추격자들과 자신의 거리가 가까워졌다는 말이다. 놈은 경공을 펼치는 자세 그대로 화살을 날리면 되었지만 자신은 그럴 때마다 방향을 틀든지, 등을 돌리고 화살을 쳐내야 했다. 그런 순간에 추격자들과의 거리는 점점 좁혀졌다.

목숨을 아끼지 않고 뒤를 맡은 부하들도 이젠 모두 쓰러진 것이 틀림없다.

그들이 살아 있는 동안에는 거리가 조금 벌어지기도 했지만 이젠 반대였다.

쐐액—

다시 한 대의 강전이 날아왔다.

방향을 틀기 힘든 지역에서 정확히 날아온 화살이었다.

몸을 숙이든지 허공으로 솟구쳐 피해야 했다.

땅에 구르듯이 몸을 숙이면 완벽히 피해낼 순 있지만 그만큼 경공의
속도가 떨어진다.

몸을 허공으로 솟구치면 오히려 속도를 높일 수는 있지만 추격자들
의 이차 공격이 필연적으로 따른다. 궁수들은 땅에서 허공으로 솟아오
르는 표적을 가장 좋아한다.

찰나적인 갈등을 한 청년은 발끝에 힘을 주어 허공으로 신형을 솟구
쳤다.

아슬아슬하게 강전은 아래로 지나갔다. 그러나 예상했던 대로 또 한
대의 강전이 허공에 뜬 자신의 몸을 향해 섬전처럼 날아왔다.

'망할!'

역정을 입 밖에까지 토하지도 못한 청년은 천근추의 수법을 펼치며
벼락처럼 아래로 떨어져 내렸다.

"으윽!"

청년의 입에서 짧은 신음이 터져 나왔다.

화살이 어깨를 스치고 지나갔다.

살짝 스친 것에 불과했지만 안도의 한숨을 쉴 수가 없었다. 강전에
실린 힘이 너무 극강했기에 스친 것만으로도 살점이 뭉턱 떨어져 나갔
고 불에 지진 듯한 통증과 함께 피분수가 터졌다.

청년의 인상이 야차처럼 구겨졌다.

치명상은 아니었지만 속도를 더욱 떨어뜨리기엔 충분했다. 그리고

터져 나오는 선혈도 문제였다. 아직은 양이 적어도 공력을 북돋우며 경공을 펼치다 보면 머지않아 더 큰 핏줄기로 터져 나올 것이다.

"연익추(燕翌秋) 이 죽일 놈!"

청년은 이를 갈며 내뱉었다.

줄곧 자신의 등을 향해 강전을 날린 자의 이름이었다.

그자는 자신의 상관을 위해 기필코 자신을 죽이려 하고 있었다. 반면 자신 역시 자신이 얻은 정보를 기필코 상부에 보고해야 한다.

척백대주의 휘주 잠입!

복마전이 되어가는 휘주에 그자의 잠입은 결코 가벼운 문제가 아니다.

황제가 양지의 최고 권력자라면 척백대주는 음지의 최고 권력자이다.

그런 그가 이곳 휘주에 나타났다.

그 이면에 어떤 복잡한 음모가 도사리고 있는지는 알 길이 없지만 그자가 이곳에 나타났다는 사실을 기필코 상부로 알려야 한다는 것이다.

'내 덩치가 이렇게 거추장스럽기는 오늘이 처음이군.'

사내는 더욱 강하게 땅을 박찼지만 발끝에 와 닿는 감촉이 이상했다.

'독?'

절망적인 생각이 뇌리를 스쳐 지나갔다.

화살촉에서 전해진 독이 운기를 방해하며 경공마저 방해한 것이다.

"죽일 놈!"

마침내 청년은 그 자리에 섰다. 중독된 상태에서 더 이상 달려보아야 소용없다. 오히려 남은 공력마저 급격히 소진시킬 것이다.

공력이 다 빠져나가기 전에 잠시 호흡을 가다듬고 악마처럼 쫓아오는 그놈이라도 저승길의 동반자로 삼고 싶었다.

연익추…….

한때 절친한 동료에서 지금은 적이 되어버린 놈!

동창의 가장 촉망받던 동료에서 척백대로 투신하여 야망을 불태우기 시작한 놈!

이젠 그놈과 목숨을 건 대결을 벌여야 할 때이다.

"내 예감이 정확했군!"

동료 두 명과 함께 강궁을 들고 나타난 연익추가 빙글거리는 웃음과 함께 말했다.

"닭대가리가 무슨 예감까지……."

사내가 빈정거렸다. 그러나 연익추는 아랑곳 않고 입술을 움직였다.

"자네와 마지막 술잔을 기울이던 날… 문득 지금의 이 장면이 떠올랐지. 자네와 내가 머지않아 서로의 가슴에 무기를 겨누게 되는 이런 장면……."

빙글거리던 연익추의 미소가 점점 차가워졌다. 그와 함께 사내의 마음도 점점 차가워졌다.

이젠 마지막 남은 옛정마저 완전히 떨쳐 버렸다.

파앗—

사내는 애병을 뿌렸다.

빛살 같은 부챗살이 연익추를 향해 날아갔다.

피잉—

활시위를 푼 연익추가 강궁을 휘둘렀다. 강궁은 순식간에 빳빳하게 펴진 몽둥이로 변하고 활시위 또한 유성추로 변해 허공을 갈랐다. 그리고는 부챗살을 튕겨냈다.

"네놈의 활대 양쪽 끝에 몇 바퀴나 감긴 시위와 방울 같은 쇠구슬 한 개가 뭐 하는 건지 항상 궁금했는데 이런 용도였군!"

여조명은 빈정거림과 함께 부채를 활짝 펼쳤다.

"자네는 내 애병의 용도를 다 모르겠지만 난 자네 애병의 용도를 속속들이 알지. 그것만으로도 유리한데 자넨 중독까지 되었네. 또한 자네는 동료들을 다 잃었고 난 둘이나 남았네."

연익추는 느긋하게 말하며 몽둥이로 변한 활대를 흔들었다.

바닥에 있던 쇠구슬이 탄환처럼 튀어 올랐다.

파츠츠츠―

여조명은 활짝 펼친 부채를 통째로 던졌다.

이번 한 번의 공격에 모든 것을 걸었다. 더 이상은 여력도 없었다. 그래서 급격히 빠져나가고 남은 공력을 이번 한 번에 모두 쏟아 부었다.

파아앗―

연익추의 활시위가 그물처럼 허공에 얽히며 뻗어 나오는 부챗살을 막았다.

"윽!"

마지막 한 개의 부챗살이 허벅지에 꽂히며 연익추는 비명을 질렀다.

"놀랍군. 중독된 상태에서도 이 정도라니……. 하지만 이젠 끝일세. 한때 절친했던 관계를 생각해 고통없이 죽여주지."

연익추는 반쯤이나 틀어박힌 부챗살을 빼내며 활대를 들어올렸다.

"한때 절친했던 적 없었어……. 그냥… 네놈이… 술값을 잘 내주기에… 그런 척했지."

여조명은 덜덜 떨리는 입술을 억지로 움직이며 내뱉었다.

"그럼 아주 아프게 죽여주지. 하앗―"

허공을 맴돌던 유성추가 벼락처럼 여조명의 정수리로 떨어져 내렸다.

까앙―

유성추에서 쇳소리가 터져 나왔다.

"돌머리인 줄은 알았지만 이 정도까지……."

놀란 눈으로 여조명의 머리를 쳐다보며 중얼거리던 연익추의 눈이 크게 뜨여졌다.

중독된 줄 알았던 여조명이 분신술을 펼치며 옆으로 한 개의 신형이 더 늘어났기 때문이었다.

그런데……?

분신술을 펼쳤으면 똑같은 모습의 신형이 몇 개로 늘어나야 하는데 옆에 나타난 신형은 대머리가 아니었다. 그리고 자신처럼 쇠몽둥이를 들고 있었다. 유성추는 그것에 막혀 쇳소리를 토한 것이다.

"포위해라!"

옆에서 몇 명의 인영이 더 나타나며 주변을 둘러쌌다.

"북제성?"

연익추는 경악한 표정으로 단말마를 내질렀다.

북제성은 자신들을 모를 수 있어도 자신들은 이제 양지로 나온 북제성 문도들은 속속들이 알고 있다. 이들은 북제성의 인물들이었다.

"진… 공자……."

여조명이 스르르 무너졌다.

"보살펴 주시오!"

여조명을 부축한 진우청이 경설형에게 말하고는 복잡한 표정을 지었다.

해천 노인인 줄 알고 달려온 곳에서 뜻밖에도 여조명을 만났다. 반갑기는 했지만 해천 노인에 대한 걱정이 더 커졌다.

중독된 여조명은 경설형이 몇 군데 혈도를 찍자 검은 피를 토하고는 일어나 앉아 작은 알약을 삼켰다. 운기가 필요한 상황이었지만 뭔가 할 말이 있는지 여조명은 억지로 입술을 달싹거렸다.

화살에 묻은 독은 보통 사람이 중독되었다면 벌써 사경을 헤맬 맹독이었지만 용독술에 조예가 깊고, 여러 가지 해독약을 몸에 섭취하고 있던 여조명이었기에 서서히 해독이 되고 있었다.

"대체 어찌 된 일이오? 그리고 저들은 누구시오?"

마음이 급한 진우청도 여조명에게 한꺼번에 질문했다.

"저들은 척백대… 척백대주가 이곳에 왔소!"

여조명은 괴로운 표정을 지으면서도 필사적으로 답했다.

"척백대?"

을지소소와 경설형의 눈이 번쩍 살기를 내뿜었다. 장위봉과 운가목도 반사적으로 무기에 손을 갖다 댔다. 이젠 무림맹의 일원이 되어 황궁과의 오랜 은원을 청산한다고 선언한 북제성이었지만 척백대란 단어는 본능적으로 살심을 불러일으켰다.

진우청은 손을 들어올렸다.

저들을 잡는 것은 언제든지 할 수 있었다. 지금은 인근의 상황과 해천 노인의 행방이 더 급했다.

"혹시 해천 노인에 대해서 알고 계시오? 여옥화원……."

"같이 탈출하다가 지금 잡혀가고 있소."

여조명은 진우청의 말을 자르며 빠르게 답했다. 아마도 그동안 해천 노인과 같이 움직인 모양이었다.

"어, 어떡해?"

조수아가 울상이 되어 나섰다.

"어느 쪽이오?"

진우청이 윽박지르듯 물었다.

"너무 위험하오."

"대답만 해주시오! 어느 쪽이오?"

여조명은 고개를 돌려 방향을 가리켰다.

여조명의 대답을 듣는 즉시 진우청은 몸을 날렸다.

경설형과 운가목, 조송령 등은 연익추와 그 부하들을 포위하고 유화결과 을지소소만 진우청을 따라 몸을 날렸다.

앞으로 치달려가면서 을지소소는 입술을 모아 백왕과 설아에게 신호를 보냈다.

"저쪽 같아요."

을지소소는 방향을 지시했다.

환한 달이 사방을 비추고 있었지만 밤이 깊었다. 이런 밤에는 인간의 감각은 극히 제한적인 기능만 발휘할 뿐이었다. 그런 상황에서는 사람과는 비교가 안 되는 감각을 가진 백왕과 설아, 흑풍을 믿을 수밖에 없었다. 그들이 가리키는 사람들이 해천 노인이 아니고 다른 사람들일 수도 있었지만 지금은 도리가 없다.

잠시 주저하던 진우청은 을지소소가 가리키는 방향으로 몸을 날렸다.

"저기예요!"

을지소소가 낮게 소리쳤다.

산과 맞닿은 강어귀에서 일단의 인영들이 배를 띄우고 있었다.

"망할!"

눈에 보이는 거리이긴 했지만 저곳까지 도달할 때쯤이면 놈들은 강 한가운데로 배를 저어 나갈 것이다. 그러면 닭 쫓던 개 신세가 되고 만다.

진우청은 손을 등 뒤로 뻗어 용곤을 잡았다.

이제까지 몽둥이로서의 역할 외에 던져서 목표물을 맞추는 비곤(飛棍)으로서의 역할도 톡톡히 했다.

슈아악―

용곤이 호곡성을 터뜨리며 강 가운데 쪽으로 움직이는 배를 향해 날아갔다.

엄청난 속도와 파공음을 울리며 날아오는 용곤을 본 사내들이 포탄의 파편처럼 사방으로 튀어 올랐다.

퍼엉―

폭음과 함께 물기둥이 다섯 장 가까운 높이까지 솟구쳤다. 그 물살에 작은 조각배는 가랑잎처럼 흔들렸다.

놀라서 사방으로 튀어 올랐던 인영들이 신속히 움직이며 두 패로 나누어 한 패는 조각배에 다시 올라타고 나머지 한 패는 용곤이 날아온 쪽으로 치달려오고 있었다.

진우청은 호곤도 빼 들었다.

슈아악—

용곤과 마찬가지로 호곤 역시 무시무시한 소음을 내며 조각배를 향해 날아갔다.

좀 위험하긴 했지만 이번에는 조각배 앞쪽 이물을 겨냥하여 던졌다. 제대로 맞는다면 배 앞쪽은 박살이 나서 더 이상 뜨지 못할 것이다.

놈들도 그걸 예상했는지 그중 한 놈이 앞을 막아서고 있었다.

"병신!"

을지소소가 비웃음을 토했다.

거의 폭음에 가까운 파공음을 내며 날아가는 쇠몽둥이를 맨몸으로 막아낼 생각을 하는 인간이 있다는 것이 어이가 없었던 것이다.

놈도 쇠몽둥이에 실린 힘을 느끼면 피할 것이라 생각했다. 그런데 놈은 조금도 흔들림없이 그대로 서서 호곤을 막다가 까앙! 하는 소리와 함께 끈 떨어진 연처럼 뒤로 날아갔다.

"옥령인!"

을지소소가 신음처럼 말했다.

그 마물이 아니라면 제 죽을 줄 모르고 저렇게 막무가내로 막아서지도 않았을 것이고, 쇠몽둥이 맞은 자리에서 쇳소리가 터져 나오지도 않았을 것이다.

그 마물의 방해로 배는 부서지지 않고 강을 향해 나아갔다.

그리고 다른 한 무리의 인영이 이제는 얼굴을 분간할 정도로 빠르게 마주쳐 오고 있었다. 다행히 그들 중에는 옥령인이 없었다.

"부탁하오!"

진우청은 그들을 을지소소에게 맡기고 그들 머리 위를 훌쩍 뛰어넘었다.

유화결 역시 진우청을 따라 마주쳐 오던 놈들의 머리 위를 뛰어넘었다.

배는 이미 열 장도 넘게 강 한가운데를 향해 나아가고 있었다. 그래서 그 안에 해천 노인이 탔는지도 알 수 없었다. 저 배를 세워야 확인할 수 있을 것 같았다.

"너 헤엄칠 줄 알아?"

진우청은 유화결의 어깨를 흔들며 물었다. 그러나 대답이 있을 리 만무했다.

"망할 자식!"

고함을 지른 진우청은 유화결의 눈을 똑바로 쳐다보았다.

"이게 나고, 이게 너다. 넌 내 밑으로 날아와. 알겠지?"

진우청은 양손을 유화결 눈앞으로 펴서 한 손은 아래로, 다른 손은 위로 위치한 채 날아가는 모습을 연출했다.

유화결이 그 말을 알아들었는지 못 알아들었는지는 알 수 없었지만 진우청은 몸을 날렸다.

그를 따라 유화결도 땅을 박찼다.

"그래, 바로 그거야!"

진우청은 쾌재를 터뜨렸다. 유화결은 자신이 설명한 대로 자신의 신형 아래쪽에서 줄로 묶은 듯이 날아오고 있었다.

그리고 어느 정도의 지점까지 왔을 때 두 사람은 강물 아래로 떨어져 내렸다.

유화결의 몸이 강물에 반쯤 잠기는 순간 진우청은 유화결의 어깨를 강하게 박차며 재차 도약했다.

이럴 땐 유화결이 옥령인이란 게 나왔다.

그렇지 않고 물렁탱이 그대로였다면 유화결의 어깨는 유리 조각처럼 부서져 내렸을 것이다.

유화결의 차돌 같은 어깨를 박찬 진우청의 신형이 아까보다 더 쾌속하게 조각배를 향해 날아갔다.

조각배 위에 탄 사내들이 분분히 일어서며 도검을 빼 들었다.

파파파팍―

배 위로 떨어져 내리며 진우청은 양 발을 풍차처럼 휘둘렀다.

두 개의 검이 위로 튕겼고, 다른 세 개의 병기 역시 발끝에 채여 튕겨났다.

풍덩―

검을 놓친 사내 두 명의 혈을 서투른 솜씨나마 제압하여 한꺼번에 강으로 던져 버린 진우청은 갑판을 쳐다보았다.

한 명의 노인이 바닥에 쓰러져 있었다.

진우청은 안도의 한숨을 쉬며 남은 세 명의 사내를 쳐다보았다.

세 명의 사내도 귀신을 본 듯 진우청을 쳐다보고 서 있었다.

이런 덩치로 그 먼 거리를 날아온 것이 도저히 믿을 수 없는 모양이었다. 물론 바로 날아온 것이 아니라 중간에서 동료의 어깨를 차고 날아온 것이지만 그래도 이건 말이 안 되는 일이었다. 그것도 모자라 허공에 뜬 상태에서 두 발로만 자신들의 공격을 모두 무력화시킨 것은 도저히 믿어지지가 않았다.

"배를 저쪽으로 도로 갖다 대면 살려주지."

진우청이 씨익 웃으며 말했다. 이젠 그물에 걸린 짐승을 바라보는 사냥꾼 같은 여유가 생긴 것이다.

사내들은 도검을 앞으로 내밀었다.

"살기 싫다면 네놈들을 노 대신 사용하지!"

진우청은 제일 가까이 있는 사내에게 손을 뻗었다.

사내가 강맹하게 도를 쳐올렸다.

그러나 한발 앞서 진우청의 손이 사내의 도신을 두드렸다.

쨍! 하는 소리와 함께 도가 바닥에 떨어지고 사내의 멱살이 진우청의 손에 잡혔다.

사내의 신형을 한 손에 들어올린 진우청은 사내의 혈을 제압한 채 아까와 똑같이 강 한가운데로 던졌다. 그러면서 갑판을 디딘 발꿈치에 힘을 주었다. 그 힘을 받은 배가 출렁거리다 그 자리에 멈춰 섰다.

진우청은 다시 한 사내의 어깨를 잡았다.

"크윽!"

검을 든 오른쪽 어깨를 잡힌 사내는 비명을 지르며 한 번 휘둘러 보지도 못하고 검을 떨어뜨렸다. 진우청은 나머지 한 명까지 혈을 제압한 후 강 복판으로 던졌다.

혈이 제압당했으니 그대로 수장될 것이다. 잔인한 손속이었지만 놈들이 헤엄쳐 나가면 자신과 사질들이 위험해진다.

멈춰 섰던 배가 반대쪽으로 빠르게 나아가기 시작했다.

강가로 되돌아가며 진우청은 유화결을 찾았다. 유화결의 모습은 어느 곳에도 보이지 않았다.

"물렁탱아!"

덜컥 걱정이 된 진우청은 고함을 질렀다.

그러는 사이 배는 강가에 닿았지만 유화결의 모습은 여전히 보이지
않았다.

"이 망할 자식! 정말 헤엄을 못 치는 거야?"

진우청은 노인의 상세를 살피지도 못한 채 첨벙첨벙 물속으로 뛰어
들었다.

강 복판을 향해 막 헤엄을 치려는 순간 물속에서 머리 하나가 솟아
올랐다.

복면을 벗지도 않은 유화결이었다. 그는 헤엄을 치는 것이 아니라
바닥을 뚜벅뚜벅 걸어서 자갈밭으로 올라오고 있었다.

진우청은 어이없는 눈으로 유화결을 쳐다보았다.

옥령인이 되고 나서는 숨도 쉬지 않는 것인지 헤엄을 치지 않고 강
바닥을 그냥 걸어서 나오고 있는 모습이 기가 막혔다.

"사숙!"

다른 무리들을 다 해치운 사질들이 달려왔다.

유화결에게서 눈을 돌린 진우청은 얼른 갑판에 쓰러져 있는 노인을
부축했다.

초췌한 모습의 해천 노인이었고, 온몸에 상처가 심했다.

진우청은 해천 노인의 혈을 다스리고 금창약을 깊은 상처에만 우선
발랐다. 그때까지도 해천 노인은 깨어나지 않았다.

"어서 빠져나가야 해요!"

을지소소가 주변을 살피며 재촉했다.

고개를 끄덕인 진우청은 주변을 둘러보며 용곤과 호곤을 찾았
다.

용곤은 흙탕물이 뿌옇게 인 곳에 꽂혀 있었고 호곤은 옥령인의 가슴

에 꽂혀 있었다.

　호곤과 용곤을 챙긴 진우청은 죽은 옥령인을 강 한가운데로 떠내려 보낸 후 해천 노인을 등에 업고 경공을 펼쳤다.

第八十七章
준동(蠢動)

준동(蠢動)

가치를 따질 수 없는 침향목 탁자 위에 역시 가치를 따지기 힘들 만큼 기묘한 빛이 감도는 청자(青瓷) 찻잔 두 개가 모락모락 김을 피워 올리고 있었다.

"드시지요."

침향목 탁자를 사이에 두고 마주 앉은 두 사람 중 한 청년이 여인처럼 희고 마디가 긴 손을 들어올리며 차를 권했다.

청년과 마주 앉은 사람은 백발이 온 얼굴을 뒤덮은 노인이었다. 아무리 적게 잡아도 여든은 넘은 나이로 보였다. 그러나 백발 사이로 언뜻언뜻 드러나는 노인의 안색은 청년의 그것처럼 붉고 윤기를 띠었다.

천천히 차를 마신 노인은 담담한 눈빛으로 청년을 쳐다보았다. 청년은 잠시 호흡을 가다듬었다. 담담하게 마주쳐 왔지만 그의 눈에 비친 노인의 눈빛은 어떤 야수의 그것보다 더 흉맹했다.

　결코 의도적으로 그런 기운을 쏘아 보낸 것이 아니었다. 자연스럽게 몸에 배인 기운이 은연중에 눈을 통해 뻗어 나오고 있었다.

　"마땅히 제가 찾아뵈어야 할 일이지만 이곳을 벗어나서는 목숨이 백 개라도 모자라는 입장이라 대역죄를 무릅쓰고 이곳으로 대인을 초청했습니다."

　청년은 한껏 기름을 바른 목소리로 말했다.

　"대역죄라는 것은 황실에 불충했을 때나 쓰이는 말일세. 나 같은 늙은이에게 조금 수고를 끼친다고 해서 대역죄란 말은 과하네."

　노인은 전혀 표정 변화 없이 말하고는 벽을 향해 눈길을 고정시켰다. 아무 무늬도 없는 벽이었지만 그곳을 쳐다보는 노인의 눈은 서릿발 같은 정광을 쏟아냈다.

　"아주 기이한 친구로군!"

　노인이 보일 듯 말 듯한 미소를 지으며 말했다.

　"보이십니까?"

　청년은 정말 놀랐다는 표정과 함께 목소리를 높였다.

　"오래 살다 보면 보통 사람에겐 안 보이는 것도 볼 수 있는 법이지."

　"저 친구는 오래 살았다고 보이는 친구가 아니지요. 절정의 무공으로 기감이 신의 경지에 올라야 가능하지요. 스스로 드러내지도 않았는데 저 친구의 존재를 찾아낸 사람은 대주님이 처음, 아니, 두 번째군요."

　청년이 박수를 치며 말했다. 자칫 아부의 극치를 보여주는 듯한 동작이었지만 청년의 행동에서는 전혀 그런 느낌이 들지 않았다.

　"두 번째?"

　노인의 눈썹이 미세하게 치켜졌다. 그건 무인 본연의 호승심이었다.

“첫 번째는 저 친구의 천적이라 할 수 있는 존재지요. 무공은 전혀 모르는 여인이지만 영능력이 뛰어나 저 친구가 근접조차 하지 못합니다.”

청년의 설명에 미세하게 변했던 노인의 표정이 풀어졌다. 자신에 앞서 첫 번째의 자리를 차지한 사람이 무인이 아니라는 말이 상한 자존심을 회복시킨 것이다.

“이젠 본론을 말하게! 왜 날 이곳으로 불렀나?”

노인은 부하들에게 명령을 내리듯 단호한 어조로 말했다.

청년은 묵묵히 고개를 끄덕인 후 말을 꺼냈다.

“거래를 한 가지 하기 위함입니다.”

“거래?”

“그렇습니다. 장사꾼이 누군가를 초청하거나 누군가를 방문하는 것은 모두 거래의 일환에서 벌이는 일이지요.”

청년은 정색을 하고 답한 후 노인의 눈을 정면으로 응시했다.

노인의 눈이 조금 이채를 띠었다. 굳이 공력을 끌어올리지는 않았지만 그렇다고 해서 자신의 눈을 이렇게 똑바로 쳐다보며 견딜 수 있는 사람은 그렇게 많지 않았다. 하물며 무가의 자식도 아닌 새파란 상가의 자식으로 그런 경지에 올랐다는 것이 적이 흥미로운 모양이었다.

“그 거래라는 것은 물론 옥령인이라는 마물 때문이겠지?”

잠시 동안 눈싸움을 즐기던 노인은 희미한 미소와 함께 핵심을 찔렀다.

“역시 꿰뚫고 계셨군요.”

“그 마물들의 정체가 밝혀진 후 무림은 물론이고 황실까지도 시끄러워지려 하고 있네. 그 제조비법은 뭇사람들의 공분을 살 만하니……."

"그래서 제가 척백대주님을 이곳으로 초청했지요."

척백대주 형옥신의 말을 자른 임문정은 빠르게 말을 이었다.

"두 가지를 제게 주시면 저 역시 그에 상응하는 두 가지를 대인께 드리지요."

"우선 내게서 뭘 원하는지부터 말해보게."

형옥신의 눈빛이 더욱 담담하게 가라앉았다.

"첫째는 옥령인에 대한 황실과 관의 개입을 두 달 동안만 막아주십시오. 남패천의 구양천 그 늙은이가 온갖 수단을 다 부렸더군요. 돈으로 못할 것이 없지만 황실은 그 효력이 제일 늦게 나타나는 곳이고, 또한 가장 예상치 못한 방향으로 움직이는 곳이니까요."

임문정은 황실만은 힘에 부친다는 듯 고개를 흔들었다.

"두 번째는?"

형옥신은 임문정의 첫 번째 부탁에 가타부타 대답없이 두 번째 요구 조건을 물었다.

"최근 저희 동방회의 비선 조직으로부터 아주 특별한 소식 한 가지가 흘러들어 왔습니다."

임문정은 잠시 형옥신의 표정을 읽은 후 다시 말했다.

"그것은 바로 북제성의 치명적인 약점이라는 무슨 열쇠에 관한 것인데 그 정보를 척백대에서 입수했다고 하더군요."

형옥신은 여전히 긍정도 부인도 하지 않았지만 그의 입가에는 얼핏 희미한 미소 한 조각이 피어올라 있었다.

"상가의 정보력이 그 정도인 줄은 몰랐군. 그 정도라면 그게 무언지도 알 수 있었을 텐데……?"

"시간이란 것이 문제지요. 한 달만 더 시간이 있다면 우리 힘으로도 알 수 있지만 아쉽게도 시간이 모자랍니다."

임문정이 아쉬운 듯 입맛을 다셨다.

"내가 그 두 가지를 자네에게 주면 자넨 나에게 뭘 줄 수 있는가?"

"우선, 큰일을 이룰 만한 황금을 드리지요."

"큰일? 구체적으로 어떤 일 말인가?"

담담하게 가라앉아 있던 형옥신의 눈빛이 칼날처럼 빛났다.

"저같이 미천한 백성이야 알 수 없는 일들이 이 세상에는 부지기수로 많지요. 그것들 중 한 가지를 이룰 만한 금액의 황금을 드리지요."

임문정은 금방이라도 비수가 튀어나올 듯한 형옥신의 눈빛을 슬며시 회피하며 품속에서 봉서 하나를 꺼냈다.

"동방회 총단에서 발행한… 그러니까 제 부친의 수결이 찍힌 전표입니다. 물론, 금액은 대인께서 원하시는 만큼 적어 넣으면 됩니다. 그리고 다른 한 가지는……."

임문정은 탁자 아래로 손을 뻗어 서랍을 열었다.

서랍 속에는 이제 막 먹물이 마른 듯한 서책 한 권이 들어 있었다.

형옥신의 시선이 탁자를 건너 태울 듯이 서책 위로 쏟아졌다.

"완벽한 파수꾼에 대한 제조비법입니다."

"완벽한 파수꾼?"

"그렇습니다. 말 그대로 완벽 그 자체지요. 주인을 절대로 배반하지 않으며 주인의 명령이라면 단 한순간의 망설임도 없이 그 자리에서 자신의 몸을 터뜨려 죽기까지 하지요. 게다가 그 어떤 파수꾼보다 더 강하지요. 이런 파수꾼을 얻는다면 큰일보다 훨씬 더 큰일을 할 수도 있지요."

설명을 끝낸 임문정이 서책을 집어 봉서 옆에 놓았다.

한 장의 봉서와 한 권의 책자!

작은 탁자의 가운데 부분만 차지하고 있었지만 그것은 백만 대군이 도열해 있고, 수만 금을 실은 마차가 셀 수 없이 나열되어 있는 것과 마찬가지였다.

그야말로 악마라도 홀릴 만한 물건들이었다.

"이 정도면 직접 큰일을 할 수도 있을 텐데 왜 나에게 넘기려 하는 것이냐?"

산전수전 다 겪은 노물답게 형옥신은 끝까지 냉정을 유지하고 있었다.

"인간에겐 각자의 소질이 있지요. 전 돈 버는 데는 소질이 있지만 다른 일을 하는 데는 소질이 많이 떨어집니다. 그리고 또 만물에는 천적이 있지요. 그 천적을 잡아먹지 못하면 결국 천적에게 잡아먹히게 되지요. 아무리 큰돈을 쌓아도 천적에게 잡아먹히고 나면 말짱 허사이지요. 제게는 일단 천적을 잡아먹는 것이 급선무입니다."

"자네 같은 사람에게도 천적이 있다는 말인가?"

형옥신이 눈을 조금 크게 떴다.

"처음에는 추호도 그런 생각을 하지 않았습니다. 그런데 시간이 지나면서 점점 그런 심중이 굳어지더군요. 자존심이 상하지만 이젠 그걸 인정해야 할 것 같습니다."

임문정은 쩝! 하고 입맛을 다셨다.

스스로의 말대로 진우청이 자신의 천적이 될 것이라고는 생각조차 해보지 않았다.

인장호 그 멍청한 놈이 그의 도박판 동료들을 잡아온 때문에 처음으로 만나게 되었고, 또 인장호 그놈이 앙심을 품고 이여옥을 다른 곳으로 끌고 갔기 때문에 다시 만나게 되었다.

그러나 그때까지는 크게 신경 쓰지 않았다. 단지 묘한 상황에서 묘하게 거듭 부딪친다고 생각했다.

그러던 그놈은 유가검보를 쓸어버리는 그날, 사사건건 방해를 하다가 검보의 자식들을 데리고 탈출했다.

그때부터 많은 일들이 그놈 때문에 꼬이기 시작했다.

이제는 북제성을 양지로 끌어내어 무림에서 가장 영향력이 큰 문파로 만들어 자신이 하는 일에 커다란 걸림돌이 되었다.

종국에는 그놈이 자신의 목을 향해 손을 뻗쳐 올 것 같다는 예감이 들기 시작했다. 언뜻언뜻 뇌리를 스치기 시작한 그 예감은 고개를 흔들수록 질 좋은 아교처럼 더 끈적거리며 달라붙었다.

그런 불쾌한 느낌이 들었다면 최대한 빨리 대처해야 한다. 안일하게 생각하고 덮어두었다간 후일 반드시 사단을 일으킨다.

'북제성만 사라진다면 더 이상 신경 쓸 것이 없지.'

속으로 중얼거린 임문정은 형옥신을 쳐다보았다.

"거래를 하시겠는지요?"

"안 하겠다면?"

"그럼 여기까지 오실 이유가 없었겠지요. 그리고 지금까지 앉아 계실 이유 역시……."

임문정도 이젠 표정 변화 없이 응수했다.

"그런가? 그것도 틀린 말은 아니군!"

형옥신은 탁자 위에 놓인 두 개의 봉서를 천천히 집어 들고 품속으로 갈무리했다.

"한 가지 조건이 더 있네."

형옥신이 등을 돌렸다.

"말씀하십시오."

"이곳에 실험실을 하나 내어주게. 그곳에서 내 나름대로 옥령인의
제조비법에 대해 실험을 해보고 타당성이 있다면 결정을 하겠네."

척백대주가 생각에 잠긴 얼굴로 말했다.

"잘 알겠습니다."

임문정이 흔쾌히 답했다.

"정말 옥령인의 제조비법을 넘겨주시려는지요?"

형옥신이 나간 후 단서일이 의미심장한 표정으로 질문했다.

"약속을 했으니 넘겨주어야 하지 않겠나?"

임문정은 미소를 지으며 반문했다.

단서일은 할 말을 잃고 임문정의 얼굴만 쳐다보았다.

"그럼 옥령지체의 여인도 같이 넘겨주는 것입니까?"

"물론이지. 그녀는 옥령인 제조법의 일부니까 말일세."

임문정은 여전히 미소를 잃지 않고 답했다.

"그렇게 되면 우린?"

"우리가 어떻게 됐단 말인가?"

"우린 더 이상 옥령인을 얻지 못하고……."

"어차피 지금도 옥령인은 더 만들지 못하는 상황 아닌가?"

"그, 그렇긴 합니다만……."

단서일이 고개를 끄덕였다.

"우리가 척백대주에게 옥령인 제조비법을 건네주었다고 해서 그 영

감이 무얼 가져갈 수 있겠나? 이곳 옥 광산 전체를? 아니면 이곳을 떠나서는 살 수 없는 옥령지체의 여인을? 옥령수와 옥령지체가 없으면 옥령인 제조비법은 아무짝에도 쓸모없는 글귀들일 뿐이야. 척백대주역시 그건 알고 있는 사실이야. 그건 상징적인 의미이지. 하지만 그걸주고 우리의 목적이 끝날 때까지 황실의 움직임을 막고, 북제성의 약점까지 알게 된다면 그야말로 불로소득이지. 아울러 척백대주의 손에 그것이 들어갔다는 정보가 새어나가면 산 사람을 옥령인으로 만들었다며우리에게로 집중되었던 지탄이 척백대로, 더 나아가 황궁으로 분산되겠지. 차후에 황궁에서 그걸 가져가 봉인시켰다는 사실은 우리에게 면죄부 하나를 줄 것이고.”

“결국 최종적으로 필요한 것이 그것이었군요. 황궁의 면죄부…….”
단서일이 모든 의구심이 풀리는 목소리로 말했다.

“일이 더 잘 풀린다면 북제성 놈들은 무림맹에서 튀어나와 예전처럼척백대와 싸우게 될 걸세. 우린 그 틈에 우리의 목적을 이루면 되네.그 뒤에는 어떻게 되든 상관없네. 척백대가 이곳에서 잠든 옥령지체의여인을 깨워 또 다른 옥령인을 만들든, 서왕문의 약왕당주 교길소가 그렇게 해서 세상을 뒤집어엎든 상관없지. 두 달만 버텨주면 돼. 두 달만……. 그럼 구양천 그 영감의 목을 따고 우리를 건드리면 어떻게 된다는 것을 온 세상에 알리게 되겠지. 후후!”

“급한 일이 생겼습니다.”
임문정의 음산한 웃음이 그치자마자 밖에서 다급한 목소리가 들렸다.

“무슨 일인가?”
단서일이 약간은 신경질적인 음성으로 물었다. 웬만한 일이 아니면 이곳까지 부하들이 들어와서 보고하지 않았다. 한 단계 건너 자신에게 전해지고 자신 손에서 취합되어 임문정에게 보고되어진다. 지금은 그런 보고 체계를 무시한 것이다.

"들어와라!"

임문정이 지시를 내리자 청의무복의 청년 하나가 급하게 들어섰다.

"노인을 놓쳤습니다."

청년이 다급하게 보고하자 임문정의 검미가 꿈틀 춤을 추었다.

"어찌 된 일이냐?"

임문정이 냉기가 풀풀 날리는 음성으로 말하자 사내가 자신도 모르게 몸을 부르르 떨었다.

일이 틀어진 것이 불가항력이 아니고, 실수나 나태함 때문이라면 이 자리에서 목숨이 끊어지는 것이다.

"탈출하는 노인을 제압하여 데려온다는 보고까지는 받았는데 그 뒤로는 연락이 없어 달려가 보니 부하들은 모두 죽어 있었고, 노인은 사라졌습니다."

"옥령인까지 데리고 갔으면서도 그놈들을 퇴치하지 못했단 말인가?"

이번에는 단서일이 고함을 질렀다.

"옥령인도 당해서 강물에 떠내려갔는지 보이지 않았습니다."

"옥령인도 당했다고……? 동창의 놈들이 그렇게 강하단 말이냐? 아니면 또 다른 누군가가 개입했다는 말인가?"

임문정의 눈이 가늘어졌다.

"어쩌면 옥령인은 훼방꾼 놈들을 추적하고 있는지도 모릅니다. 목적을 이룰 때까지는 멈추지 않을 존재들이니까요."

청의청년은 그것이 더 합당할 것 같다는 얼굴로 서둘러 답했다.

"그 영감을 구해갈 또 다른 훼방꾼이라면 한곳밖에 없다."

임문정이 얼어붙은 목소리로 말했다.

"백운무관 말인가요?"

청년의 질문에 임문정의 눈이 짙은 살기를 발산했다.

*   *   *

"자네…… 정말 자넨가?"

백운 노인은 믿어지지 않는다는 눈으로 진우청을 쳐다보다가 진우청의 등에 업힌 해천 노인을 보고 허둥지둥 부축하며 자리에 눕혔다.

"이게, 이게 대체 어찌 된 일인가?"

여전히 의식을 차리지 않는 해천 노인에게서 눈을 돌린 백운 노인은 조수아와 진우청을 번갈아 쳐다보았다.

조수아가 그간의 일을 간단히 설명했다. 백운 노인은 무거운 탄식을 거듭 토하며 해천 노인의 상세를 돌보았다. 그러나 상세가 막중한 해천 노인은 몇 번 신음만 토한 후 여전히 의식을 차리지 못하였다.

중독이 되었거나 주화입마의 증상은 없었다. 그런데도 노인은 어찌 된 영문인지 의식을 차리지 못하고 있었다. 오면서 진우청이 몇 번이나 추궁과혈을 해주었지만 마찬가지였다.

"예전에 이 친구는 용호십육곤술의 극의를 깨닫기 위해 노력하다 주화입마에 빠진 적이 있었네. 그 때문에 용호곤을 놓게 되었고 자네에게 물려주었네. 겨우 주화입마에서 벗어나긴 했지만 무리하게 내력을 운기하면 이런 꼴이 되네. 시간이 보약일세. 충분한 휴식을 취하고 스스로 일어날 때까지 기다릴 수밖에 없네."

백운 노인은 침중한 목소리와 함께 다시 한 번 추궁과혈을 시도하려는 진우청을 만류했다.

진우청은 해천 노인이 어쩌다가 이런 지경까지 처하게 되었는지 궁금증이 이는 마음을 접어두고 밖으로 나왔다.

이젠 거의 해독된 여조명이 진우청을 향해 다가왔다.

"큰 은혜를 입었소!"

여조명이 고개를 숙였다.

"나 역시 여 형의 도움을 많이 받았으니 피장파장이오. 일전에 보내준 연락은 잘 받았소. 그런데 해천 노인과는 언제부터 같이 행동했소?"

진우청은 여조명이 해천 노인과 같이 탈출하다 곤경에 빠진 사실도 무척 궁금했다. 자신이 알기론 이들 두 사람은 서로 연관이 없었다. 아마도 휘주가 동방회의 소굴이 된 후 알게 된 모양이었다.

"이곳 휘주에서 일이 끝나고 복귀하려던 중 우연히 척백대의 흔적을 감지했소. 한때는 내 동료였다가 척백대로 투신한 놈이 그들 중에 있어 아무리 변장해도 알 수 있었소. 그래서 그 전말을 캐려고 하다가 나와 비슷한 행보를 보이는 해천 노인과 며칠 같이 움직이게 된 것이오."

"그럼… 당신의 정체는?"

경설형의 눈 사이가 좁혀졌다.

"난 동창의 현자조 조장이오."

한참 꺼리던 여조명이 사방을 두리번거리다 낮은 목소리로 자신의 정체를 밝혔다.

"그럼, 탈출하기 전까지 두 분은 무슨 일을 한 것이오? 그러니까…노인은 어쩌다가 저런 지경까지……?"

"그것까진 잘 모르겠소. 놈들이 나만큼이나 노인을 필사적으로 잡으려 한 것을 보면 노인이 놈들로서는 알리고 싶지 않은 무언가를 알고 있을지도 모르지요."

여조명은 고개를 흔들며 답했다.

"어쨌든 일이 더 복잡해지는 것 같소. 척백대주까지 이곳 복마전에 나타났다는 것은 우리에게나 북제성에게나 결코 바람직한 일은 아닐 것이오. 난 지금 즉시 조직의 끈이 닿는 곳으로 가서 연락하고 오겠소."

여조명은 진우청에게 다시 한 번 감사의 뜻을 표하고는 훌쩍 몸을 날렸다.

진우청은 우두커니 서서 아직까지 어둠을 가득 머금고 있는 하늘을 쳐다보았다.

휘주 한복판은 놈들의 마굴이 되어 접근이 불가능해 보였다.

서신마저 다 끝맺지 못한 이여옥은 어떻게 되었는지 궁금하기 짝이 없었고, 옥령인으로 자신 앞에 나타난 이후 아무것도 먹지 않고 따라다니기만 하는 유화결을 보면 초조감이 해일처럼 밀려왔지만 유가검보가 있는 곳은 물론, 신안강까지도 접근이 힘들었다.

더구나 이여옥이 있는 유가검보는 수십 겹의 경계와 더불어 옥령인이라는 괴물들이 득실거릴 것이다. 거기다 척백대주까지 나타났다면……

마음 같아서는 지금 당장 유화결을 데리고 이여옥을 만나고 싶지만 방법은 생각나지 않고 마음만 초조해졌다.

진우청은 고개를 돌려 한시도 떨어지지 않고 곁에 서 있는 유화결을 쳐다보았다.

영혼을 잃고 얼굴마저 잃어버린 채 복면을 뒤집어쓴 지금의 유화결에게 예전의 모습은 단 한 곳도 남아 있지 않았다. 그러기에 인근에 살면서 유화결을 알고 있었을 조수아나 백운 노인도 전혀 알아보지 못하고 있다.

"물렁탱아!"

진우청은 유화결을 불렀다. 그러나 유화결은 미동은커녕 눈동자조차 움직이지 않았다. 이럴 때는 마치 듣도 보도 못하는 목석이나 마찬가지였다. 진우청은 손을 뻗어 억지로 유화결을 돌려세웠다.

"차라리 예전의 그 더러운 성질 폭발이라도 한번 시켜봐라, 이 망할 놈아!"

진우청은 유화결의 눈을 정면으로 쳐다보며 고함을 질렀지만 유화결의 눈동자에는 일말의 생각도 어리지 않고 텅 비어 있었다.

"이 머저리 같은 놈!"

진우청은 유화결의 가슴을 향해 냅다 주먹을 날렸다.

가슴에서 펑! 하는 소리와 함께 신형이 주르르 뒤로 밀렸지만 유화결은 여전히 아무런 표정 없이 서 있었다. 그만한 주먹질이라면 웬만한 고수라도 타격을 받을 만했고, 옥령인이라도 마찬가지일 것이다. 그렇다면 방어를 하든지 피해야 하는데도 유화결은 자신의 주먹을 고스란히 맞고 뒤로 밀렸다.

"대체 넌 어떻게 변한 거냐? 언제 생각하고 언제 움직이는 거난 말이다. 네 고향에 왔는데도 아무 감동도 없느냐, 이 망할 놈아!"

진우청은 유화결의 허벅지를 향해 다시 발길질을 날렸다.

유화결은 여전히 통나무처럼 서서 진우청의 발길을 그대로 감수하며 또 한 번 뒤로 밀렸다.

기가 막힌 심정이 된 진우청은 유화결에게 달려들 듯 다가갔다.

"사숙!"

장위봉이 얼른 나서며 진우청을 말렸다.

시간이 갈수록 진우청의 마음이 더 조급해지고 이곳 휘주에 와서는 더욱 그런 것 같았다. 하지만 이렇게 감정을 폭발시켜 봐야 아무 소용이 없었다. 오히려 마음만 공허해질 뿐이다.

"네가 한번 공격해 보아라."

신형을 멈춘 진우청은 장위봉을 향해 지시했다.

"무슨 말씀이신지요, 사숙?"

장위봉이 두 눈을 동그랗게 떴다.

"네 공격에도 속수무책으로 맞고만 있는지 저 녀석을 공격해 보아라. 흉내만 내지 말고 최소한 방금 내가 한 만큼은 힘을 실어라!"

"사숙, 하지만……."

"괜찮다. 해보아라!"

망설이던 장위봉은 거듭된 진우청의 채근에 공격 자세를 잡았다.

운가목과 조송령 등이 긴장한 눈으로 유화결을 쳐다보았지만 유화결은 처음 모습대로 우두커니 서 있었다.

"하앗—"

조금 더 뜸을 들이던 장위봉이 일부러 큰 기합성을 터뜨리며 유화결을 향해 달려들었다.

유화결은 여전히 목석처럼 서 있었다. 그러다 장위봉의 주먹이 가슴에 틀어박히려는 순간 슬쩍 몸을 피하며 장위봉의 손목을 잡아왔다. 진우청에게 보여준 반응과는 전혀 다른, 그리고 전혀 예상치 못한 쾌속한 금나술이었다.

대경한 장위봉은 얼른 주먹을 회수하고 반대쪽 주먹을 휘둘렀다.

이번 주먹은 장위봉이 작심하고 날린 것이어서 섬전처럼 쾌속했다. 그 결과 돌을 두드리는 소리와 함께 유화결의 어깨에 작렬했다.

한 걸음 뒤로 밀린 유화결의 눈에 언뜻 색다른 빛이 어리는 것 같더니 순식간에 사라졌다.

진우청은 장위봉에게 눈짓으로 계속 공격 명령을 내렸다.

쩝! 하고 입맛을 다신 장위봉은 아까보다 더 맹렬히 주먹을 휘두르며 쏘아졌다.

챙―

쇳소리가 울리며 유화결이 검을 뽑아 들었다. 동공에는 아무런 생각이 맺혀 있지 않았지만 더 이상 공격하면 자신도 가만히 있지 않겠다는 모습이었다.

"그래, 이 자식아. 그게 정상이잖아?"

유화결과 사질 하나가 살벌한 대치를 이룬 상황도 아랑곳 않고 진우청은 고함을 질렀다.

유화결은 맹탕 허깨비인 것은 아니었다. 자신에게는 속수무책으로 맞고만 있었지만 다른 사람의 공격에는 본능적으로 자신을 지켰다. 그리고 예전 같은 성질을 드러내기도 했다.

진우청은 손을 들어올려 장위봉을 말렸다. 그러자 유화결도 검을 집어넣었다.

진우청은 유화결에게 시선을 고정시켰다. 아무리 시도해 보아도 어느 범위까지 의식이 있고 없는지 헤아릴 길이 없었다.

중요한 것은 처음 봤을 때와 비교해서 훨씬 더 목석에 가까워졌다는 것이다. 처음에는 몇 마디 말도 내뱉었다. 영혼 깊은 곳에 각인되어 무

의식적으로 흘러나온 것 같았지만 말을 했다. 그러나 최근에는 단 한 마디도 하지 않았고, 동공에 생각이란 것도 거의 어리지 않았다. 이러다 어느 순간 정말 돌이 되어 꼼짝도 못하지 않을까 불쑥불쑥 걱정이 되었다.

'최대한 빨리 검보로 스며들 방법을 찾아야겠다.'

진우청은 초조한 마음을 달래며 해천 노인의 숙소를 향해 등을 돌렸다. 그러나 자신을 다급하게 부르는 을지소소의 목소리에 진우청은 다시 신형을 돌렸다.

"침입자들이 있습니다!"

고함을 지른 을지소소는 눈을 가늘게 뜨며 밖을 향해 청각을 돋우었다. 백왕이나 설아의 경고음이 들려온 모양이었다.

"제법 많아요!"

그 말과 함께 을지소소는 흑편을 손에 들고 백운무관의 지붕 위로 날아올랐다.

진우청은 을지소소를 따라 몸을 날렸다.

새벽이 가까워졌지만 짙은 새벽 안개가 내려앉은 사위는 아직 어둠을 끌어안고 있었다. 그리고 그 어스름의 끝 자락에서 그물이 조여드는 듯한 움직임이 느껴졌다.

쾌속하면서도 톱니바퀴처럼 맞물려 돌아가는 듯한 조직적인 움직임!

잠시 후면 저 포위망은 이곳을 향해 들이닥칠 것이다.

진우청은 아래로 몸을 날렸다.

"백운 노인에게 알리고 대피시켜야 할 사람은 대피시키시오!"

진우청이 이곳 도장의 청년들을 보며 목소리를 높였다.

청년 몇 명이 날 듯이 안채로 뛰어들었다.

"옥령인들도 있어요!"

을지소소의 목소리가 지붕 위에서 표독스럽게 들려왔다. 그 목소리를 들은 경설형과 조송령 등의 눈빛에서 번쩍 살기가 뻗어 나왔다.

자신들의 안위에 있어 위험천만했던 옥령인들!

그들 때문에 극성의 공력을 끌어올리고 저승 문턱을 몇 번이나 넘나들었던가? 진우청이 없었다면 지금쯤 자신들은 혈맥이 터져 죽었을 것이다.

이젠 그 지긋지긋한 천형은 말끔히 떨쳐 냈다. 그걸 확인해 보고 싶기도 하고 그 기운으로 인해 훨씬 더 강해진 자신들의 무위를 확인해 보고 싶은 생각도 들었다.

"이젠 제대로 한 번 싸울 수 있겠군!"

경설형이 허옇게 이를 드러내며 검을 뽑았다.

"경거망동하지 마세요, 사형! 다른 놈들의 수도 만만치 않아요!"

점점 더 가까워지는 무리들을 보며 을지소소가 고함을 질렀다.

"무슨 일인가?"

백운 노인은 아들들과 함께 바깥채로 달려나왔다. 밤새 해천 노인을 보살핀 그의 얼굴은 핼쑥해져 있었다.

"가족들을 대피시키십시오, 노인장! 대규모의 공격입니다!"

진우청은 소리를 질렀다.

"일단은 지하 연무장으로 대피시켰네."

백운 노인은 언제나처럼 용의주도하게 움직이며 무관 내의 젊은이들을 지휘하여 적재적소에 배치시켰다.

진우청은 무관 곳곳에서 위치를 엄수하며 서 있는 청년들을 보았다.

그들 중에는 작년 봄 비무대회가 열리는 신안강 변으로 백운 노인과 조수아를 위해 음식을 싸왔던 젊은이들도 있었다.

그들의 표정에 짙은 공포가 어리고 있었다.

휘주와 가까운 곳에 있기에 누구보다 동방회의 무서움을 잘 알고 있었다. 또한 이곳 백운무관은 동방회와 그리 좋은 관계가 아님을 알고 있었다. 그래서 동료들 반 이상은 이미 이곳을 떠났다. 그런 상황에서 놈들이 쳐들어오고 있었다.

청년들은 연신 진우청 일행에게로 시선을 던졌다.

믿을 수 있는 것은 진우청 일행뿐이었다.

진우청과 북제성이란 그 단어만이 그들에게 있어 유일한 위안이었다.

"곧 들이닥쳐요."

지붕 위에 있던 을지소소가 깃털처럼 바닥으로 날아 내리며 대문을 응시했다.

콰앙—

을지소소의 시선에 화답이라도 하듯 대문이 박살나며 파편이 마당으로 날아들었다.

백운무관 청년들의 눈에 더욱 큰 공포가 어렸다.

명문세가의 대문같이 거대하지는 않았지만 질 좋은 나무로 만들어진 제법 육중한 대문이었다. 그런데 그것이 단 일격에 박살이 났다. 그게 장력이든 검기든 무시무시한 수준이었다.

일격에 대문을 날려 버린 장본인이 모습을 드러냈다.

온 얼굴에 호랑이 문신을 한 옥령인이었다.

"하앗!"

조송령이 기다렸다는 듯 쌍검을 휘둘렀다. 몇 번이나 자신을 죽음의 위기로 내몰았던 옥령인에 대한 본능적인 적개심이 그녀의 쌍검 끝으로 고스란히 표출되었다.

파츠츠츠—

어린 소녀의 검에서 쏟아져 나온 기운이라고는 도저히 믿을 수 없는 새하얀 백광 두 가닥이 옥령인을 향해 쏟아졌다.

까앙—

깡—

두 가닥 쇳소리와 함께 옥령인이 비틀거리며 뒤로 밀렸다.

옥령인의 눈에 긴장감이 어렸다. 예상치 못한 타격을 입었음이 분명했다.

이들은 진우청 가문으로 쳐들어오던 그 옥령인들과 비슷했다. 그들은 그 뒤에 맞닥뜨린 옥령인들에 비해서 인간의 특성이 훨씬 더 많이 남아 있었다. 입술을 달싹거려 서로에게 의사를 전달하기도 하고 눈빛이 수시로 변하기도 했다. 그러나 그 뒤에 만난 옥령인들은 그런 특성들이 점점 사라졌다. 그런 특성들이 사라지는 대신 그들보다 훨씬 강했다.

유화결 역시 그랬다.

이제껏 만난 옥령인들 중에서 유화결이 제일 실혼인에 가까웠다. 그리고 제일 강했다.

몇 발 더 뒤로 밀린 옥령인은 입술을 달싹거렸다.

대문 안으로 세 명의 옥령인이 더 쏟아져 들었다. 뒤이어 담장을 훌쩍 뛰어넘으며 수십 명의 흑의 사내들이 포위하듯 둘러쌌다.

"흐흐흐!"

사내들은 옥령인들의 능력을 절대적으로 신임하는지 무기도 뽑지 않고 뒷짐을 진 채 느긋이 장내를 응시했다.

"모두 가운데로 모이게 하십시오, 어르신!"

진우청은 백운 노인에게 빠르게 말했다.

청년들과 백운 노인의 아들, 손자들은 인간들이나 상대할 수 있지 옥령인들의 상대가 아니다. 최대한 옥령인들과는 충돌하지 말고 있다가 동방회나 서왕문 놈들을 상대해야 한다.

그러잖아도 주춤거리며 뒤로 물러서던 청년들이 우르르 마당 한쪽으로 모였다.

"그런다고 뭐가 달라질까?"

옥령인들을 방패 삼고 있던 사내들이 비웃음을 흘렸다.

"천천히 쓸어버려라!"

사내가 노란색 깃발을 세차게 흔들었다.

그것을 본 옥령인 한 명의 눈빛이 번쩍 빛을 토했다. 그는 처음 대문을 들어섰다가 조송령의 쌍검 세례를 받은 놈이었다.

"옥령인들은 저희들이 맡을 테니 사형과 사저는 저놈들 한 놈도 도망치지 못하게 하십시오."

장위봉이 운가목, 조송령을 이끌고 나서며 도를 한 바퀴 돌렸다. 손끝에 걸려 풍차처럼 돌아가는 도가 종잇장처럼 가벼워 보였다.

"우하하하!"

포위하고 섰던 사내 하나가 앙천대소를 터뜨렸다. 스물이 되려면 이삼 년은 더 있어야 될 것 같은 꼬마 놈들 셋이 먼저 나선 것이 가소로웠다. 그것도 옥령인 넷을 상대로⋯⋯.

사내들이 보기에 그건 하룻강아지가 범을 무서워하지 않는 것과 꼭 같았다. 어린 꼬마 놈들이라 옥령인이 뭔지도 모르고 나서는 것으로 보였다.

그러던 사내의 웃음이 뚝 그쳤다.

장위봉이 휘두른 칼에 옥령인 한 명의 팔이 끊어져 나간 것이다.

이미 조송령으로부터 한차례 쌍검 세례를 받아 타격이 몸에 남아 있던 옥령인이었다. 그래서 단칼에 팔이 잘렸지만 사내들은 그걸 알 리가 없었다. 그냥 애송이 꼬마 놈의 칼에 그야말로 차돌처럼 단단한 옥령인의 팔이 싹둑 잘린 말도 안 되는 상황이 발생한 것으로 보였다.

옥령인의 팔이 있던 곳에서 피분수가 터졌다.

"크으으—"

고통을 느끼는지 옥령인의 입에서 듣기 거북한 괴음이 터져 나왔다.

"하앗!"

조송령이 기합성과 함께 옥령인의 목에 또 한차례 쌍검을 날렸다.

예전 평원에서의 전투처럼 옥령인이 폭혈마공을 쓰기 전에 목을 날리기 위함이었다.

옥령인의 목에서 핏물이 터져 올랐다. 그러나 목은 떨어지지 않았다.

이번에는 운가목의 검이 번쩍 허공을 갈랐다.

옥령인의 목이 무너지듯 스르르 아래로 떨어지고 그 몸통 역시 무너지듯 땅바닥을 굴렀다.

앙천대소를 다 끝내지도 못한 사내의 얼굴이 그대로 굳어져 오욕칠정을 한꺼번에 담은 귀신탈처럼 변했다. 최초로 만들어진 옥령인들이라 제일 약하긴 했지만 다섯 명만으로도 남패천 지부를 추풍낙엽으로 쓸어버리며 승승장구하던 괴물이었다.

"잘못… 흔들었나?"

깃발을 흔들었던 사내도 어처구니없다는 눈으로 자신의 손에 들린 깃발을 쳐다보았다.

마치 자신이 명령을 잘못 내려 옥령인이 이상해지지 않았나 하는 눈빛이었다.

그들의 당황스런 눈빛과는 반대로 장위봉과 운가목, 조송령의 눈빛에는 희열이 감돌았다.

사신과도 같았던 옥령인을 자신들 손으로 처치했다.

그들이 무서움을 뼈저리게 느끼고 있었기에 처음부터 혼신의 내력을 사용한 결과였다.

옥령인을 쓰러뜨렸다는 것보다 더 반가운 것은 이젠 아무런 부담 없이 그런 내력을 마음껏 뿌릴 수 있다는 사실이었다. 또한 예전보다 훨씬 강해졌다.

희열이 가득 찬 그들의 눈에서 이글거리는 투지가 뿜어졌다.

"한꺼번에 쳐라!"

고함을 친 사내가 이번에는 붉은색 깃발을 흔들었다.

나머지 세 명의 옥령인이 끈이라도 묶인 듯 한꺼번에 움직였다.

휘리릭—

이번에는 을지소소의 채찍이 허공을 갈랐다.

제일 앞에 있던 옥령인의 목이 채찍에 감겨 팽팽하게 당겨졌다. 옥령인은 그 채찍을 향해 빳빳하게 세운 손을 수도(手刀)로 만들어 세차게 내려쳤다.

한발 앞서 을지소소는 날카로운 기합성과 함께 채찍을 흔들었다. 이젠 아무 거리낌 없이 마음껏 뿌릴 수 있는 내력은 을지소소의 흑편에 천 근의 힘을 뻗어내게 했다.

차돌로 만든 석상 같던 옥령인이 연처럼 허공으로 떠올랐다.

콰앙—

채찍 끝에 매달린 옥령인이 동료와 부딪쳐 바위 두 개가 충돌하는 듯한 폭음이 터졌다.

깃발을 든 사내의 눈이 찢어질 듯 커졌다.

비로소 상황 파악이 되어가고 있었다. 이들이 동창의 나부랭이나, 이곳 백운무관의 무사들이라 생각한 것은 착각도 이만저만한 착각이 아니었다.

아무리 동창의 위세가 높다 해도 절대고수나 마찬가지인 옥령인을 이렇게 간단히 다룰 수는 없다.

동창보다 몇 배는 더 강한 무인들!

북제성이었다.

그걸 짐작했지만 너무 늦었다.

서로 간의 충돌로 비틀거리며 일어서는 옥령인 두 명 사이로 경설형이 비호처럼 날아들었다.

경설형의 검에서 기음이 흘러나왔다.

쇠에 검이 부딪치는 소리도 아니고, 쇠를 긁는 소리도 아니었다. 쇠처럼 단단한 옥령인의 팔 하나를 잘라내는 소리였다.

어김없이 선혈이 터져 올랐다. 그 단단함은 차돌 바위나 쇠에 못지 않았지만 잘려진 팔에서는 보통 사람과 똑같은 붉은 선혈이 쏟아졌다.

마물 아닌 마물, 사람 아닌 사람이었다.

남은 두 명의 옥령인이 서로를 쳐다보았다. 그들의 눈에는 유화결의 눈과 달리 공포의 빛이 선명하게 흘러나왔다.

그들은 입술을 달싹거렸다. 강시와는 다르게 최소한의 이지를 가진 그들의 의사소통 방식이었다.

휘익—

천적 앞에서 몸을 사릴 판단을 했을까? 그들은 억세게 땅을 박찼다.

을지소소의 흑편이 다시 허공을 갈랐다.

흑편에 발목이 감긴 옥령인은 바닥으로 떨어져 내렸다. 그러나 다른 한 명은 처마 끝을 박차며 재차 허공으로 솟구쳤다.

콰앙—

어둠 속으로 빨려들려던 옥령인이 충격을 받고 급전직하로 떨어져 내렸다. 그 옥령인을 향해 시커먼 그림자 하나가 같이 뛰어내리고 있었다.

허공에서 몇 바퀴 공중제비를 돌며 겨우 신형을 바로 세우려는 찰나 같이 뛰어내린 시커먼 그림자가 주먹을 뻗었다.

다시 한 번 폭음이 터지며 옥령인이 피분수를 토하며 뒤로 날아갔다.

진우청은 단 한 방에 갈비뼈가 함몰되며 나가떨어진 옥령인과 자신의 주먹을 번갈아 보며 중얼거렸다.

예전에 느낄 수 없던 충만한 기력이 주먹질에서 느껴졌다.

창룡금시에 숨겨진 비밀을 풀고 온몸에 스며든 찬란한 황금빛 기운은 사질들의 폐혈을 깨끗이 씻음은 물론, 자신의 몸에 남아 있던 불안한 기운도 완전히 씻어내고 진기가 샘솟듯 끊임없이 솟아나게 했다.

"피해!"

잠깐 긴장을 푼 사이, 경설형의 다급한 목소리가 들렸다.

경설형에 의해 팔이 잘린 옥령인의 몸이 급격히 부풀어 오르고 있었다. 도망가는 두 놈을 제압하느라 그놈을 완전히 죽이지 못한 사이 폭혈마공을 펼치고 있었다.

"어서 피하시오!"

진우청은 옥령인이 펼치는 폭혈마공의 무서움을 알 리 없는 백운 노인과 그 옆에 선 젊은이들을 향해 몸을 날렸다. 최소한 십 장 밖으로 떨어져야 목숨을 부지할 수 있었다.

"어서!"

진우청은 재차 고함을 질렀지만 젊은이들은 물론 백운 노인마저도 영문을 모른 채 멀뚱히 서 있었다.

진우청은 이를 악물었다.

이젠 모두 살리기에는 틀렸다. 백운 노인과 그 주변에 있는 몇몇 청년들만 자신의 양팔로 밀쳐 낼 뿐이었다.

진우청이 한 마리 곰처럼 백운 노인과 청년들을 덮치는 순간, 이제껏 진우청을 따라 움직이던 유화결이 정반대 쪽으로 바람처럼 움직였다. 그의 손에 도망을 치다 을지소소의 흑편에 발이 묶여 아직까지 버둥거리고 있던 옥령인이 잡혔다.

콰앙—

폭혈마공을 끌어올린 옥령인의 몸에서 고막을 터뜨릴 만한 폭발음이 터졌다.

백운 노인과 청년 두 명을 겨우 구한 진우청은 눈을 질끈 감았다. 나머지 청년들과 백운 노인의 아들들은 벌집이 되어 쓰러졌을 것이다.

"아버님!"

백운 노인을 부르며 달려드는 중년인의 목소리에 진우청은 얼른 고개를 돌려 마당 한가운데를 쳐다보았다. 벌집이 된 줄 알았던 청년들과 백운 노인의 아들들은 멀쩡했다.

"물렁탱이!"

입을 딱 벌린 진우청이 불식간에 소리쳤다.

어깨를 낚아챈 옥령인 하나와 자신의 몸으로 폭혈마공을 펼친 옥령인을 덮쳐누른 유화결이 혈인이 된 채 몸을 일으키고 있었다.

천천히 몸을 일으킨 유화결은 아직까지 어깨를 움켜잡고 있던 옥령인의 목을 잡았다.

"끄르륵!"

유화결의 한 손에 목이 잡힌 채 번쩍 들린 옥령인이 괴성을 토하며 버둥거렸다. 급기야 그 두 발이 유화결의 복부를 사정없이 걷어찼지만 유화결은 통나무인 양 그 자세를 유지했다.

"야! 이 멍청아……!"

진우청은 기겁을 하며 유화결을 향해 고함을 질렀다.

유화결의 손에 목이 잡힌 채 허공에 뜬 옥령인의 몸이 부풀어 오르고 있었다.

그 역시 가망이 없는 상황에서 폭혈마공을 터뜨리려 하고 있었다.

"이, 이… 망할 놈!"

진우청은 다시 한 번 나머지 젊은이들을 쳐내다시피 하며 몸을 날렸다.

휘익—

폭혈마공을 터뜨리기 직전, 유화결은 목을 쥐고 있던 옥령인을 공깃 돌 던지듯 담장 밖으로 던졌다.

담장 밖에서 예의 그 폭음이 들렸다. 그리고는 허공으로 치솟는 선혈과 육편들이 담장을 덮어 기와 위로 쏟아져 내렸다.

진우청은 기가 막힌 표정으로 유화결을 바라보았다.

　온몸으로 폭혈마공을 막아 옷가지와 복면은 걸레처럼 너덜해진 채 자신의 할 일을 다 했다는 듯 유화결은 그 자리에서 우두커니 서 있었다.

“이 미친놈! 너, 일부러 그런 거지?”

진우청은 고함을 지르며 유화결에게로 달려갔다.

백척간두의 위기를 순식간에 무력화시킨 칼날 같은 모습은 간데없고 유화결의 모습은 어느새 실혼인으로 되돌아와 있었다.

“이 망할 자식!”

진우청은 유화결의 어깨를 잡아 흔들었다.

“사숙, 그럴 때가 아니에요!”

을지소소가 고함을 치며 몸을 날렸다.

연이은 폭혈마공에 넋을 잃고 있던 동방회의 수족들이 도망을 치고 있었다.

압도적인 숫자였지만 옥령인은 물론, 폭혈마공마저 통하지 않는 진우청 일행은 그들에겐 저승사자나 마찬가지였다.

“한 놈이라도 살려 보내선 안 돼!”

경설형도 고함을 지르며 운가목 등과 함께 몸을 날렸다. 도망쳐서 본거지를 돌아가는 놈이 있으면 훨씬 곤란해진다. 얼마가 될지는 모르겠지만 그때까지는 최대한 놈들의 이목을 흐리게 해야 한다.

“모두 잡으시오!”

백운 노인과 젊은이들을 향해 고함을 지른 진우청도 몸을 날렸다.

第八十八章

拉致（らち）

납치(拉致)

　가을의 양광이 온 누리를 비추는 소주(蘇州)의 광경은 그야말로 천국 같았다.

　서왕문과 남패천, 동방회, 무림맹 등의 전쟁으로 온 중원에 피바람이 점점 더 짙어지고 있었지만 이곳 소주는 '하늘에는 천당이 있고 땅에는 소항이 있다'는 말처럼 지상낙원의 풍경을 펼쳐 놓고 있었다.

　태호(太湖)의 빙판같이 잔잔한 호반 위에는 호화롭기 그지없는 유람선들이 띄워져, 그 안에서 선남선녀들의 웃음소리와 흥에 겨운 가락 소리가 그치지 않았다.

　그런 낙원 같은 광경은 밤이라고 달라지지 않는다.

　밤에는 낮의 유람선들이 등불을 매단 화선들로 변해 형형색색의 빛을 발하며 호수를 온통 불야성으로 만들었다.

　아직 밤이 되지 않아 그런 광경은 연출되지 않고 있었다.

유람선 한쪽 구석에서 한 사내가 묵묵히 술잔을 기울였다.

구레나룻 수염을 기를 대로 기른 채 지그시 눈을 감고, 연신 술잔을 기울이는 그 사내는 사십대 중년인쯤 짐작되었다. 이미 취기가 오른 듯 붉게 물든 안색은 아침부터 지금까지 태호의 가을 향취를 쉼없이 들이켠 모습이었다.

이따금씩 조심스럽게 흘러나오는 깊고 서늘한 눈빛만 아니라면 할 일 없이 하루 종일 이곳에서 퍼질러 노는 팔자 좋은 건달로 보기에 딱 알맞았다.

기생 취영(翠影)은 이질적인 두 가지 감정 때문에 오전 내내 혼란함을 느꼈다.

남들보다 몇 배는 더 많은 돈을 주고 자신을 고용했으니 이 사내가 유람선 지붕의 휘장을 내리고 옷 단추를 풀라면 그렇게 할 준비가 되어 있었다. 그러나 사내는 여태껏 말없이 술잔만 기울였다.

처음, 그러니까 이 사내가 자신을 데리고 배에 오른 아침에는 자신의 입에 발린 말에 대답도 해주고, 자신이 타는 비파 연주에 장단도 맞춰주었다. 그렇게 계속되었다면 별로 혼란스럽지 않았을 것이다.

사내는 아침부터 지금까지 꽤 많은 술을 마셨다. 술을 많이 마셨으니 점점 더 취기가 오르고 자신 역시 흥겨워져야 했다. 아무리 돈을 받고 흥을 파는 몸이었지만 스스로 흥이 나야 한다. 그런 날은 몸도 덜 피곤하고 손님들로부터 받는 부수입도 더 많았다.

그걸 터득한 그녀는 비파 연주와 함께 노래를 부름에 있어 일을 하는 것이 아니라 스스로 흥취에 빠져들도록 노력했다.

이 사내 앞에서도 마찬가지였다.

특히, 이 사내의 전신에서 풍기는 가을의 정취와도 같은 서늘한 기운은 잠시의 노력만으로도 다른 때보다 훨씬 흥이 났고, 비파를 다루는 손도 뼈마디가 없는 것처럼 유연하게 움직였다.

정말 이런 분위기의 손님만 있다면 자신의 직업도 꽤 괜찮다는 생각이 들 정도였다.

그렇게 오전이 지나가고 오후가 되면서부터 취영은 정반대의 기분을 느끼게 되었다.

사내의 몸에서 뿜어져 나오는 가을의 정취 같은 기운은 여전했지만 그 기운에는 운율이 없었다.

음계에 고저가 있듯이 인간의 기분이나 그 몸에서 퍼져 나오는 기운 역시 그런 운율이 있어야 하는데 이 사내는 시종일관 같은 분위기였다.

언뜻 쇳조각 같은 느낌이 드는 사내!

그 사내가 오후부터는 먹을 갈아 시를 쓰기 시작했다.

취영은 눈을 반짝이며 종이 위로 시선을 주다가 실망하고 말았다.

시를 잘 짓지는 못해도 어떤 시가 훌륭한 것인지 알아볼 정도의 안목은 지녔다. 그런데 사내의 시는 스스로 고심해서 지은 것이 아니고, 당대의 문필가들이 지은 것을 그냥 베껴 쓰고 있었다.

뭐, 그거라도 이런 자리에서는 꽤나 운치가 있지만 취영은 사내가 스스로 지은 시를 보고 싶었다. 하지만 사내는 계속 문필가들의 시만 종이 위에 쓰고는 그 종이들을 물 위에 띄웠다.

취영은 속으로 고소를 지었다.

자신이 지은 시도 아니면서 할 건 다 한다는 생각이 든 것이다.

글깨나 짓는 수재들은 이런 식으로 자신의 글을 물에 띄우고 먹물이 풀어지기 전까지 그것을 보고 마음에 들어하는 여인의 눈길을 붙잡기도 하는 것이다. 그러나 아무리 좋은 글이라도 자신의 글이 아닌 이상이 사내에게는 누구도 눈길을 주지 않을 것이다. 필체라도 뛰어난 명필이면 모르겠지만 그것도 아닌 평범한 필체였다.

그런 상념에 잠겼던 취영은 이해가 가지 않는 사실 두 가지를 더 발견했다.

사내가 시를 적고 물에 띄워놓은 종이는 한 겹이 아니었다. 언뜻 보기만 해도 네댓 장이 겹쳐진 종이였다. 사내는 그렇게 네댓 겹의 종이 위에 시를 적어 물 위에 띄웠다.

처음에는 사내가 실수하는 줄 알고 그걸 일깨워 주었지만 사내는 고개만 한 번 끄덕인 후 여전히 네댓 겹의 겹쳐진 종이 위에 시를 적고는 물 위에 띄웠다.

취영은 나머지 종이가 아깝다는 생각이 들었지만 자기 돈으로 산 종이를 자기가 낭비하고 있는 데야 도리가 없었다.

그리고 또 한 가지는, 기름이라도 먹였는지 물에 뜬 종이 주변으로 기름기가 번졌다.

도저히 이해가 안 가는 사내의 행동에 머리를 흔든 취영은 고개를 들어 이채 띤 눈으로 호수 한가운데를 쳐다보았다.

호수 가운데로 화려한 유람선 선단이 나타나고 있었다.

가운데에 흡사 황제의 놀잇배처럼 크고 화려한 유람선이 있고, 그 주변으로 스물 척도 넘는 유람선이 가운데에 있는 유람선을 에워싸듯이 호위하고 있었다.

그렇게 가장 크고 화려한 유람선을 모선(母船)처럼 호위하고 있던 호위선들은 가운데에 있는 큰 모선으로부터 서서히 멀어지며 이곳에서 유흥을 즐기던 다른 모든 유람선을 호숫가로 몰아내고 있었다.

해마다 이날 이 시각이면 어김없이 나타나서는 이런 일을 반복하는 선단들!

그것이 마치 연례행사이기라도 하듯 다른 수많은 유람선들은 잠시 동안 유흥을 멈추고 아무 불평 없이 호숫가로 자리를 비켜주었다.

"이곳이 처음인가요?"

한 떼의 선단들을 위해 다른 모든 유람선들이 자리를 비켜주는 상황이 이해가 안 되는 듯 쳐다보는 사내를 향해 취영은 질문을 던졌다.

"그렇다네!"

대답과 함께 사내는 고개를 끄덕였다.

"호호, 그렇군요. 저 선단은 한 효자가 부친의 기일이 되어, 이곳 호수 한가운데에서 제사를 지내기 위해 온 것이에요."

"제사를 왜 이곳에서?"

"그건 그의 부친이 원흉의 칼을 맞고 이곳에서 수장되었기 때문이에요. 애석하게도 시신이 떠오르지 않아 묘를 쓰지 못했어요. 그래서 이곳에서 매년 제사를 지내지요."

"그렇구나."

사내는 묵묵히 고개를 끄덕이고는 다시 몇 겹의 종이를 물 위에 띄웠다.

"그런데 이렇게 요란하게 하는 것을 보니 꽤나 세도가인 모양이지?"

"호호! 정말 멀리서 온 모양이군요. 저 유람선의 주인은 천하사패의 한곳인 동방회의 회주예요."

취영은 언뜻 자부심이 어리는 표정으로 답하며 사내의 표정을 살폈다.

"그런가?"

사내는 별다른 감흥 없이 담담히 말했다.

취영은 얼핏 눈살을 찌푸렸다. 삼척동자라도 저 선단의 주인이 동방회 회주라면 표정부터 바뀌는데 이 사내는 무덤덤하기만 하다.

취영은 다시 한 번 사내의 표정을 살폈다.

어쩌면 이 사내는 자신이 설명한 것을 이미 알고 있으면서 건성으로 물어본 것 같다는 생각이 들었다.

그런 와중에 호화 유람선을 호위하던 여러 채의 호위선들은 사방으로 퍼져 나오며 아직 호숫가로 다 물러나지 못한 유람선들을 밀어내거나 그 앞을 병풍처럼 가로막았다.

당장이라도 뽑을 듯한 검을 옆에 차고 호목(虎目) 같은 눈을 번득거리는 사내들의 기세는 동방회 회주의 위세를 능히 짐작케 해주었다.

그 위세에 눌린 듯 취영은 낮은 한숨을 내쉬다가 다시 눈살을 찌푸렸다.

호위선에 막혀 호숫가로 밀려나면서도 사내는 여러 겹의 종이를 훨씬 많이 물 위에 띄우고 있었다.

그리고 지금 띄우는 종이에는 아무것도 써 있지 않았다.

'정신이 나간 사람인가?

그렇게 생각하며 사내를 쳐다보던 취영은 사내의 이질적인 분위기에 몸을 굳혔다.

사내의 몸에서는 이제까지 느낀 기운과는 전혀 다른 기운이 스며 나오고 있었다.

지금까지의 쇳조각 같은 기운은 시간이 지날수록 점점 날카로워졌다.

취영은 그 이질적인 기운에 몸을 떨었다.

아직 찬 기운이 어리지 않은 호수였음에도 불구하고 학질에라도 걸린 듯 온몸이 떨려왔다.

'대체 이건 무슨 조화속인가?'

온갖 사내들은 다 만난 자신이었다. 개중에는 무림의 고수도 있었고, 온 소주의 뒷거리를 주름잡는 파락호도 있었다. 그런 그들 누구 앞에서도 이런 기분을 느끼지 않았다.

취영은 눈을 깜박거리며 사내를 쳐다보았다.

마치 살아 있는 쇳조각 같다는 느낌이 든 사내!

그 쇳조각이 이제는 한 자루 검처럼 날이 서기 시작했다.

사내의 몸에서 뿜어져 나오는 너무나도 날카로운 예기!

그것이 산전수전 다 겪은 자신의 몸을 오한이 나도록 떨리게 했다.

어느 순간!

사내는 한 마리 제비처럼 수면 위로 몸을 날렸다.

너무 순식간의 일인지라 제대로 비명도 지르지 못한 취영은 얼른 몸을 일으켜 사내가 쏘아진 방향으로 시선을 돌렸다.

사내는 이제껏 자신이 물 위에 띄워놓았던 종이들을 밟고 화려한 유람선을 향해 평지를 달리듯 달려가고 있었다.

"맙소사!"

취영은 마침내 비명을 질렀다.

애기책 속에서나 읽었던 광경이 지금 자신의 눈앞에 펼쳐지고 있었다.

물 위에 뜬 얇은 종이 몇 장을 밟고 평지처럼 내달리는 절정고수!

하지만 그건 불나방 같은 행위였다.

저 배의 주인이 누구인가?

중원의 돈을 반이나 움직이는 동방회의 회주가 아닌가?

그의 주변에는 황제보다 더한 철통같은 호위가 따라붙는다.

오늘 역시 마찬가지가 아닌가?

거기까지 생각하던 취영은 머리끝이 쭈뼛 서는 것을 느꼈다.

사내는 기상천외한 수법으로 황제보다 더한 호위를 단번에 뚫어버렸다.

이런 상황은 예상 못했다는 듯 호숫가로 다른 유람선을 내몰던 동방회주의 호위선들에서는 비명 같은 고함들이 터져 나왔다. 그러나 사내는 이미 회주가 탄 유람선을 향해 비조처럼 치닫고 있었다.

"맙소사!"

취영은 똑같은 비명을 한 번 더 질렀다.

다른 방향에서도 사내와 똑같은 방법으로 회주가 탄 유람선을 향해 달려드는 사람들이 있었다.

다른 점이 있다면 그들은 백염에 백발을 휘날리는 노인들이란 것이었다.

노인은 아홉 명이었다.

그들 노인 아홉 명은 청년과 거의 동시에 동방회주의 유람선을 향해 치달려가고 있었다.

"회주님이 위험하다!"

호숫가로 유람선들을 밀고 나왔던 호위선들에서 사내들이 뛰어내려 청년과 노인들처럼 종이를 밟고 뛰었지만 단 한 명도 그들 같은 신위를 보여주지 못하고 모조리 물속에 빠져 허우적거렸다.

"아—"

취영은 자신도 모르게 탄성을 토했다.

섬전처럼 쏘아지던 사내의 얼굴에서 짙은 구레나룻 수염이 떨어져 나가며 언뜻 드러난 옆모습은 결코 중년인이 아니었다. 벌써 아득히 멀어지긴 했지만 사내의 용모는 깎아 만든 듯한 인상을 주었다.

취영은 크나큰 허전함과 두려움을 동시에 느끼며 호화 유람선으로 온 시선을 집중했다.

"막아라!"

북명검(北溟劍) 이차명(李叉明)은 창백한 표정으로 고함을 질렀다.

등평도수나 마찬가지인 절세의 경공으로 치달려오는 절정고수 열 명!

반면 자신들은 경계망 안쪽에 고립되어 있다.

외인들을 모선과 최대한 멀리 떨어지게 내몬 것이 오히려 호위선들과 모선이 격리된 결과를 맞았다. 그것을 역이용하여 열 명의 고수들은 바람처럼 달려오고 있다.

"크윽!"

부하 한 명의 가슴에 콩알만 한 구멍이 뚫리며 핏줄기가 솟구쳤다. 제일 먼저 다가든 청년의 검첨에서 쏟아진 송곳 같은 기운 때문이었다.

콰앙—

뒤이어 한 노인의 손에서 막강한 장력이 쏟아졌다.

커다란 우산만 한 은색 장막이 겹겹이 덮쳐드는 듯한 장력!

'대원장법!'

이차명은 비로소 괴한들의 정체를 짐작할 수 있었다.

저런 특이한 장력은 남패천의 태상호법 나유백의 독문절기였다. 그렇다면 나머지 여덟 명의 노인들도 남패천……?

이차명의 뇌리 속으로 격렬한 경종이 울렸다.

저 노인들은 남패천을 건설한 팔대장로들이다.

일파의 장문인들을 뛰어넘는 절정고수들!

그들이라면 호위선들이 다시 모여들기 전에 자신들의 목적을 이룰 수도 있을지 몰랐다.

그 목적이 무엇인지는 짐작이 가고도 남았다.

우지끈!

대원장력에 격중된 선체의 기둥 하나가 굉음과 함께 허리가 뚝 꺾였다.

"호위선이 도착할 때까지만 악착같이 막아라!"

이차명은 목이 터져라 고함을 지르며 북명검을 휘둘렀다. 그때까지만 막으면 호위선에 탄 이백 명의 부하들이 가세한다. 그러면 아무리 남패천 팔대장로들이라도 힘들 것이다. 특히 이곳은 탁 트인 평지가 아니라 선상이다.

파아앗―

부하의 가슴을 꿰뚫은 송곳 같은 검기가 자신의 가슴으로 날아들었다.

"어림없다!"

이차명은 묵빛 북명검을 세차게 휘둘러 그 검기에 대항해 갔다.

찌이잉―

쇠를 긁는 소리와 함께 은색 빛무리 한줄기가 사라졌다.

그런데 사라진 줄 알았던 검기가 폭죽처럼 변하며 전신을 감싸왔다.

표풍일섬에서 표풍광망으로 변한 표풍무형의 초식이었다.

이차명은 갈대처럼 몸을 휘며 덮쳐 오는 빛 그물에 대항했다.

파앗―

다 피하지 못한 빛 그물 한쪽 자락이 어깨를 스치며 살점을 갈랐다.

‘이놈은 무적대주!’

불에 지진 듯한 통증을 느끼며 그 통증보다 더한 자각 한줄기가 뇌리를 스쳤다.

동방회의 목적 때문에 멸문을 당하고 복수의 화신이 된 자!

감탄할 만한 놈이긴 하지만 절대로 이 선실 안으로 들여보내 줄 수 없다.

이차명은 북명검을 더욱 굳게 쥐며 상황을 살폈다.

노인들의 신위는 그야말로 가공했다.

특수한 재질로 만든 선체의 기둥 세 개가 부서져 나갔고, 부하들은 추풍낙엽처럼 호수 속으로 떨어지고 있었다. 그러는 사이에 호위선들이 급히 모여들고 있었다.

‘조금만 더 버티면 된다.’

이차명은 냉정한 눈빛과 함께 검을 휘둘렀다.

차아앙―

북명검에서 시커먼 광채가 쏟아졌다.

북명탈혼(北溟奪魂)!

오늘날 그를 있게 한 구명절초가 유화성의 전신을 난자할 듯 쏟아졌다.

유화성은 표풍검을 풍차처럼 돌렸다.

북명검에서 쏟아진 검초가 표풍광망의 빛 그물에 걸리며 산산이 흩어졌다.

유화성은 표풍귀일, 표풍소설의 검초를 연이어 펼쳤다.

“크윽!”

이차명의 옆구리에서 선혈이 터졌다. 유화성은 그의 가슴을 향해 지체없이 검을 찔러 넣었다.

한순간의 망설임도 없는 비정한 검초였다.

"크으윽!"

이차명이 부릅뜬 눈으로 무너졌다.

유화성은 이차명의 신형을 뛰어넘으며 한 개의 철문 앞에 섰다. 그리고는 한 장의 도면을 펼쳐 들고 빠르게 훑었다. 도면을 던져 버린 유화성은 남패천주 구양천의 보검인 청룡검을 단단한 강철로 만들어진 문틈으로 강하게 찔러 넣었다.

청룡검이 아니면 그 어떤 검으로도 잘리지 않을 강철 문이었다. 그리고 무조건 자르기만 한다고 열리는 것도 아니었다. 도면의 그림대로 정교하게 검을 움직여야 했다.

"아직 멀었는가?"

수석장로 노원중이 선체 지붕 위에서 고함을 질렀다.

"다 됐습니다."

유화성은 대답과 함께 청룡검을 강하게 비틀었다.

그건 백봉령주로부터 그간 수십 차례 훈련한 방법이었다.

한 번!

두 번!

세 번째 비틀림과 함께 딸각거리는 소리가 들렸다.

밖에서 열어주기 전에는 열 수 없다는 동방회주의 유람선 문이 열리고 있었다.

콰앙—

문의 마지막 시건장치가 파손되는가 싶은 순간 거대한 폭음과 함께 문짝이 떨어져 나갈 듯 우악스럽게 열렸다.

그건 그냥 밀친 것이 아니었다. 시건장치가 무력화되자 안에 있는 누군가가 문짝을 향해 일격을 날린 것이다. 그 충격으로 청룡검이 튕겨 나가 호수로 떨어졌다.

문이 토해내는 비명 소리만으로도 그 일격에 얼마나 큰 힘이 실렸는지 짐작이 갔다.

유화성은 급히 몸을 피한 후 선실 안을 살폈다.

선실 안은 아무도 없는 것처럼 고요하기만 했다.

방금 문짝에 일격을 날린 고수도 어디로 가버린 것처럼 인기척이 느껴지지 않았다.

"어서 들어가세!"

노원중이 다시 소리를 질렀다.

유화성은 선실 안으로 뛰어들었다. 그 뒤로 태상호법 나유백과 팔대장로 중 세 사람도 같이 뛰어들었다.

선실 안으로 들어온 다섯 사람은 동시에 신형을 굳혔다.

진한 향 냄새!

그리고 호사스럽기 그지없는 제사상!

제사상 앞에서 한 노인이 향을 피워 올리고 있었다.

유화성은 직감적으로 그 노인이 동방회주임을 알았다.

어떠한 일이 있어도 매년 이날이면 이곳에 와서 제사를 지내는 노인.

그로 인해 이날은 태호와 온 동방회가 경직되지만 노인은 그것만은 취소하지 않았다.

매년 어김없이 이곳에서 제사를 지내며 노인은 남패천에 대한 복수의 염을 키워 나갔을 것이다.

노인은 바깥의 소란과 자신은 아무런 상관이 없다는 듯, 심지어는 선실 안까지 뛰어든 유화성과 나유백 등도 아랑곳 않는 듯 경건한 자세 그대로 향불을 피워 올리고 있었다.

그런 노인의 뒤쪽으로 다섯 명의 사내가 꼼짝 않고 서 있었다.

인기척이 느껴지지 않는 석상 같은 사내들이었다.

노인은 그들을 믿고 한 치의 동요 없이 제사를 지내고 있었다.

"아악—"

쾅—

밖에서는 훨씬 더 요란한 전투가 벌어졌다. 호숫가로 밀고 나갔던 스무 척의 호위선들이 돌아온 모양이었다.

너무도 고요한 실내의 분위기 때문에 잠시 같이 정적을 지키고 있었던 유화성의 눈빛이 타올랐다.

아무리 남패천의 여덟 장로가 인간의 경지를 벗어난 무공을 지니고 있다고는 하지만 끝도 없이 달려드는 무리들을 무한정 막을 수는 없을 것이다.

나유백과 세 명의 장로들도 같은 생각으로 공력을 북돋웠다.

"네놈은 아비 어미도 없느냐?"

유화성이 한발 앞서 검을 휘두르려는 찰나 동방회주가 나직하게 고함을 질렀다.

고인의 명복을 비는 제사상 앞에서만큼은 어떤 악인도 함부로 처신하지 않는 것이 중화인의 상식이었다. 그러지 않았다간 제삿밥을 못 얻어먹은 귀신들이 제사를 방해한 자들을 끝까지 쫓아다닌다는 생각에 제사상 앞에서는 함부로 행동하지 않는다.

"내 부모님은 당신들에게 비명횡사당했지!"

간단하게 답한 유화성이 회주를 향해 섬전처럼 쏘아졌다.

그러자 언제까지 석상처럼 서 있을 것 같은 호위 한 명의 신형이 흐릿하게 사라지며 유화성 앞을 막아왔다.

그것을 신호로 나유백과 세 명의 장로도 몸을 날렸고, 다른 호위 네 명도 바람처럼 앞을 막아왔다.

쌔애액—

유화성은 막아서는 자의 팔과 회주의 목을 동시에 자르겠다는 듯 표풍검을 맹렬한 기세로 휘둘렀다.

까앙—

쌍장을 내뻗듯 내민 사내의 팔에서 쇳소리가 터졌다.

유화성은 표풍검에서 밀려오는 진동을 온 팔로 느끼며 호위사내의 팔을 쳐다보았다.

'옥령인!'

유화성은 가슴이 철렁 내려앉는 느낌을 받았다.

이들은 동방회가 만든 마물들이었다. 다른 옥령인들처럼 온 얼굴에 호랑이 문신을 하지는 않았지만 청옥같이 단단한 신체에 혼이 빠져나간 것 같은 눈동자는 옥령인의 특성을 그대로 드러내고 있었다.

그렇다면 훨씬 어려워진다.

이들뿐 아니라 호위선에도 옥령인이 있을 수 있다. 특히 회주의 호위를 맡고 있는 이들 옥령인은 강서지부에서 만난 옥령인보다 훨씬 강했다.

쉬이익—

갈고리같이 굽어진 옥령인의 손가락이 가슴을 향해 날아왔다. 저 손가락에 걸리면 갈비뼈는 박살이 나고 심장까지 터져 나갈 것이다.

까앙—

다시 쇳소리가 터지며 표풍개산의 초식에 걸린 옥령인의 손이 뒤로 튕겼다. 그 뒤에서 다른 옥령인의 손이 불쑥 튀어나왔다. 그리고 그 손에서 녹색 기류가 쏟아졌다. 이제껏 본 적이 없는 기이한 색조의 기류는 마치 유가검보 한복판에서 솟아오르는 청옥수가 뻗어 나오는 것 같았다.

"크윽!"

녹색 경기에 같이 장력으로 대항하던 원주굉이 답답한 비명을 터뜨렸다.

그의 손은 퍼렇게 변색되고 있었다. 이윽고 그 손은 핏물로 변해 녹아내렸다.

"원 장로!"

노원중이 고함을 지르며 아직 쌍장을 뻗고 있는 옥령인의 눈을 향해 지풍을 날렸다.

눈이 조문인지 알 수는 없었지만 잠깐만이라도 눈이 제 기능을 상실한다면 원주굉은 살릴 수 있었다.

기대와는 달리 옥령인은 한 번 눈을 깜박거리는 것으로 노원중의 의도를 간단히 무산시키고 한 번 더 장력을 뻗었다.

퍼엉—

이번에는 원주굉의 가슴이 퍼렇게 물이 들며 핏물이 터져 나왔다.

"이놈—"

원주굉이 하얗게 탈색된 얼굴로 쓰러지는 것을 보며 나유백이 대원장을 내뻗었다.

커다란 우산만 한 기류가 첩첩이 쌓이며 옥령인의 가슴을 두드렸다.

옥령인이 선실 벽에 부딪치며 잠시 중심을 잃었다.

그 순간 나유백이 상대하고 있던 옥령인 하나가 나유백을 향해 오른손을 칼날같이 세우며 짓쳐들었다.

파앗―

나유백의 어깨에서 핏물이 튀었다.

유화성은 자신이 상대하고 있던 옥령인을 세차게 밀어붙인 후 나유백을 노리는 옥령인의 백회혈을 향해 맹렬히 표풍검을 내려쳤다. 예전에 상대했던 옥령인은 백회혈에 약점이 있었다.

까앙―

머리를 양쪽으로 가를 듯이 표풍검의 검날이 옥령인의 백회혈에 떨어졌다.

보통 인간들 같았으면 백회에서 사타구니까지 반쪽이 되었을 만한 검격이었다.

"끄으으……."

옥령인은 처음으로 괴상한 신음을 질렀다. 그러나 그것뿐이었다. 잠시 괴로운 표정을 짓던 옥령인은 더 거세게 공격해 들었다.

"으윽!"

이번에는 노원중이 비명을 토했다.

옥령인 한 명이 휘두른 검이 허리 어림을 할퀴었다.

"노 장로님!"

"이놈들은 내가 맡을 테니 자네들은 어서 저놈을……!"

노원중은 허연 백염을 부르르 떨며 고함을 질렀다. 그의 눈은 이미 이곳에서 뼈를 묻을 결심을 내비치고 있었다.

"어서!"

노원중은 자신의 독문절기인 천강지(天罡指)를 계속해서 옥령인의 눈이나, 인중, 명치를 향해 날리며 고함을 쳤다.

유화성은 자신을 막는 옥령인의 측면으로 쾌속하게 몸을 움직이며 동방회주를 향해 쏘아졌다.

회주는 무공을 전혀 익히지 않은 듯 유화성의 검격에 어떤 반응도 보이지 않았다.

유화성은 순간적으로 처절한 갈등을 느꼈다.

본능의 목소리는 회주의 목을 그대로 날려 가문의 원수를 갚으라고 아우성치고 있었다.

그러나 여기로 온 목적은 그게 아니다. 또한 단칼에 회주의 목을 날린다고 끝날 일도 아니다.

한계를 뛰어넘는 인내심을 발휘한 유화성의 검이 회주의 목을 피해 어깨를 갈라갔다.

목숨을 붙여놓겠지만 어깨 하나만큼은 잘라 버릴 심산이었다.

순간, 덜컹 하는 동방회주의 신형이 아래로 푹 커졌다. 그리고는 사라져 버렸다.

회주가 섰던 자리 아래로 시커먼 구멍이 생기고 그곳으로 물 냄새가 훅 풍겨왔다.

콰앙—

재차 앞을 막아서는 옥령인의 가슴에 일검을 날린 유화성은 선실 밖으로 몸을 날렸다.

예상대로 호위선들은 모두 몰려와 나머지 다섯 장로는 그들과 사투를 벌이고 있었다.

유화성은 회주의 흔적을 찾았다.

유람선을 벗어난 회주는 호위선 한곳으로 오르고 있었다. 그리고 그 호위선은 호숫가로 빠르게 미끄러졌다.

유화성의 눈이 불을 뿜었다. 순간, 유화성의 몸이 허공으로 솟구쳤다.

표풍일섬의 검기가 회주를 향해 쏘아졌다.

회주를 대신해서 호위병의 어깨에서 핏물이 터졌다. 그런 와중에 호위선은 빠르게 멀어져 갔다.

다른 호위선 한곳에 내려선 유화성은 악귀처럼 검을 휘둘렀다. 호위병들이 짚단처럼 쓰러지며 호수 속으로 빠졌다.

"여긴 더 이상 있을 필요가 없네! 어서 저놈을 잡으세!"

온몸 곳곳에 상처를 입은 나유백이 다급하게 고함을 치고는 공력을 끌어올렸다.

그러나 곧이어 나유백의 눈에 낭패감이 어렸다.

호수 표면에 종이는 많이 떠 있었지만 일반 종이 위로는 아무리 나유백이라도 경공을 펼치긴 힘들었다. 자신들이 띄워놓은 기름먹인 특수한 종이만이 가능했다. 그런데 그 종이는 호위선들이 되돌아오며 모두 흩어놓았다.

콰앙—

유화성의 표풍검이 호위선의 뱃전을 때렸다.

갑판의 널빤지들이 산산조각나며 분분히 날아올랐다.

유화성은 그 널빤지들을 향해 다시 검을 휘둘렀다.

촤아악—

널빤지들이 검풍에 날려 호수 위로 분분히 떨어졌다.

그것을 밟고 유화성의 신형이 바람처럼 호숫가를 향해 날아갔다.

나유백 역시 유화성처럼 몸을 날렸다.

"혹시나 했던 일이 그대로 일어났어요."

호숫가의 철갑마차 안에 있던 백봉령주는 다급한 목소리와 함께 손을 움직였다.

유화성과 태상장로 나유백, 그리고 남패천의 팔대장로가 동방회주의 유람선을 향해 뛰어들었다.

그들이 함께라면 웬만한 문파 하나는 반나절 안에 지울 수도 있을 것이다. 하지만 상대는 동쪽 하늘의 절대자인 동방회주였다. 그래서 유화성은 만일의 경우 회주가 탈출할 가망성이 가장 높은 호숫가에 이 철갑마차를 배치시킨 것이다.

그곳을 향해 호위선 한 척이 미끄러지듯 다가오고 있었다.

슈욱—

철갑마차에서 한 개의 화탄이 쏘아졌다. 그건 유화경이 꼬챙이처럼 말라가며 만든 화탄이었다.

별로 크지도 않은 계란만 한 화탄이었지만 그 폭발력은 엄청났다.

퍼엉! 하는 폭음과 함께 호위선 앞에서 엄청난 물기둥이 치솟아올랐다. 빠르게 다가오던 호위선이 심하게 요동치며 그 위에서 세 명의 무사들이 호수 속으로 떨어졌다.

"한 방 더!"

다시 화탄이 쏘아지며 물기둥이 치솟았다.

"유 소저, 안 돼요!"

정신없이 쇠줄을 당기던 백봉령주는 비명처럼 고함을 질렀다.

유화성과 나유백이 동방회주가 탄 호위선 위로 오르는 것을 본 유화경이 자신이 가장 심혈을 기울여 만든 화탄 몇 개를 들고 호위선을 향해 신형을 날리고 있었다.

"돌아와요, 유 소저!"

백봉령주는 쇠줄을 잡았던 손을 놓고 유화경을 쳐다보았다.

근처의 유람선 지붕을 박찬 유화경은 어느새 호위선을 향해 몸을 날리고 있었다.

콰앙―

유화성은 호위선 위로 오르자마자 선체 지붕을 향해 표풍검을 휘둘렀다.

표풍검이 강한 반탄력으로 튀어 올랐다.

모선과는 비교도 안 되는 크기였지만 이런 경우를 예상한 호위선이라 두어 사람이 겨우 들어갈 만한 선실은 한철로 제작되어 있었다.

"여우 같은 늙은이!"

고함을 지른 유화성은 달려드는 호위병 세 명을 한꺼번에 베어 넘기며 한철 선실에 표풍검을 찔러 넣었다.

여전히 강한 반탄력만 느껴졌다.

"소용없네."

아무런 타격을 받지 않는 한철 선실을 보며 나유백은 신음처럼 중얼거렸다.

"장로님들……!"

고개를 돌리던 나유백은 탄식을 토했다.

두 명의 옥령인이 자신들과 똑같은 수법으로 수면을 박차며 날아오고 있었다.

그건 그들을 막고 있던 장로들이 이들을 막을 수 없을 정도로 부상을 입거나 쓰러졌다는 말이다. 그러지 않았다면 저 마물들이 이리로 올 수가 없을 것이다.

"생포하지 못할 바에야 아예 수장시켜 버리세."

야차 같은 표정이 된 나유백은 우장에 공력을 집중시켰다.

그의 손이 은광으로 물들었다.

"안 돼요!"

나유백이 막 대원장을 선체 바닥으로 뿌리려는 찰나 유화경이 날아들었다.

"생포해야 해요. 그래야 작은 오빠를……."

숨을 몰아쉬며 고함을 지른 유화경은 화탄 하나를 한철 문 앞에 던졌다. 그리고는 날아오는 옥령인 두 명을 보며 야멸차게 입술을 깨물었다.

"화경아, 안 돼!"

유화성은 비명을 질렀다.

한철 문을 향해 화탄을 던진 유화경은 다른 두 개의 화탄에 힘을 준 후 앞서 날아오는 옥령인을 향해 부딪쳐 갔다.

콰앙—

한철 문에서 폭음이 터졌다.

퍼억—

뒤이어 파육음이 터지며 옥령인의 어깨에 부딪친 유화경이 정반대 방향으로 팅기듯 날아갔다. 그러나 한발 앞서 유화경이 쥐고 있던 화탄 하나는 옥령인의 가슴으로 던져지며 폭발했다.

호위선에서 터진 것보다 더 강력한 폭발이 일며 옥령인의 몸이 허공으로 솟구쳐 올랐다.

파아앙—

솟구쳐 오른 옥령인의 몸은 아래로 떨어지기도 전에 혈화를 그리며 터져 나갔다. 그 충격으로 뒤따라 경공을 펼치던 옥령인 하나도 호수 속으로 처박혔다.

"화, 화경아!"

유화성은 유화경이 튕겨 나간 호숫가로 몸을 날렸다. 그와 동시에 태상호법 나유백은 뻥 뚫린 철제 선실 속에서 동방회주의 목을 휘어잡은 채 씹어 먹을 듯이 끌어내고 있었다.

"화경아!"

유람선 한곳에서 유화경을 안아 든 유화성은 다급하게 소리쳤다. 그녀의 여린 가슴은 온통 피에 젖어 있었다. 얼마나 상처를 입었는지, 살 수는 있을지 분간이 불가능한 지경이었다.

"오, 오라버니……."

"화경아! 정신 차려!"

유화성은 유화경을 안고 급히 동방회주의 호위선 위로 몸을 날렸다.

"더러운 늙은이!"

유화경을 바닥에 눕힌 유화성은 나유백의 손에 목덜미가 잡힌 동방회주에게로 몸을 날렸다.

"안 되네!"

나유백이 다급성을 지르며 동방회주를 자신의 몸으로 막았다.

푸욱!

동방회주의 손목이 표풍검에 걸려 나뭇가지처럼 잘려 나갔다.

회주의 얼굴이 고통으로 일그러졌다. 그러나 끝까지 작은 신음 한 번 지르지 않았다. 비록 무공은 익히지 않았지만 동쪽의 절대자다운 모습이었다.

유화성은 한 걸음 더 다가갔다. 이성을 잃은 그의 눈은 지옥의 신장을 방불케 했다.

"정신 차리게, 이 사람아! 누구보다 냉정한 사람이지 않은가?"

나유백이 자신의 몸으로 회주를 막으며 고함을 쳤다.

"다른 동생 하나도 생각해야지 않은가?"

나유백은 다시 호숫가로 오는 몇 척의 호위선들을 보며 소리쳤다. 아무 제지도 받지 않고 몇 척이 빠져나오는 것으로 봐서 그곳에서 사투를 벌이던 다섯 장로 중에도 몇 명이 부상을 당했거나 고혼이 되었을 것이다.

또 다른 동생이란 소리를 들은 유화성의 눈이 조금 냉정한 색채를 띠었다.

그 순간 호수 바닥으로 처박혔던 옥령인 하나가 물살을 헤치며 솟구쳐 올랐다. 폭발할 듯한 분노를 참고 있던 유화성이 검과 하나가 되어 옥령인에게로 쏘아졌다.

'검신합일!'

나유백이 내심으로 탄성을 토했다.

저 나이에 저만큼의 성취를 이룬 무인이 몇이나 될까?

그것보다 더 무서운 것이 오늘의 모든 일을 계획하고 준비한 두뇌였다.

남패천 장로들만 모아 최소 인원으로 이곳에 왔기에 가능한 일이었다. 그렇지 않았다면 남패천 인원 전부가 오더라도 오늘 일은 불가능했다.

찌이잉─

나유백의 감탄이 끝나기도 전에 유화성과 옥령인이 서로를 스치며 지나가는 허공에서 괴이한 음향이 터졌다.

"제발!"

철갑마차에서 몸을 날려 유화경을 돌보고 있던 백봉령주는 눈물을 닦지도 못한 눈으로 부들부들 떨며 유화성의 신형을 쫓았다.

온 사방을 울리는 기이한 음향으로 봐서 두 사람은 생사를 가르는 격돌을 했고, 한 사람은 유명을 달리할 것이다.

풍덩—

물살이 튀어 오르며 옥령인과 유화성이 동시에 호수 속으로 모습을 감추었다.

유화성이 빠진 곳에서 붉은 핏물이 번졌다.

"아악!"

백봉령주는 비명을 지르며 미친 듯이 절규했다.

그 순간 물줄기 하나가 터져 올랐다.

"정신 차리게!"

같이 왔던 오무평이 백봉령주를 향해 고함을 지르며 몸을 날렸다.

백봉령주는 다시 호수로 시선을 던졌다.

터져 오르는 물줄기가 온통 붉게 물들었다. 그건 옥령인의 몸이 폭발을 일으키며 만들어낸 장면이었다.

'그렇다면?'

백봉령주는 두 눈을 최대한 크게 떴다.

몸을 날린 오무평이 유화성을 허리에 낀 채 날아오고 있었다.

"어서 마차로!"

오무평이 백봉령주와 다른 사내들에게 다급하게 지시했다.

"공자님, 공자님은?"

백봉령주는 일어날 생각도 하지 못한 채 유화성의 안위를 물었다.

"살아 있네, 어서!"

오무평이 재차 고함을 질렀다. 그사이 호숫가로 다가온 호위선에서 무사들이 분분히 날아오르고 있었다.

백봉령주는 그제야 다급하게 몸을 날렸다.

피피핑―

모두 마차에 타자 철갑이 내려졌고 마차 지붕에서 강전들이 쏟아져 나갔다.

마차를 향해 날아들던 사내들이 고슴도치가 되어 떨어져 내렸다.

"출발해야 합니다!"

철갑으로 가려진 마부석에서 오무평이 고함을 쳤다.

"조금만 더 기다리게!"

나유백은 최대한 시간을 끌며 동방회주의 모선과 그 주변에 모여 있는 호위선 쪽을 쳐다보았다. 이곳에 온 후에야 유화성의 계획을 들었고, 그 순간 나유백과 여덟 장로는 남패천을 위해 목숨을 버릴 각오를 했다.

이젠 임무를 끝냈으니 최대한 빨리 다음 목적지로 치달려야 한다. 머리는 그렇게 명령하고 있었지만 가슴은 그 명령을 강하게 거부했다.

"어서 가야 합니다!"

오무평이 다시 소리를 질렀다.

"내 영웅들을 한 사람이라도 모시고 가고 싶네!"

나유백이 젖은 목소리로 말했다.

여덟 장로는 자신이 스무 살도 되기 전부터 우상이자 영웅들이었다.

그들이 없었다면 남패천도, 지금의 자신도 없었을 것이다. 그런 그들을 이곳에서 모두 잃을 수는 없었다.

피피핑―

다시 강침들이 날았다. 그리고 날아들던 사내들이 낙엽처럼 떨어졌다.

"저기!"

사내 하나가 소리쳤다.

두 명의 장로가 피투성이가 된 채 유람선 지붕을 박차며 날아오고 있었다.

"창문을 열어라!"

나유백의 고함과 함께 철갑의 창문이 열렸다. 그 속으로 두 명의 노인이 기진맥진한 몰골로 날아들었다.

"다른 분들은……?"

나유백이 서둘러 질문했다.

장로 하나가 고개를 흔들었다.

"이젠 가세."

주르르 분루를 흘린 나유백이 손을 흔들었고 철갑마차는 서서히 움직이다가 무서운 속도로 치달리기 시작했다.

第八十九章
돌이 된 여인

돌이 된 여인

"무슨 일인가?"

부하들의 연락을 받고 급히 옥령수 샘에 도착한 임문정은 목소리를 높였다.

의생 차림의 사내들 여러 명과 한 노인이 옆으로 물러서며 자리를 만들어주었다.

"뭔가, 이건?"

사람들이 물러선 사이로 시야가 트여지며 드러난 광경을 본 임문정의 미간이 와락 좁혀졌다.

전혀 예상치 못한 광경이 눈앞에 펼쳐졌다.

"어떻게 된 일인가?"

임문정은 단서일을 쳐다보았다. 단서일이 창백한 표정으로 움찔 시선을 내렸다.

"옥령인이 되어가고 있습니다."

단서일이 도무지 영문을 모르겠다는 듯 답했다. 그리고는 더 할 말이 없는 듯 입을 다물었다.

임문정은 침상에 누워 있는 이여옥에게로 다가갔다.

이여옥의 피부가 옥처럼 푸르게 변해 있었다. 그건 옥령인의 제조 과정 초기 단계에 나타나는 현상이었다.

임문정은 칼날 같은 안광을 내쏘며 이여옥의 전신을 살폈다.

옥령인들은 전신이 난자당한 상태에서 일 년 가까이 옥령수가 가득 담긴 관에 밀폐되어 옥령지기를 몸에 흡수해야 옥령인이 된다. 그런데 이여옥은 평소대로 침상에 누운 채로 옥령인이 되어가고 있다.

이건 정말 예상치 못한 일이었다.

임문정은 미간을 찌푸리며 옥령인을 만들기 위해 수백, 수천 번도 더 읽은 자료들을 머릿속에 떠올렸다. 이젠 글자 한 자 빼먹지 않고 그 내용을 그대로 쓸 수 있을 정도였다.

그런데 그 내용 어디에도 이런 상황은 기술되어 있지 않았다.

옥령지기를 타고난 옥령지체의 생명은 옥령수와 함께한다. 그 생명은 옥령수의 용출이 멈추는 순간 따라서 멈추게 된다.

이곳의 옥령수는 아직까지 변함없이 용출되고 있다. 이런 상태라면 인간의 수명보다 훨씬 길게 용출될 수도 있을 것이다.

그것은 완벽한 파수꾼을 지속적으로 공급하는 원천이다.

원천은 예상보다 훨씬 든든하게 버티고 있다.

그런데…….

원천과 더불어 그에 못지않은 역할을 해야 할 옥령지체에 문제가 생겼다.

처음 의식을 잃고 며칠간 꼼짝을 않을 때는 뭔가 불길한 예감이 뇌리를 스쳤지만 그간의 피로가 한꺼번에 쏟아져 휴식이 필요한 것이라 생각했다.

그런데 그게 아니었다.

이 여인은 그 후로 지금까지 이렇게 꼼짝 않고 누워 있었다. 최근 들어서는 온갖 수단을 다 강구했지만 여인의 의식은 돌아오지 않았다. 오히려 전혀 예상치 못한 옥령인으로 변모하고 있었다.

'대체 왜 이런 일이 일어나는 것이지?

임문정은 혼란스런 생각을 감추지 못한 눈으로 이여옥을 쳐다보다가 어느 한곳에 시선을 멈추었다.

이여옥의 한쪽 손이 굳게 주먹을 쥐고 있었다.

옥처럼 단단하게 경직되고 있는 몸이니, 손가락 역시 그렇게 경직되어 주먹을 쥔 것이라 생각할 수도 있겠지만 다른 손은 그냥 아무렇게나 펴져 있는 것과는 대조적이었다. 그것이 신경을 건드렸다.

"저 손을 펼쳐 보아라."

임문정의 명령에 단서일이 조심스럽게 이여옥의 오른손을 펼치려 했다.

"이게 왜 이러지?"

단서일이 눈을 조금 크게 뜨며 말했다. 혼신의 힘을 다했지만 움켜쥔 이여옥의 손가락은 펼쳐지지 않았다.

"흐흡!"

단서일은 한 번 더 힘을 쏟았다.

"제가 해보겠습니다."

단서일이 아무리 용을 써도 되지 않자 젊은 사내 하나가 나섰다.

사내는 공력을 불끈 끌어올려 이여옥의 손가락을 펼치려 했다. 그러나 이여옥의 손가락은 견고한 자물쇠처럼 꼼짝도 하지 않았다.

사내의 눈에 당혹감이 어렸다.

보통 사람도 아닌, 무공을 익힌 무인으로서 여인의 옴친 손가락 하나 펼칠 수 없다는 것이 도저히 믿어지지가 않았다.

사내는 가일층 내력을 끌어올렸지만 허사였다.

"아예 잘라 버릴까요?"

포기한 사내는 검을 빼 들며 씨근덕거렸다.

쉬이익—

사내의 말이 끝나자마자 임문정이 차가운 눈빛과 함께 일장을 내뻗었다.

백광을 넘어서 투명한 빛에 더 가까운 기류가 뱀의 헛바닥 소리 같은 음향과 함께 사내의 가슴에 작렬했다.

사내의 가슴이 그 기류와 같은 흰색으로 변해갔다. 그리고는 온몸이 그 기류에 휩싸였다.

"크아악!"

마침내 사내는 처절한 비명을 터뜨리며 그 자리에서 무너졌다.

무너진 사내의 몸에서 흰색 불길이 치솟아오르며 사내의 육신은 순식간에 목내이(木乃伊)처럼 쪼그라들었다.

사내의 몸에서는 아직도 무서운 열기가 퍼져 나왔지만 실내는 차갑게 얼어붙었다.

"자신의 위치와 자신의 가치를 망각하는 자가 있어야 할 곳은 이곳이 아니다. 자신의 가치가 이 여인의 손가락보다 더 중하다고 생각하는 사람은 이 여인의 손가락을 잘라도 좋다."

아직도 손바닥에서 백광을 지우지 않은 임문정이 싸늘하게 말했다.

"부질없는 호기심에 괜한 짓을 했다."

잠시 후 입맛을 다신 임문정은 손바닥에 어린 공력을 거두었다.

"서일!"

임문정이 낮게 외쳤다.

"하명하십시오."

단서일이 침을 꿀꺽 삼키며 나섰다.

"앞으로 한 달 안에 저 여인의 의식을 일깨워라. 필요하다면 동방회의 자금 절반을 투입해도 상관없다."

"알겠습니다."

자신으로서는 감당하기 힘든 지시였지만 단서일은 주저없이 답했다. 눈곱만큼도 자신이 없었지만 지금은 그렇게 대답하는 것이 유일한 살길이었다.

*　　　*　　　*

"옥령인들이 이곳 휘주로 몰리고 있는 느낌이 듭니다."

은밀하게 밖으로 나갔다 들어온 여조명이 인근의 상황을 전했다.

"이곳이 그 마물들의 본거지니 당연한 것 아니에요?"

조송령이 당연한 것을 굳이 왜 밝히느냐는 표정으로 여조명을 타박 주었다.

천방지축으로 날뛰기를 좋아하는 그녀는 백운무관으로 쳐들어온 옥령인 네 명과 동방회 무리들을 한 명도 남김없이 처단한 후, 인근의 한 은신처에서 며칠 동안 숨을 죽이고 있는 것이 답답했다. 그래서 아무나 잡고 틈만 나면 시비를 거는 것이다.

"좀 더 자세히 얘기해 보시오."

경설형이 조송령에게 엄한 눈빛을 보낸 후 여조명에게 물었다. 그역시 요 며칠 사이 인근 상황이 궁금했다.

아무리 거처를 옮겼다 하더라도 옥령인 넷과 다른 놈들을 모두 처치한 자신들을 찾으려 했을 것이고 지금쯤이면 찾아냈을 수도 있을 것이다. 그래서 만반의 준비를 하고 있었는데 며칠 동안 아무런 낌새가 느껴지지 않았다.

그건 뭔가 동방회 내부에 복잡한 사정이 생겼거나 무림 정세가 예상치 못한 방향으로 돌아가고 있다는 말이다.

그게 뭘까 하고 이리저리 추측해 보았지만 알 수가 없었다. 그런 사정들을 알려면 사람들이 많이 모인 곳에서 그들의 주변으로 쉴 새 없이 떠도는 말들을 주워듣는 것이 최선인데 처한 상황은 정반대였다.

자신들은 이곳을 경계하며 한시도 자리를 뜰 수 없었고 여조명만이 짙은 어둠 속에서나 제한적으로 움직이며 인근 동정을 살필 뿐이었다. 그 역시 진우청 못지않은 외모와 부하들을 모두 잃은 상태에서 예전 같은 활동을 하기 힘들었다.

"그 이상은 저도 알 수 없습니다. 분명한 것은 밖으로 나갔던 옥령인들이 이곳으로 많이 모여드는 것 같습니다."

"휴―"

경설형은 답답한 한숨을 내쉬었다. 지금은 이렇게 숨어서 북제성 문도들을 기다릴 수밖에 없다.

진우청이 창룡금시의 비밀을 풀고 여기서 기다린다는 전갈을 보냈

으니 북제성 문도들은 조만간 이곳에 도착할 것이다. 그런데 그들은
아직 소식이 없고 옥령인들 숫자만 늘어난 것 같다.

"사형! 큰일 났어요!"

을지소소의 다급한 목소리에 경설형은 퍼뜩 상념에서 깨어나며 문
을 열었다.

"사숙이 보이지 않아요!"

을지소소가 파랗게 질리며 말했다.

"뭘 그리 호들갑이세요, 사저! 어디 바람이라도 쐬러 갔거나……."

"그게 아니야, 이 맹추야. 흑풍의 몸짓으로 봐서 휘주 쪽으로 간 게
틀림없어. 용호곤도 없고 친구도 보이지 않아! 아마도 어젯밤에 떠난
것 같아."

을지소소는 당장이라도 추적할 듯한 몸짓과 함께 빠르게 말했다.

경설형은 자신도 모르게 벌떡 신형을 일으켰다.

그동안 유화결의 모습에 변화가 생겼다.

원래도 다른 옥령인들보다 훨씬 더 실혼인 같았다. 반면 그들보다
훨씬 강했다.

그런 유화결의 눈에서 점점 더 인간의 특성이 사라져 갔다. 진우청
은 그것을 못 견뎌하며 그동안 어떻게든 유화결에게서 예전의 모습을
찾으려 했지만 모조리 허사였다.

그렇게 두 사람은 이곳 은신처에서 하루 종일 같이 있었다.

어젯밤도 그런 줄 알았는데 밤사이 휘주로 사라진 모양이었다.

"그러고 보니 어제 진 공자가 내게 이상한 질문을 했소."

여조명의 말에 모든 시선이 그에게로 모였다.

"어제 진 공자가 뜬금없이 유화결 공자와 내가 어쩌다가 핏빛 괴물

과 마주치고 유 공자가 잡혀갔는지 물었소. 그리고 그 대화 끝에 그 동굴의 위치까지도 말해준 것 같소."

"그걸 왜 이제야 말해요!"

을지소소가 찢어지는 목소리로 고함을 질렀다.

여조명은 멍한 표정으로 을지소소를 쳐다보다가 입을 열었다.

"한복판으로 스며들 수 있는 비밀 통로를 놈들이 아직 그대로 놔둘 리도 없었고, 이미 들켜 버린 통로를 진 공자가 다시 이용할 것이라고는 꿈에도 생각지 못했소."

"사숙이 당신 같은 줄 알아요! 생긴 것만 당신 같아요! 뭔가 일이 안 풀리면 저돌적으로 뛰어드는 성격이란 말이에요!"

조송령이 뾰족하게 말하고는 쌍검을 꺼내 손에 들었다.

"흑풍을 풀고 어서 따라가요."

을지소소가 입술을 모아 흑풍을 불렀다.

"잠시 기다려 봐!"

경설형이 손을 들어올렸다.

"저돌적이긴 하지만 무모한 사람은 아니야. 뭔가 생각이 있었을 것이야. 그러니 지금 당장 사숙을 쫓아가면 사숙의 행선지를 우리 스스로 놈들에게 알려주는 꼴이야. 저녁때까지 기다려. 그리고……."

"전 그때까지 못 기다려요. 아무에게도 들키지 않는 숲길로 해서 따라가겠어요."

을지소소는 훌쩍 몸을 날렸다.

조송령이 그 뒤를 따랐고, 난감한 표정을 짓던 경설형과 장위봉, 운가목, 여조명도 몸을 날렸다.

　　　　　*　　　　　*　　　　　*

　찌이잉—

　기분 나쁜 음향이 뇌리를 자극했다.

　이런 음향은 아주 낯설었다. 그러면서도 어딘지 모르게 기억 속에 있는 것 같았다. 그것도 아주 불쾌한 기억으로…….

　"크크크!"

　핏빛 그림자가 일렁거리며 기괴한 음성을 토했다. 그것은 마치 웃음 같기도 하고 신음 같기도 했다.

　찌이잉—

　다시 그 음향이 울렸다.

　핏빛 그림자의 일렁거림이 더욱 거세어졌다.

　보통의 인간들과는 달리 어둠을 힘의 원천으로 삼는 자신에겐 밤의 정령이 지배하는 시간이 활동의 시간이고, 양광이 온 누리를 비추는 지금은 숙면에 들어야 할 시간이다. 그런데 고막 한쪽을 후벼 파는 듯한 저 음향은 서서히 그의 영혼마저도 뒤흔들고 있었다.

　자연적으로 생겨나는 음향은 아니었다.

　폭포수가 떨어지거나 물방울이 떨어지는 소리는 규칙성이 있다. 그런 소리는 익숙해지고 이내 의식 속에서 밀어내 버릴 수 있다.

　저 소리는 그런 규칙성을 완전히 벗어나 있었다.

　지극히 불규칙한 주기(週期)에, 음향의 길이마저 철저한 불규칙을 내포한 채 들려오고 있었다.

　찌잉—

　이번에는 짧다.

찌이이잉—

이번에는 길다.

그리고는 쥐 죽은 듯 사라져 버렸다.

핏빛 그림자는 일렁거림을 멈추며 어둠의 시간 동안 한시도 쉬지 못한 몸을 바닥에 뉘었다.

찌이잉—

마치 쳐다보고 있기라도 한 듯 그 소음이 다시 울렸다.

결코 가까이에서 울리는 것이 아니다. 그랬다면 아무리 지친 육신이었다고 해도 달려갔을 것이다. 소음은 아주 먼 거리에서 암반이라는 매질을 타고 전달되어 왔다.

그곳까지 뚫고 가려면 얼마나 더 많은 공력을 소비해야 할까?

공력을 조금이라도 더 보충한 후 몸을 일으키고 싶었지만 저 이상한 소음은 그것마저 허락하지 않을 것 같았다.

"크크크!"

핏빛 입으로 핏빛 기음을 내뱉은 혈유는 동굴 벽 틈 사이로 연기처럼 스며들었다.

찌이잉—

두 개의 쇠몽둥이가 마찰을 일으키며 파란 불꽃이 튀었다.

그냥 가볍게 비벼대는 것 같았지만 그 마찰 면에서 일어나는 불꽃으로 보아 두 개의 쇠몽둥이에는 무시 못할 내력이 스며들어 있음을 짐작할 수 있었다. 그러면서도 소리가 크게 나오지 않는 것은 암반의 틈 사이에 꽂혀 있는 한 개의 쇠몽둥이가 그 음파를 대부분 암반 속으로 전하기 때문이었다.

“후으읍!”

곰 같은 덩치의 사내가 긴 호흡과 함께 또 한 번 쇠몽둥이를 마찰시켰다.

이번에는 훨씬 높은 음파가 암반 속으로 스며들었다.

사내는 그것이 자신의 사명이기나 한 듯 한참 동안 그런 동작을 반복했다.

‘저놈은?’

혈유의 핏빛 그림자가 일렁이다 못해 춤을 추었다.

찌이잉! 하고 온 신경을 자극하던 저 음향이 익숙한 불쾌감을 주던 이유를 알았다.

환술을 익힌 후 처음으로 처절한 패배감을 맛보여 주었던 놈!

그놈이 휘두르던 쇠몽둥이에서 울려 나오는 음향이었다.

그때는 두 개의 쇠몽둥이를 두드려 흡사 폭음과 같은 음파를 만들어 자신의 주술을 무력화시켰다. 지금은 두 개의 쇠몽둥이를 문질러 신경을 긁는 소리를 만들어내고 있다. 하지만 두 음향은 결국 같은 매개체에서 생성되었기에 익숙한 느낌을 준 것이다.

그때의 패배감과 공포감이 되살아났다.

시간이 지날수록 자신의 환술을 더 확연히 간파하고 반격을 가하던 놈!

더군다나 지금은 밤새 움직인 결과 기운마저 떨어졌다.

“올 줄 알았지.”

쇠몽둥이를 문지르던 진우청이 차가운 미소와 함께 등을 돌린 후 빠르게 퇴로를 막았다.

혈유의 신형이 다시 일렁거렸다. 옥령지체를 타고난 여인 외에 자신의 존재를 이렇게 정확히 알아채는 또 다른 인간!

혈유는 핏빛 형체 속에서 두 눈을 드러내며 진우청의 눈을 쳐다보았다.

진우청의 눈이 이글거리며 타오르고 있었다.

그때 짙은 어둠 속에서도 자신을 정확히 쳐다보던 눈이었다.

혈유의 신형이 더욱 짙은 핏빛을 띠었다.

"크크크!"

혈유의 입에서 예의 그 괴소가 흘러나왔다.

"그런 수작은 더 이상 안 통한다."

진우청은 용호곤을 가볍게 두드렸다.

혈유의 신형이 다시 일렁거렸다.

음산한 웃음소리에 섞여 낮게 깔린 주문은 용호곤이 뿜어내는 음파에 산산이 흩어져 버렸다.

슈우욱—

어느새 하나가 된 용호곤이 혈유의 가슴을 찔러왔다.

핏빛 그림자 속에 몸을 숨긴 채 실체는 훨씬 옆으로 비켜 있었는데 용호곤은 어김없이 그쪽으로 찔러오고 있었다.

퍼억—

핏빛 그림자 한쪽에서 파육음이 터졌다. 그리고 그림자 한 자락이 찢겨 나갔다.

일렁거리거나 연기처럼 흩날리기는 하지만 순식간에 제자리로 돌아오는 핏빛 은신막이 이런 식으로 완전히 찢겨져 나가기는 처음이었다.

그건 지극히 위험한 징조였다.

자신의 은신막이 떨어져 나간다는 것은 자신의 환술이 한 꺼풀 벗겨

진다는 것이다. 아울러 그것은 자신의 생명이 뭉턱 잘려 나간 것이나
마찬가지다.

파아앗—

시커먼 몽둥이가 이번에는 수직으로 떨어져 내렸다.

혈유는 핏빛 은신막을 최대한 넓게 펼쳤다. 이런 무리수를 펼치면
생혈이 고갈되어 명줄마저 갉아먹지만 지금은 그럴 수밖에 없었다.

우우웅—

떨어져 내리던 쇠몽둥이에서 진동음이 일며 찬란한 황금색 서광이
뻗어 나오기 시작했다.

"크윽!"

혈유의 입에서 답답한 비명이 터졌다.

상극의 기운!

부처의 손바닥에서나 뿜어져 나올 만한 이런 서광이 시커먼 쇠몽둥
이에서 어떻게 뿜어져 나올 수 있는지는 모르겠지만 이 기운은 자신의
환술에 있어 상극의 기운이었다.

순식간에 은신막이 사라지고 초라한 실체가 드러났다.

퍼억—

쇠몽둥이는 옆구리를 정확히 가격했다.

"크으윽!"

숨이 끊어지는 것 같은 통증이 뇌리로 엄습해 왔다.

혈유는 털썩 무릎을 꿇으며 필사적으로 고개를 들었다. 절망의 기운
이 번져 가던 혈유의 눈이 번쩍 핏빛을 토했다. 그의 눈에 들어온 뜻밖
의 인영!

그것은 옥령인이었다.

비록 온 얼굴에 복면을 뒤집어쓰고 있었지만 옥령인은 구별할 수가 있었다.

옥령지체에 의해 하얀 백지처럼 일깨워진 옥령인의 의식 속에 자신의 주술로 최소한의 의지를 새겨 넣었다. 그런 옥령인이라면 수족처럼 부릴 수 있다. 놈이 아무리 경천동지할 능력을 지녔다 해도 옥령인이라면 자신이 달아날 시간은 충분히 벌어줄 것이다.

"옴— 바하니……."

혈유의 입에서 음산한 주문이 흘렀다. 그건 옥령인의 모든 능력을 한꺼번에 끌어올리는 가장 강력한 주문이었다.

저벅!

그야말로 암반의 일부처럼 서 있던 옥령인이 천천히 다가왔다.

혈유는 더욱 강력한 주문을 읊조렸다.

한층 빠르게 다가온 옥령인이 손을 뻗었다.

"내가 아니라 저놈에게……."

혈유의 목소리는 거기서 끊어졌다.

옥령인이 자신의 목을 거머쥔 채 천천히 들어올리고 있었다.

"크, 크윽……?!"

기음을 토하며 혈유는 유화결의 눈을 뚫어져라 쳐다보았다.

인간의 생각이 모두 빠져나간 옥령인의 눈이 분명했다. 그리고 온몸으로 풍기는 기운 또한 옥령인의 차갑고 시린 기운이었다.

그런데 왜 이런 반응을 보이는 것일까?

'이놈은?

혈유의 눈에 도저히 풀리지 않는 의구심이 어렸다.

이놈은 옥령지왕이다.

오랜 세월 동안 옥령지기를 자연스럽게 흡수하였기에 특별하게 만들어진, 그래서 진우청을 죽이는 특별한 한 가지 임무만을 수행하고 사라져야 할 놈이었다.

그런데 어찌하여 그 특별한 임무는 수행하지 않고 오히려 정반대의 움직임을 보이는가?

숨이 막혀 혼미해지기까지 하는 의식이 더욱 혼란스러웠다.

휘익―

더 이상 생각을 이어갈 수 없을 즈음 유화결은 혈유의 신형을 동굴 벽으로 세차게 던졌다.

퍼억!

척추가 왕창 무너져 내리는 듯한 통증이 몰려왔다.

퍼억―

몸을 추스르기도 전에 쇠몽둥이가 어깨를 두드렸다.

"껍질을 벗겨놓으니 털 뽑은 병아리 새끼마냥 볼품없군!"

환술이 완전히 풀어진 혈유의 가슴을 용호곤으로 찍어 누른 진우청이 빈정거렸다.

혈유는 질끈 눈을 감았다. 쪼그라진 도라지 뿌리 같은 자신의 몸을 누군가 앞에 이렇게 적나라하게 드러내긴 처음이었다.

그러는 사이 유화결이 바닥에 드러누운 혈유의 두 다리를 밟아 지그시 힘을 주었다.

"크아악―"

혈유가 처절한 비명을 터뜨렸다.

환술에 의지하지 않으면 보통 사람보다 훨씬 약한 두 다리가 완전히 뒤틀렸다.

지독한 고통과 함께 공포가 전신을 엄습했다.

발바닥의 용천혈을 통해 땅의 음기를 받아들이지 못한다면 더 이상 환술을 펼칠 수 없다. 옥령지왕인 저놈은 그것을 알고 다리를 뒤틀어 버린 것이다.

옥령지체의 그 계집이 의식을 잃고 쓰러진 이유를 이젠 알 것 같았다. 계집은 이놈에게 자신의 주술이 통하지 않게 만들고는 그렇게 쓰러져 버린 것이다. 자신의 주술이 스며들지 못할 정도의 염력을 쏟아 붓고는 돌이 되어가고 있다.

"크으으—"

육체와 정신이 같이 부서지는 고통에 혈유는 연신 괴성을 질렀다.

턱!

이번에는 진우청의 발이 혈유의 가슴에 얹혀졌다. 비명을 지르던 혈유는 극도의 공포감에 입을 다물었다.

자신의 쪼그라진 가슴 전체만큼 크고 두터운 발! 저 발에 조금이라도 힘이 실리면 갈비뼈와 심장은 같이 터져 나갈 것이다.

"꼴에 죽는 것은 두려운 모양이군!"

진우청은 혈유의 가슴을 누른 발에 조금 더 힘을 주며 혈유의 눈을 쳐다보았다.

"살고 싶나?"

진우청의 목소리가 동굴 안의 공기를 냉각시켰다.

"크크크…… 죽여라!"

혈유는 내심과는 정반대의 단어를 쏟아냈다. 환술이 깨어지고 초라한 육신이 적나라하게 드러난 기형아의 마지막 자존심이었다.

"그러든지……."

혈유의 대답을 들은 진우청은 발을 치웠다. 그리고는 단전 한곳을 눌러 기해혈을 폐쇄시킨 후 유화결에게 자리를 내어주었다.

유화결이 천천히 혈유에게로 다가왔다.

아무런 생각이 어리지 않은 유화결의 눈을 보며 혈유는 종잡을 수 없는 혼란에 빠졌다.

“아아악!”

잠시 후 혈유는 다시 비명을 질렀다.

유화결의 발이 이번에는 손가락 하나를 밟아 부러뜨리고 있었다. 그렇게 시작된 유화결의 움직임은 지극히 기계적으로 반복되었다.

“그만!”

손가락 다섯 개가 완전히 뭉개졌을 때 혈유는 턱을 덜덜 떨며 말했다.

“진작 고분고분했으면 손가락이라도 건졌지!”

진우청도 냉랭하게 말했다.

“잔인… 한…….”

혈유가 억지로 입을 벌리며 뱉어냈다.

“네놈들이 우릴 그렇게 만들었지, 네놈들이……. 그것도 단 일 년 사이에…….”

악령처럼 중얼거린 진우청이 혈유의 다른 손가락 다섯 개를 한꺼번에 밟았다.

“크아아악—”

혈유의 비명 소리가 온 동굴 안을 진동시켰다.

동굴을 빠져나온 진우청은 혈유를 허리에 낀 채 산자락으로 방향을 잡았다. 그 옆을 복면을 눌러쓴 유화결이 그림자처럼 따랐다.

바람처럼 치달려 나가면서 진우청은 혈유의 상태를 살폈다.

고통으로 의식을 잃고 있었지만 맥박은 고르게 뛰고 있었다. 환술을 쓰지 못하는 혈유는 그야말로 왜소한 기형아일 뿐이었다.

이놈을 끌고 가서 최대한 많은 것을 알아내야 한다.

옥령인의 제조 과정에서부터… 그동안 동방회가 해온 일들, 앞으로 무슨 일을 꾸미는지 등등…….

그리고…….

이여옥이 지금 어디에 있는지, 그녀의 상태가 어떠한지…….

마음이 급해진 진우청은 한층 더 강하게 땅을 박찼다. 유화결 역시 진우청의 마음을 읽기라도 한 듯 최대한 은밀하고 빠르게 경공을 펼쳤다.

"잠깐!"

치달려 나가던 진우청은 낮은 소리로 유화결을 멈춰 서게 했다.

바람 한 점 없는 가을 날씨였지만 앞쪽 모퉁이로부터 강한 냉기가 몰려왔다.

그건 지형적인 영향이나 계절적인 영향으로 인한 냉기가 아니었다.

피부로 느끼기보다는 기감으로 느껴지는 냉기!

온 심맥을 얼릴 듯이 조여오는 살기였다.

"후으읍—"

호흡 속으로 녹아들며 조여오는 살기를 흩어버린 진우청은 천천히 걸음을 옮겼다.

모퉁이를 돌아서자 한 노인이 뒷짐을 진 채 경치를 감상하듯 휘주의 정경을 바라보며 서 있었다. 백발이 성성한 채 유유히 서 있는 노인은 선경에나 나오는 신선의 모습이었다.

겉모습은 그랬지만 노인의 전신에서 풍겨 나오는 기운은 선경 속 그림에나 나오는 노인들과는 판이하게 달랐다.

내력을 운기하지 않고 가만히 서 있어도 온몸 곳곳에서 칼이 솟아오르듯 살기가 스며 나오는 노인은 살인무예의 극성을 이룬 모습이었다.

이어서 눈에 들어온 노인의 외모는 그의 정체를 알게 했다.

한 팔과 수염이 없는 그는 척백대 부대주 장손구였다.

스스스!

노인의 곁으로 다섯 명의 인영이 모습을 드러냈다.

하나같이 칙칙한 갈의를 걸쳤고 나이는 중년을 훨씬 넘어선 반백에 가까운 노인들이었다.

진우청은 그들을 보며 가슴 한쪽이 무거워짐을 느꼈다.

상대가 젊고 건장한 사내들이라는 것보다 반백을 넘어선 노인들이라는 것이 이렇게 무거운 중압감으로 전신을 덮쳐 올 수 있구나 하는 생각이 절로 들었다.

반백에 가까운 노인들에게서는 젊은 청년들에게서 터져 나오는 폭발적인 힘은 느낄 수 없었지만 산전수전 다 겪은 절정고수의 풍모가 고스란히 느껴졌다.

"대담한 놈이로구나. 이곳으로 스며들 생각을 하다니."

장손구의 입에서 삭풍 같은 음성이 흘러나왔다.

진우청은 묵묵히 서서 주변을 쳐다보았다. 이들 말고 다른 인기척은 느껴지지 않았다. 다행이랄 수도 있겠지만 그 다행이 얼마나 갈지 의심스러웠다. 이곳은 동방회의 소굴이나 마찬가지이니 이 노인들을 비명 한 번 지르지 못하게 순식간에 해치우고 사라진다면 모를까, 그러지 않는다면 놈들이 몰려올 것이다.

"또 만났군요."

진우청은 무뚝뚝하게 내뱉었다.

노인의 얼굴에서 언뜻 희미한 미소가 어렸다.

"조만간 찾아 나서려 했는데 스스로 모습을 드러내어 수고를 덜어주는군."

노인이 여전히 희미한 미소와 함께 답했다.

"내게 무슨 용무라도……?"

"북제성, 아니, 백인대의 운명을 쥐고 있는 사람이 자네라는 정보를 입수했네. 그래서 자네만 없애 버리고 자네에게서 금빛 열쇠만 뺏어버리면 북제성도 조만간에 사라진다고 알고 있네."

장손구는 찌르는 듯한 안광을 내쏘며 진우청을 쳐다보았다.

북제성이 존재하기에 자신들이 존재하고, 그래서 세상 누구보다 북제성에 대해서 잘 알고 있는 그들이었다. 또한 그래서 그들은 창룡금시에 대한 비밀까지도 알아낸 모양이었다.

"그동안 열심히 코를 킁킁거리고 다닌 모양이오?"

진우청은 그들을 개에 비유하며 답했다. 장손구 곁에 선 초로인들의 상의가 펄럭거렸다.

"백인대의 후예이면서 백인대와는 전혀 다른 무공을 쓰고, 백인대의 운명을 한 손에 움켜쥔 인물이 자네인 줄 미리 알았다면 어떻게든 자네를 제일 먼저 처치했을 텐데……. 하지만 뭐 결국은 이렇게 되었네."

그 말과 함께 장손구는 혈유를 일견했다.

"저 괴물은 이제 쓸모가 없어졌군!"

장손구 옆에 있던 노인이 가볍게 손을 움직였다.

노인의 손에서 미풍 같은 기운이 어른거리는 것을 보며 진우청은 혈유의 신형을 급히 옆으로 옮겼다.

파앙—

바위가 비명을 지르며 돌가루가 튕겨 올랐다.

돌가루 사이를 뚫고 또 한 명의 초로인이 쾌속하게 손을 흔들었다.

그의 소맷자락에서 번쩍 하고 광채가 빛났다.

츄아악—

은빛 추명전(追命箭)이 혈유의 정수리를 향해 섬전처럼 날아들었다. 활시위에서 튀어나온 것도 아닌, 두 뼘 정도의 화살은 어떤 강궁에서 발사된 것보다 더 섬뜩한 파공음을 토하며 빠르게 날아들었다.

따앙—

유화결이 손바닥으로 추명전을 막자 그곳에서 날카로운 쇳소리가 울려 나왔다.

추명전을 날린 노인은 순간적으로 멈칫하는 모습을 보였다. 유화결의 존재를 알 리 없는 그는 유화결이 맨손으로 자신의 무기를 막아내는 것이 믿어지지 않는 모양이었다.

"역시 백인대는 명불허전이군."

유화결을 또 다른 북제성 문도로 짐작한 장손구도 감탄사를 토했다.

"하지만 이곳은 네놈의 무덤이자 백인대의 종말을 고하는 장소일 뿐이다."

장손구는 천천히 하나뿐인 손을 들어올렸다.

진우청은 혈유의 혈을 제압한 후 바위 뒤로 던졌다. 혈유는 임문정의 그림자로 그의 모든 움직임들을 캐낼 수 있고, 이여옥의 대해서 모든 정보를 넘겨줄 수 있는 놈이었기에 온갖 위험을 무릅쓰고라도 산 채로 잡아가야 했다.

장손구의 손에 짙은 녹광이 어렸다. 그것은 보는 것만으로도 숨이 막혀왔다.

쿠아아앙―

한 손에 어리던 녹광이 앞으로 뻗어 나오며 흡사 해일처럼 진우청을 향해 덮쳐 왔다.

유화결이 한 발 앞서 그 기운에 대항해 갔다.

"비켜! 네 상대가 아니야."

진우청은 집어 던지듯 유화결을 밀쳐 냈다.

도검이 통하지 않는 유화결의 몸이었지만 저런 무지막지한 장력 앞에서는 내부가 먼저 녹아내릴 수도 있었다.

"하압―"

진우청은 기합성과 함께 천룡후를 터뜨렸다.

"애송이!"

장손구의 목소리가 울렸다.

그 순간 거대한 물줄기처럼 쏟아져 오던 녹광이 수십 가닥으로 흩어졌다.

그리고 그것들은 각각의 창날처럼 진우청의 전신을 쑤시고 들었다.

듣도 보도 못한 수법이었다.

남패천 여덟 장로들 앞에서 연신 하품을 해대며 수박 겉 핥기식이나마 들은 무공들 중에서도 이런 것은 없었다.

어느 것이 실상이고 어느 것이 허상인지 도저히 구별이 가지 않았다.

북제성을 상대하기 위해, 오로지 그들의 무공을 파훼하기 위한 수법이 장손구의 양손에서 뻗어 나오고 있었다.

급히 천룡후의 기운을 회수한 진우청은 눈을 감았다. 그리고는 호흡 속으로 녹아들었다.

사물을 보는 두 개의 눈 사이에는 훨씬 더 많은 것을 볼 수 있는 또 하나의 눈이 있다.

귀면랑과 함께 있던 율금적과의 대결에서 진우청은 그것을 느낄 수 있었다.

슈아악—

한 개의 녹광이 기해혈을 쑤시고 들었다.

그러나 진우청은 장강혈을 파고드는 뒤쪽의 기운을 향해 먼저 손을 뻗었다.

등 뒤쪽 장강혈을 쑤시고 드는 기운이 훨씬 더 빠르고 치명적이었다.

콰광—

쾅—

두 개의 폭음과 함께 두 개의 녹광이 동시에 흩어졌다.

휘리리릭—

연이어 진우청의 손이 천수관음의 손처럼 무수한 환영을 만들어냈다.

파파팡—

장손구가 뿌린 수십 가닥의 녹광이 차례로 흩어져 갔다.

표정이 굳어진 장손구는 손바닥으로 하늘을 떠받치는 자세를 만들었다가 정면으로 뻗었다.

콰아아앙—

벼락이라도 때리는 굉음과 함께 장손구의 앞으로 뻗은 장심에서 이번에는 짙은 흑광이 터졌다.

진우청은 낙엽 속에 발목이 덮일 정도로 양 발을 깊이 파묻고는 쌍장을 쭈욱 내밀었다.

콰앙—

승천하는 용의 형상을 한 은색 기류가 장손구가 내뻗은 흑광에 부딪쳐 갔다.

두 사람의 대결은 초식과 초식의 겨룸을 벗어난, 건곤일척의 내력 대결로 이어졌다.

중원무공 어떤 초식도 진우청에게는 통하지 않는다는 것을 다시 한 번 실감한 장손구는 진우청의 나이보다 세 배는 더 긴 기간 동안 축적한 내력으로 승부를 벌이고 있었다.

쿠아아앙—

두 개의 장력이 부딪친 곳에서 고막을 터뜨릴 만한 굉음이 울렸다. 뒤이어 장손구의 손에서 뻗어 나온 흑광이 은빛 용을 검게 물들여 갔다.

장손구의 눈에 일렁거리는 열기가 어렸다.

기이한 초식을 익혀 중원의 어떤 초식도 통하지 않는다고 하지만 놈은 아직 스물도 채 안 된 애송이일 뿐이다. 자신의 이 갑자에 가까운 내력은 결코 당해내지 못할 것이다.

그것이 애초부터의 계산이었다.

우우웅—

굉음은 이제 무거운 진동음으로 바뀌며 장손구의 손에서 뻗어 나온 흑광이 서서히 은룡을 삼켜가고 있었다.

저 은색 기운이 완전히 삼켜지는 순간, 놈의 신형은 시커먼 재로 변하고 말 것이다.

그렇게 생각한 장손구의 눈이 크게 뜨여졌다.

은룡이 잠시 사라졌다 싶은 순간, 진우청의 손에서 착각처럼 찬란한 금빛이 비치는가 싶더니 그 금광은 흑광을 순식간에 밀어내고 장손구의 전신을 덮쳐 왔다.

"으으……."

장손구는 비명조차 지르지 못한 채 자신의 손을, 자신의 몸을 내려다보았다.

아무것도 느껴지지 않았다.

아무런 열기도 느껴지지 않았고 통증조차 없었다. 그런데 전신을 휘감는 이 허무감은 무엇이란 말인가?

더 나아가 온 내부를 텅 비게 만드는 이 상실감은……?

장손구의 심맥이 조각조각나며 먼지로 흩날리고 있었다.

장손구의 생명은 그렇게 우주의 먼지가 되어 사라졌다.

쿵―

뒤이어 그의 육신도 낙엽 속에 처박혔다.

진우청은 앞으로 뻗었던 쌍장을 내리고 장손구의 모습을 쳐다보았다.

생명이 끊어진 장손구의 모습은 의외로 평온해 보였다. 마지막 순간 허무하게 변했던 표정이 조금 남아 있긴 했지만 눈썹 없는 노인처럼 처참한 최후는 아니었다.

그건 창룡금시의 표면에 있던 금광이 전신으로 녹아든 이후에 달라진 모습이었다.

눈썹 없는 노인과의 대결 못지않은 내력을 쏟아 부었음에도 불구하고 자신의 몸속에 있던 기운은 그때처럼 썰물이 되어 빠져나가는 느낌은 조금도 들지 않았다. 그리고 그 기운에 당해 쓰러지는 상대 역시 그런 처참한 최후를 맞지 않았다.

진우청은 스스로도 믿기지 않는 듯 자신의 손을 쳐다보다가 상의에 쓱쓱 문질렀다.

그 모습을 눈도 깜박이지 않고 쳐다보는 다섯 초로인의 눈에 경악의 감정들이 만수 위의 물처럼 출렁거렸다.

"저 늙은이들은 네가 좀 상대해라."

진우청은 혈유의 신형을 들어 바위 위에 눕히고 짐짓 피곤한 모습을 하며 유화결에게 말했다.

자신에게도 남아 있던 북제성 문도로서의 금제도 완전히 풀렸다. 그러니 저 노인들이라고 상대하지 못할 것은 없지만 창룡금시에서 흡수한 금빛 찬란한 기운은 남은 문도들의 천형을 푸는 데 써야 할 기운이기에 무작정 퍼내 쓸 수는 없었다. 이젠 백 명이 되지 않으니 그만큼의 여유가 있을 뿐이었다.

유화결은 진우청의 말을 알아들었는지 못 알아들었는지 고개만 돌려 다섯 노인을 무심하게 쳐다보았다.

무공의 깊이는 물론, 생각마저 읽을 수 없는 텅 빈 유화결의 눈동자는 공포에 질린 노인들을 더없이 혼란스럽게 했다.

쌔애액—

아무 생각 없이 서 있던 유화결의 몸이 어느 순간 포탄처럼 쏘아졌다.

전의를 상실한 초로인 다섯 명이 뿔뿔이 흩어졌다. 유화결은 그중

한 노인을 향해 주먹을 날렸다.

도주하는 노인의 등에서 폭음이 터져 올랐다. 뒤이어 비탈 아래로 추락하는 노인의 입에서 선혈이 폭포수처럼 흘러내렸다.

유화결의 눈이 또 다른 목표를 쫓았다.

나머지 네 명의 노인은 뒤로 돌아보지 않고 도주하고 있었다.

"그만 해, 물렁탱아. 이젠 이곳을 빠져나갈 때다."

다시 쏘아지려는 유화결을 제지한 진우청은 혈유를 허리에 끼고 신형을 날렸다.

第九十章
악화일로

"큰일 났소!"

여조명이 치달려가던 움직임을 멈춘 채 다급성을 터뜨렸다.

자신과 유화결이 숨어들었던 동굴이 있는 산으로 수많은 인영이 달려가고 있었다. 그것으로 보아 진우청의 행적이 놈들에게 노출되었다는 말이다.

"저기 저 산인가요?"

을지소소가 암벽으로 이루어진 산을 보며 말했다. 그곳은 전혀 동굴 같은 것이 보이지 않았지만 놈들은 그곳을 향해 벌 떼처럼 모여들고 있었다.

"그렇소. 돌산 속에는 미로처럼 얽힌 동굴이 있소."

여조명은 빠르게 고개를 끄덕였다.

"어, 어떡해요, 사저?"

매사 걱정없던 조송령도 이번만큼은 어쩔 수 없는지 다급한 표정으로 말했다.

"사숙이 아직 동굴 안에 있는 걸까?"

경설형이 최대한 침착한 어조로 말했다.

"그건 모르겠지만 발각된 건 확실한 모양입니다."

운가목도 잔뜩 긴장한 눈으로 아래를 내려다보았다.

그때 퍼엉! 하는 폭음과 함께 산모퉁이를 돌아가던 사내들이 허공으로 솟구쳤다.

"어서 가!"

경설형이 지체없이 소리를 질렀다.

그와 동시에 여섯 인영은 유성처럼 아래로 쏘아졌다.

"위급할 땐 꽉 잡고 여길 눌러! 그리고 셋을 센 후 던져! 네 동생이 만들어준 거야."

진우청은 남패천을 떠날 때 유화경이 준비해 준 화탄 한 개를 유화결에게 건넸다.

유화결은 멀뚱히 진우청을 쳐다보기만 할 뿐, 화탄을 받아 들지 않았다.

"이럴 때 쓰라고 네 동생이 만든 거야. 네 동생도 기억 안 나?"

진우청이 고함을 질렀지만 유화결은 여전히 들은 척도 않고 앞만 노려보았다.

야산 자락 아래쪽으로 무기를 쳐든 놈들이 새까맣게 몰려오고 있었다. 선발대로 먼저 당도한 놈들은 진우청이 던진 화탄에 피투성이가 되어 날아갔지만 놈들은 아랑곳 않고 몰려오고 있었다.

그 순간 유화결이 몸을 날렸다. 앞쪽이 아닌 모퉁이 뒤쪽이었다.

"어딜 가, 이 자식아?"

그 대답은 모퉁이 뒤쪽에서 울리는 비명 소리들이 대신했다.

놈들은 앞과 뒤쪽에서 포위해 들고 있었다.

"빌어먹을!"

역정을 토한 진우청은 남은 네 개의 화탄을 매만졌다.

유화경이 자신을 위해 애써 만든 화탄인지라 크기에 비해 화력이 강했다. 벌 떼처럼 한데 모여 달려오는 놈들에겐 그만이었다.

"이럴 줄 알았다면 아예 한 보따리 얻어오는 건데."

아쉬운 입맛을 다신 진우청은 고개를 돌렸다.

"크윽!"

"큭!"

연신 짧은 비명이 들리며 피 냄새가 풍겨났다.

유화결의 손속에 놈들은 길게 비명 지를 새도 없이 황천으로 떠나고 있는 것이리라.

"그만 가자! 물렁탱이!"

진우청의 고함에 유화결이 바람처럼 달려왔다.

휘익―

혈유를 한 손으로 집어 든 진우청은 아래를 향해 몸을 날렸다. 그 뒤를 따라 유화결도 몸을 날렸다.

"사숙이에요!"

치달리던 조송령이 반가운 고함을 질렀다. 그것도 잠시 그녀의 표정이 급속도로 굳어졌다.

"그런데 놈들이 너무 많아요."

을지소소도 주변을 돌아보며 와락 눈살을 찌푸렸다.

돌산 아래로 벌 떼처럼 모여들던 무리는 오히려 조족지혈이었다. 모퉁이를 돌자 온 사방에서 기다리고 있었다는 듯 무사들이 포위망을 좁히고 있었다. 그리고 그들 중에는 몇 명의 옥령인도 섞여 있었다.

"저들을 어떻게 다 처치해요!"

아무리 북제성의 천형을 떨쳐 버렸다 해도 이건 너무 많았다.

"한곳만 뚫어! 그리고 강변을 향해 줄기차게 달려!"

그녀의 말을 듣기라도 한 듯 쏜살같이 다가온 진우청이 고함을 지르며 한쪽으로 방향을 지시했다.

방향이 정해지자 유화결이 제일 앞서 쏘아졌다.

콰앙—

앞을 막던 옥령인 하나가 유화결의 어깨에 부딪쳐 팅겨 올랐다. 차돌이나 마찬가지인 그들이었지만 자신들보다 더 강한 존재 앞에서는 한 개의 파편으로 전락했다.

퍼억—

떨어져 내리는 옥령인을 향해 진우청이 용호곤을 휘둘렀다.

한 손으로는 혈유를 들고 다른 한 손만으로 휘두른 용호곤이었지만 그 몽둥이에 걸린 옥령인의 입에서는 선혈이 폭포수처럼 흘렀다.

"사숙은 훨씬 더 강해졌어!"

탄성과 함께 을지소소는 채찍을 휘둘렀다.

그녀의 채찍 역시 예전과는 비교할 수 없이 날카로워 한 번 휘둘러질 때마다 사내들의 팔이 동시에 몇 개씩 떠올랐다. 옥령인들만이 단번에 쓰러지는 신세를 면했다. 그러나 그들 역시 몸뚱이에 피가 배어

나올 만한 상처를 입었다.

천라지망 같던 포위망 한쪽이 뚫리며 진우청 일행은 그곳으로 물이 쏟아지듯 달려나왔다.

"신안강 변까지 계속 달려!"

신안강에 간다고 뾰족한 수가 있는 것은 아니었지만 일단은 그 강을 건너야 했다. 강은 놈들의 소굴을 결정짓는 최소한의 경계선이었다.

"마귀 같은 놈들."

신안강 변에 도착한 경설형은 원한이 짙게 배인 신음을 토했다.

강변을 새까맣게 뒤덮은 인영들!

그리고 그들 손에 들린 각궁들!

강궁보다 오히려 무서운 각궁이었다.

사거리는 강궁보다 짧았지만 그 빠른 연사 속도와 정확도는 다른 어떤 활보다 무서웠다. 저건 척백대의 싸움 방식이었다.

이곳에 온 척백대주는 놈들에게 각궁으로 무장시키고 자신들을 사냥하려 하고 있었다.

"뚫을 수 있을까요?"

"뚫을 수밖에!"

장위봉의 질문에 운가목이 나서서 답했다.

말은 그렇게 했지만 운가목의 눈에는 절망감이 번지고 있었다.

앞에는 각궁으로 무장한 서왕문 놈들!

뒤에는 옥령인을 동반한 동방회의 주구들!

그야말로 진퇴양난의 상황에 봉착한 것이다.

'망할!'

진우청은 내심 중얼거렸다.

이곳은 상상보다 훨씬 더 지독한 마의 소굴이 되어 있었다.

예전에도 이 강변에서 생사지투를 벌였지만 그때는 유가검보의 검대원들도 있었고 철갑마차도 있었다. 그래서 탈출할 수가 있었는데 지금은 더 막강한 적들에, 동료들은 열 명도 되지 않았다.

고개를 흔든 진우청은 품속에서 화탄을 매만졌다.

이것을 터뜨리며 달려나간다면 놈들의 각궁 세례를 조금이나마 약화시킬 수 있을 것이다.

"와아!"

뒤에서 쫓아오던 놈들이 지척으로 가까워졌다.

"이젠 더 지체할 시간이 없습니다, 사숙!"

뒤를 돌아보며 경설형이 재촉했다.

"내게 화탄이 몇 개 있소. 이걸 차례로 던질 테니 그 연기 사이로 돌파합시다."

진우청은 화탄 네 개를 한꺼번에 손에 들고 앞을 노려보았다. 뒤에서 쫓아오는 놈들은 계속 달려오고 있었지만 각궁을 겨누고 있는 놈들은 꼼짝 않고 서 있었다. 놈들은 무림인들이라기보다 잘 훈련된 군사들 같았다.

"이것도 같이 던지시오."

진우청의 손에 들린 화탄을 본 여조명이 자신의 품에서도 뭔가를 끄집어내어 진우청에게 건넸다. 그것은 몇 개의 작은 도자기 병이었는데 그 안에는 무슨 액체가 들었는지 출렁거리는 소리가 났다.

"일종의 최루액인데 독성은 강하지 않지만 잠시 동안 눈을 못 뜨게 하지요. 연막탄보다 더 효과가 좋습니다. 단, 바람이 있어야 멀리 퍼지니 화탄과 함께 던지면 더 효과적일 겁니다.”

여조명은 빠르게 설명하며 경설형 등에게 도자기 병 몇 개를 건네주었다.

“내가 화탄을 던지면 호흡을 멈추고 돌진한다.”

더 이상 머무를 수 없는 상황에서 진우청은 화탄을 던지고는 강변으로 몸을 날렸다.

콰앙—

화탄이 터지며 자갈과 모래가 한꺼번에 치솟아올랐다.

그 화약 연기 속으로 치달리며 진우청은 남은 화탄을 연이어 던졌다. 그를 따라 여조명과 경설형도 최루액이 든 자기병을 던졌다.

콰앙—

쾅—

화약 연기가 긴 동굴처럼 강변을 따라 터져 올랐다. 그 속으로 진우청 등은 바람처럼 신형을 날렸다.

피피핑—

각궁에서 발사된 화살들이 무더기로 날아들었다. 정확히 조준하기보다는 연기 속을 향해 마구잡이로 날리는 화살들이었다. 정신없이 쳐내며 달리는 사이 캑캑거리는 기침 소리가 들리며 날아오는 화살들의 숫자가 줄어들었다.

“저 다리까지!”

최대한 숨을 멈추며 강변의 유일한 다리를 향해 달리던 진우청은 우뚝 걸음을 멈추었다.

마치 비석이 나열해 서듯 다리 위로 옥령인들이 나타났다.

“하나, 둘, 셋……”

손가락을 입에 넣고 쪽쪽 빨며 옥령인의 수를 세던 조송령이 기가 차는지 입을 다물었다.

그들은 정확히 서른 명이었다.

옥령인 서른 명!

그건 마치 거대한 산이 앞을 막아선 느낌이었다.

그들이 나타나자 승냥이 떼같이 달려들던 자들이 움직임을 멈추었다. 그건 누가 지시해서 이루어진 움직임이 아니었다.

큰 물결을 만나면 작은 물결은 큰 물결에 휩싸여 버리거나, 큰 물결이 덮치기 전에 스스로 소멸되어 버린다.

지금의 상황이 그랬다.

숫자는 뒤에서 쫓아오는 놈들이 비교도 안 되게 많았지만 그들은 서른 명의 옥령인들 앞에서는 강물 앞에 마주한 작은 개울물 같았다.

슈슈슈슉―

서른 명의 옥령인이 폭죽처럼 솟아올랐다.

약속이라도 한 듯 한꺼번에 솟구치는 그들의 모습은 마치 기관 장치에서 발사되는 화살이나 포탄 같았다.

절정고수를 방불케 하는 신법으로 몸을 날린 그들은 진우청 일행 주변으로 떨어져 내리며 둥글게 포위했다.

"이게 말이나 된다고 생각해?"

너무 당황하면 오히려 침착해지는지 운가목이 기가 막힌 표정으로 장위봉에게 말했다.

옥령인 여덟 명을 서른 명의 사람들이 포위했다면 말이 되겠지만 옥령인 서른 명이 이렇게 자신들 여덟을 포위한 상황은 황당한 부조화를 느끼게 했다.

"무림사에 길이 남을 장면이군."

여조명이 입맛을 다시며 손마디를 꺾었다. 그 역시 도를 넘치는 부조화에 오히려 가라앉은 심정이었다.

"그 손으로 몇이나 때려잡으려고요?"

조송령이 시비를 걸었다. 그렇게라도 계속 말을 해야 굳어지려는 몸이 조금이나마 풀릴 것 같았다.

"저 뒤쪽에서 쫓아오던 놈들도 몇 명 가세했으니 두당 다섯 명! 욕심나신다면 특별히 조 소저에게는 내가 한 명 양보해 드리겠소."

여조명의 대답에 조송령은 더 이상 대꾸를 하지 않았다.

둘러싼 옥령인들이 서로 입술을 달싹거리며 포위망을 좁히고 있었다.

그건 마치 기관 장치된 거대한 암벽이 그 안에 갇힌 사람들을 압사시키기 위해 웅웅거리며 좁아지는 그런 느낌이었다.

"그대로 있어."

운가목이 뛰쳐나가려는 것을 경설형이 제지했다.

포위망 속에서의 싸움은 어떤 식으로든 불리할 뿐이다. 그런 외중에서도 가장 효과적으로 대처하는 법이라면 최대한 타격점을 적게 만드는 것이다.

서른 명이 포위하든 삼백 명이 포위하든, 어느 정도 이상의 숫자는 공격이 불가능하다. 포위한 인원이 모두 달려들다가는 서로 얽히며 역효과만 난다. 옥령인이라고 그런 면은 다를 게 없었다.

경설형의 예상대로 조여들던 옥령인들 중 반은 뒤로 빠지고 반 정도만이 계속해서 포위망을 좁혔다.

"지금!"

경설형의 고함과 함께 을지소소의 채찍이 제일 먼저 허공을 갈랐다. 뒤이어 유화결이 포탄같이 쏘아져 나갔다.

콰앙—

먼저 휘둘러진 것은 을지소소의 채찍이었지만 충격파는 유화결의 어깨에서 더 빨리 터져 나왔다.

옥령인 하나의 신형이 허공으로 붕 떴다가 동료들 사이로 추락했다. 추락하는 동료를 본 다른 옥령인은 슬쩍 몸을 피하며 앞으로 나섰다.

그건 보통 사람들과 다른 반응이었다. 보통 사람들이라면 날아오는 동료를 일단은 받아서 눕혀놓고 다음 동작을 취할 것이다. 그들에게는 그런 동료 의식은 눈곱만큼도 없었다. 오로지 뇌리에 각인된 명령만이 있을 뿐이었다. 그래서 훨씬 무서웠다.

쿵—

바닥에 떨어진 옥령인이 꿈틀하다가는 그대로 사지를 뻗었다.

휘익—

을지소소의 채찍이 또 한 명의 옥령인을 감아 던지려는 순간 뒤쪽으로 물러난 옥령인들이 갑자기 몸을 날려 말뚝을 박듯이 포위망 안으로 뛰어내렸다.

"흩어지지 말고 강변 쪽으로!"

경설형이 고함을 질렀다. 이 상황에서는 흩어져서 각개격파당하는 것이 최악이었다.

피해도 한 덩어리가 되어 피해야 한다.

퍼엉—

진우청의 손에서 천룡후가 터졌다.

허공에서 떨어져 내리던 옥령인들 다섯이 낙엽처럼 쓸려갔다.

두 명의 입에서 붉은 선혈이 터졌다.

푸욱—

날아 내린 옥령인 한 명의 가슴으로 유화결의 손이 쑤셔 박혔다. 그 상태에서 유화결은 다른 손을 휘둘러 또 다른 옥령인 하나의 인중을 찔렀다.

두 명의 옥령인이 무릎을 꿇었다.

"흩어지지 마!"

경설형은 계속 고함을 지르며 풍차처럼 검을 휘둘렀다.

그의 검에 옥령인 한 명의 팔이 잘려 허공으로 날아오르고 있었다.

쾌앙—

다시 진우청의 손바닥에서 천룡후가 터졌다.

옥령인 하나가 피를 토하며 뒤로 날아갔다.

"뭐 저런 놈들이 다 있나?"

순식간에 끝날 줄 알았던 싸움이 지속되고, 옥령인들이 하나씩 쓰러져 가는 것을 본 단서일도 고개를 흔들었다.

임문정의 지시를 받고 이번에는 자신이 직접 옥령인들은 이끌고 나왔다.

완벽한 일 처리를 못하느니 차라리 죽는 것이 낫기에 처음의 계획에다 열 명을 더 보태 옥령인 서른 명을 이끌고 나왔는데도 불구하고 상황을 끝내지 못하고 있다는 것이 입이 다물어지지 않았다.

특히 저 곰 같은 놈과 복면을 쓴 놈은 마치 옥령인의 천적 같았다.

"활을 쏴라!"

단서일은 각궁을 든 궁수에게 명령을 내렸다.

　가까운 거리에서는 세상 어떤 활보다 더 강력한 살상력을 자랑하는 각궁은 옥령인들에겐 무의미하지만 놈들에겐 치명적인 타격을 줄 것이다. 직접 맞지 않더라도 옥령인들 사이로 날아드는 화살들을 쳐내다 보면 빈틈이 생기고, 그 사이로 쇠몽둥이나 다름없는 옥령인들의 주먹이 날아들 것이다.

　피피핑—
　각궁의 활시위를 떠난 화살들이 무차별적으로 날아왔다.
　"악—"
　조송령의 허벅지에 화살 하나가 꽂혔다. 그녀의 신형이 휘청한 사이로 옥령인의 손이 칼처럼 날아들었다.
　"사매!"
　운가목이 옥령인의 팔을 향해 세차게 검을 내려쳤다.
　조송령의 가슴을 찌르기 직전까지 갔던 옥령인의 팔이 바닥으로 떨어졌다. 그 결과 운가목 역시 어깨에 화살 한 대가 꽂혔다.
　"하아압!"
　진우청의 입에서 노성이 터지며 양 손바닥에서는 금색 서기가 뻗어 나왔다.
　창룡금시에서 흡수한, 남은 북제성 사람들의 천형을 풀어줄 기운이었지만 지금의 상황이 더 급했다.
　우우웅—
　이번에는 폭음마저 울리지 않고 뻗어 나온 황금빛 찬란한 기운이 가장 가까이에 있는 옥령인들을 덮쳐 갔다.
　"크으으!"

금빛 천룡후에 휩싸인 옥령인들의 입에서 괴성이 터져 나왔다.

잠시 후 그들의 옷이 쭈글쭈글 오그라들었다.

그건 옷 속에 있는 옥령인들의 몸이 청옥수와 같이 푸른색 액체로 변해 흘러내리고 있기 때문이었다.

청옥처럼 단단하던 그들의 몸이 창룡금시의 기운에 휩싸이자 청옥수로 변하고 있었다.

그 모습을 본 옥령인 두어 명이 주춤거리며 뒤로 물러섰다.

처음으로 두려움을 느끼는 눈빛이었다.

"사숙!"

겨우 숨을 돌린 을지소소도 우려 섞인 눈으로 진우청을 쳐다보았다.

방금 진우청의 손바닥에서 쏘아진 그 기운의 정체가 무엇인지 잘 알고 있었다. 자신들의 목숨을 구하기 위한 일이기는 하지만 그 기운들을 다 써버린다면 북제성의 미래도 사라진다.

"북제성 문도들은 백 명이 못 되니 아직은 여유가 있소."

을지소소를 안심시킨 진우청은 을지소소 뒤쪽에서 달려드는 옥령인 하나의 목을 향해 용곤을 휘둘렀다.

콰앙—

옥령인이 허물어지듯 쓰러졌다.

"계속 쏴라!"

유화결과 진우청의 활약으로 옥령인의 숫자가 반 가까이 줄어들자 단서일의 명령과 함께 아까보다 더 많은 화살들이 빗발치듯 날아들었다.

"큭!"

이번에는 경설형이 짧은 신음을 토했다. 화살이 발목 근처에 박혀 있었다.

뒤이어 옥령인 하나의 주먹이 경설형의 심장을 강타해 갔다.

퍼억—

필사적으로 상체를 튼 경설형의 어깨에 옥령인의 주먹이 작렬했다.

경설형의 신형이 팽이처럼 돌아 다른 옥령인의 품으로 안겨들었다.

"사형!"

조송령이 찢어질 듯 비명을 질렀다.

퍼억—

파육음이 터지며 경설형의 신형이 다시 튕겨났다. 그리고는 을지소소의 품에 안겼다.

경설형을 안은 을지소소는 찢어질 듯 두 눈을 크게 떴다.

옥령인의 주먹에 맞아 이렇게 되튕겨 나왔다면 경설형의 가슴은 왕창 터져 버렸을 것이다. 그런데 천만뜻밖으로 경설형은 살아 있었다. 어깨가 부러진 듯했지만 그 이상의 상처는 없었다.

그렇다면 그 파육음은?

한 명의 중년인이 옥령인에게 안겨들 듯 날아가는 경설형을 쳐내고 옥령인과 대적하고 있었다.

휘익—

휘익—

바람 소리와 함께 다른 두 명의 중년인이 날아들었다.

"흑궁……!"

경설형이 신음처럼 말하고는 의식을 잃었다.

세 명의 중년인은 흑궁의 인물들이었다.

같은 백인대의 후예들이면서 서로 생각이 달라 원수처럼 지냈던 사람들……. 그들이 이곳에 나타난 것이다.

"마물들!"

옥령인 하나를 상대한 다른 중년인의 입에서 선혈이 흘러나왔다.

이들은 천궁 사람들에 비해 북제성의 천형이 훨씬 심해 옥령인과 단 한 번의 격돌만으로도 혈맥이 손상된 것이다.

피피핑—

세 명이 더 가세하자 화살들도 더 발작적으로 날아왔다.

유화결과 진우청이 앞으로 나서서 날아오는 화살들을 모두 허공으로 날리며 옥령인들을 상대했다.

"조금만 더 버티게."

선혈을 토하는 중년인을 보며 다른 중년인이 격려했다.

"크윽!"

"큭!"

비명과 함께 빗발치던 화살 세례가 줄어들었다.

다시 네 명의 청년이 화살들을 날리고 있는 사내들 사이로 뛰어들어 종횡무진으로 검을 휘두르고 있었다.

"제자들이 왔네!"

그렇게 말하는 중년인의 입에서도 선혈이 터져 나왔다. 옥령인들을 상대하며 그만큼 강한 내력을 끌어올린 것이다.

"다 모인 겁니까?"

진우청이 중년인 하나를 보고 물었다.

"우리 일행은 그렇다네."

중년인이 짤막하게 답하며 공격해 오는 옥령인의 손을 쳐냈다.

"그럼 이 자리를 피합시다. 계속 가다간 혈맥이 터져 쓰러지겠습니다!”

선혈 덩어리를 내뱉은 중년인이 고개를 끄덕였다.

진우청은 강변의 자갈 바닥에 파묻어놓다시피 한 혈유를 들어올려 장위봉에게 넘겼다.

운가목은 쓰러진 경설형을 안아 들었다.

“빠져나간다!”

진우청이 고함을 질렀다. 그와 함께 중년인 하나도 자신들 제자들을 향해 손짓을 했다.

“막아라!”

단서일이 발악적으로 고함을 치자 옥령인들이 다리 앞으로 몰려들었다.

콰아앙—

육탄으로 달려나간 유화결이 옥령인 셋을 한꺼번에 튕겨냈다. 그 사이로 진우청의 용호곤이 휩쓸 듯이 날아들었다.

다섯 명의 옥령인이 다리 아래로 떨어졌다.

“어서!”

한 번 더 용호곤을 휘두른 진우청이 흑궁의 청년들에게 고함을 질렀다.

옥령인 세 명이 그 앞을 막아섰다. 짧은 시간이었지만 옥령인의 공포스러움을 몸소 체험한 그들은 최대한의 공력으로 검을 뿌렸다.

옥령인들의 팔 하나가 허공으로 떠올랐다.

“제법이군!”

진우청은 아마도 자신의 사질들이 될 법한 청년들이 다리 위로 뛰어오르는 것을 보며 남은 화탄을 끄집어내어 다리를 향해 던졌다.

콰앙!

다리 중간이 뚝 잘려 나가며 강물 속으로 떨어져 내렸다.

"역시 천적이야."

보고를 받은 임문정은 한동안 아무 말도 않고 서 있다가 혼잣소리처럼 중얼거렸다.

타닥—

타다닥—

다시 한참 동안 침묵을 지키던 임문정이 손가락으로 탁자를 두드리며 연주를 시작했다.

단서일은 그 손가락 연주음이 저승에서 울려오는 장송곡처럼 들렸다.

"애초에 꽃집 노인을 구해가고, 백운무관으로 보낸 네 명의 옥령인을 처치했을 때 그놈임을 간파했어야 했다. 동창의 세력이 가세하는 바람에 잠시 혼란을 겪었다."

여전히 연주를 계속하며 임문정은 혼잣소리로 중얼거렸다.

"척백대 부대주가 죽었다. 그리고 혈유가 납치당했다. 그 대가로 우리가 얻은 것은 무언가?"

임문정은 처음으로 단서일에게 눈길을 주며 물었다.

"어, 없습니다."

땀으로 온몸이 젖은 단서일이 더듬거리며 답했다.

"없는 건 아니고… 그 대가로 옥령인을 스무 명 가까이 잃었지, 안 그런가?"

"죽여주십시오!"

단서일이 바닥에 머리를 찧었다.

"당연히 그래야지."

손가락 연주를 멈춘 임문정이 둥근 공을 잡듯 손가락을 구부렸다. 그 사이로 새하얀 기운이 뭉쳐졌다.

단서일은 눈을 질끈 감았다.

예상했던 마지막 순간이 도래한 것이다. 이제 남은 것은 죽음의 고통이 최소화되기만을 비는 것뿐이었다.

"공자님!"

임문정의 손에 뭉쳐진 기운이 막 뻗어나가려는 찰나 한 사내가 숨이 멎을 듯 뛰어들었다.

임문정의 검미가 꿈틀 치켜지며 단서일에게로 향하던 손을 뛰어들어 온 사내에게로 향했다.

"회주님께서 남패천 장로들과 무적대주에게 피랍되었다는 급보가 방금 도착했습니다!"

사내는 몰아쉰 숨을 내뱉지도 않은 채 소리쳤다.

임문정의 얼굴이 밀랍처럼 창백해지며 손바닥 안에 어린 기운이 제멋대로 흩어져 나갔다.

"자넨가? 쿨럭!"

관제묘에 도착하여 더 이상 추격이 없음을 확인한 후 세 명 중 가장 연장자로 보이는 중년인 한 명이 연신 피를 토하며 진우청을 향해 질문했다.

"무슨 말씀입니까?"

진우청은 중년인의 상태를 살피며 되물었다.

중년인의 상세는 보기보다 심각했다. 이미 눈썹이 듬성듬성 빠져 있었고 입으로 터져 나오는 선혈은 멈출 기색을 보이지 않고 오히려 많아져 갔다.

"역현강 사제로부터 연락을 받았네. 북제성의 천형과 그것을 풀어줄 사람인 자네에 대해서……. 쿨럭!"

중년인은 이번에는 한 종지나 되는 선혈을 토하고는 다시 말을 이었다.

"처음에는 믿지 않았지. 하지만 내 몸에 나타나는 알 수 없는 증상들… 그건 역현강 사제의 서찰에 쓰인 그대로였지."

중년인은 자신이 토한 피를 바라보았다.

시커멓게 죽은피는 그의 혈맥이 얼마나 손상되었는가를 여실히 드러내고 있었다.

"팔을 내밀어보십시오. 지금은 그게 더 급합니다."

서로 통성명조차 할 여유를 갖지 못한 채 진우청은 서둘러 중년인의 맥문을 잡고는 긴 호흡을 불어넣었다.

"크으윽!"

중년인은 비명에 가까운 신음을 토했다. 그러나 좀 더 진우청의 내력이 맥문을 통해 스며들자 편안한 얼굴이 되어갔다.

"후후!"

중년인이 허탈한 웃음을 흘렸다.

"삶이란 것이 이렇게 편안할 수도 있는 거군."

폐혈 증상이 심해지면서 그가 겪은 고통이 얼마나 컸는지 그 말 한마디로 모두 표출되었다.

북제성의 천형을 알고 미리 대비한 천궁의 사람들과는 달리 흑궁의 사람들은 혈맥의 손상 정도가 위험할 정도였다. 그건 폐혈 증상이 나타나면서부터 그걸 뚫으려고 내력을 더 강하게 운기해 역효과가 난 결과였다.

진우청은 중년인의 맥문을 잡은 상태에서 단전에 다른 손을 갖다 댔다.

마치 기다리고 있기라도 한 듯 진우청의 손에 황금빛 서기가 어렸다.

"우욱!"

평온한 표정을 짓고 있던 중년인이 다시 신음을 토했다.

진우청은 움찔 놀라며 호흡을 조절했다. 천궁의 사람들에게처럼 한꺼번에 내력을 불어넣기에는 중년인의 혈맥은 너무 피폐해져 있었다.

우우웅—

서서히 금빛 서기가 중년인의 단전으로 흘러들었다.

중년인의 표정이 시시각각 변해갔다. 그리고 어느 순간 삼매에 이른 도인처럼 황홀경에 빠졌다.

"난 추목진(推目珍)이네. 이들 두 사제는 오석군(吳昔軍)과 태중산(太中山)일세."

제일 나이 많은 중년인, 추목진은 차례로 일행을 소개했다. 천형을 떨쳐 버린 그들 모두의 얼굴에는 폭풍우 속에서 빠져나온 사람처럼 흠뻑 젖은 안도감이 어려 있었다.

짐작대로 세 명의 중년인은 사형들이었고 그들 제자 네 명은 사질들이었다.

모든 반목의 감정들을 흘려버리고 경설형 등과 손을 맞잡은 청년들의 눈에는 이루 형용할 수 없는 감홍의 빛이 어렸다.

눈썹 없는 노인 공손후상의 야욕에 의해 자신들 혈맥 속에 도사리고 있는 천형의 정체도 모른 채 보낸 고통의 세월!

그 세월들이 황금빛 서기와 함께 사라지고 새로운 삶을 살게 되었다는 자각은 그 무엇과도 바꿀 수 없는 감정이었다.

"성주님을 뵙고 싶네."

추목진이 감회 어린 목소리로 말했다.

"곧 이곳으로 오실 겁니다."

"그런가? 그럼 짐작대로 이곳이 최후의 결전장이 되겠군!"

추목진은 자신들의 임무가 휘주에서 옥령인의 처치라는 것을 짐작하고 있었다.

"다른 사람들은……?"

흑궁의 현 상황이 궁금한 경설형이 조심스럽게 물었다.

"지금쯤이면 역현강 사제의 전갈이 모든 흑궁 사람들에게로 보내졌을 것이네. 우리가 제일 먼저 연락을 받은 경우이고, 마침 이곳에서 홍와향 냄새를 맡고 자네들과 조우한 것이지."

"다른 분들은 어떤 상태입니까?"

경설형이 재차 질문했다.

"모두들 우리와 비슷한 상태일세. 아니, 더 심한 사람들도 있다네. 사숙 한 분은 오고 싶어도 이곳으로 오지 못할 정도이고……."

추목진의 눈에 짙은 아픔이 번졌다.

"다들 모일 것이네. 귀면랑 사형이 가장 큰 반대파였는데… 그분이 사라졌으니……. 다른 사람들은 모두 올 것이네. 자신들의 혈맥에서부터 전해지는 고통이 이미 만만치 않을 것이야. 제자들 중에도 그런 중상을 보이는 사람도 있고……."

추목진이 잠시 말을 멈추고 진우청을 정시했다.

"그런데 자넨 너무 위험한 행보를 보이고 있군. 설마 다른 북제성 문도들을 내팽개칠 생각은 아니겠지?"

추목진은 이곳에서 생사지투를 벌인 진우청을 꾸짖듯이 말했다.

"그런 건 아닙니다만……."

진우청은 잠시 망설이다 유화결과 이여옥의 얘기를 간단히 설명했다.

유화결이 옥령인이란 말에 사질인 네 명의 젊은이의 눈이 커지며 유화결 곁에서 주춤 둘러섰다. 그러나 유화결은 미동도 않고 공허한 시선만 허공에 고정시키고 있었다.

추목진은 잠시 유화결의 텅 빈 눈을 쳐다보다가 한숨을 내쉬었다.

"알겠네. 자네 생각이 그렇다면 우리도 여기서 떠나지 않고 자네와 행동을 같이 하겠네. 자네가 잘못되면 북제성의 미래도 사라지게 되는 것이니 말일세."

추목진은 천천히 고개를 끄덕였다.

"해천이 기력을 차렸네."

혈유를 납치해 돌아오자마자 마중 나온 백운 노인의 말에 진우청은 급히 해천의 처소로 달려갔다.

수척한 모습의 해천 노인은 그날 쓰러진 이후 백약이 무효하다가 백운 노인의 말대로 시간이 지나자 스스로 기력을 차리고 일어난 것이다.

"올 줄 알았네……."

진우청을 보자 해천은 힘없는 음성으로 그렇게 말했다.

"괜찮으십니까, 노인장?"

진우청은 해천 노인의 손을 당겨 맥문을 짚었다.

예전에 비해 쇠약해질 대로 쇠약해진 노인의 맥은 그간 어떠한 고초를 겪었는지 말해주고 있었다. 진우청은 해천 노인의 맥문으로 진기를 불어넣었다. 노인의 안색이 훨씬 밝아졌다.

"자넨 소문대로구먼!"

맥문을 통해 흘러드는 부드럽고 웅혼한 기운을 느낀 해천 노인이 희미한 미소를 지었다.

"어떻게 된 일입니까?"

진우청의 질문에 해천 노인은 초조한 기색을 숨기지 못하고 말했다.

"놈들이 유가검보에서 뭔가 큰 음모를 꾸미려는 모양일세."

"그게 무슨 말씀입니까, 노인장?"

진우청은 눈을 끔벅였다.

놈들은 이미 유가검보 한복판에 천인공노할 만행을 저질러 놓았다. 그런데 또 무슨 음모란 말인가?

"여옥의 소식이 궁금하여 그동안 온갖 방법으로 놈들의 본거지를 염탐하려 했지만 실패했네."

해천 노인의 얼굴에 짙은 자괴감이 어렸다.

놈들이 꾸미는 일이 이 정도일 줄 알았더라면 그때 여옥을 놈들 손에 절대로 보내지 않았을 것이다. 휘주를 떠나면 살 수 없는 체질이지만 죽는 한이 있더라도 데리고 떠났을 것이다. 차라리 그게 오히려 그 아이를 위하는 길이니까…….

"여옥의 소식을 알아내는 일은 실패했지만 우연히 다른 것을 한 가지 알아냈네. 놈들은 비밀리에 다량의 화약을 유가검보로 반입하고 있었네. 그 배후가 동방회일지 아니면 다른 세력일지는 모르지만 그 양이 엄청났네. 그 정도 양이라면 유가검보가 왕창 날아갈 수도 있을 것이네.”

해천 노인은 그 사실을 알아냈지만 놈들의 촉수에도 걸리게 되어 필사의 탈출을 하다가 강변 근처에서 옥령인의 공격을 받고 쓰러지게 된 것이다.

“설마 놈들이 마물을 만든 옥령수 샘을 폭파시킬 계획이란 말인가? 아니지. 그렇게 많은 악행을 저지르며 차지한 곳을 스스로 폭파시킨다는 것은 말이 안 되지. 그럼 대체 무슨 생각으로……?”

백운 노인은 자문자답을 거듭하다 고개를 흔들었다.

“이유는 알 수가 없네. 하지만 그곳은 예전보다 몇 배는 더 위험한 곳이 되었네.”

해천 노인이 진우청을 쳐다보며 말했다.

노인의 얼굴에 언뜻 절망감이 번져 갔다.

진우청이 오면 이여옥을 구할 수 있을까 하는 실낱같은 기대감마저 이젠 버려야 할 상황으로 치닫고 있는 것이다.

“우선 할 일이 한 가지 있습니다.”

진우청은 벌떡 몸을 일으켰다.

백운 노인이 놀란 몸짓으로 따라 일어섰지만 진우청은 어느새 방문을 나서 사라지고 있었다.

“차라리… 차라리 죽여라.”

혈유는 건조해서 말라비틀어진 것 같은 목소리로 말했다.

다리가 움직일 수 없을 정도로 뒤틀리고 손가락마저 짓이겨진 상태에서 경설형이 펼치는 점혈 수법은 죽는 것이 훨씬 낫다고 느낄 정도로 고통스러웠다.

"아직 알아내야 할 것이 무궁무진하게 많은데 벌써 죽는다면 내가 땅을 치고 통곡을 해야지. 이젠 척백대주와 임문정이 무슨 협상을 했는지 그걸 말하라."

경설형은 한 점 온기도 없는 음성으로 질문을 던졌다.

마음 같아서는 당장 죽여 버리고 싶을 정도로 기분 나쁜 놈이었지만 알아내야 할 것이 많았다.

그러나 혈유는 이를 악문 채 대답을 하지 않았다. 그것만큼은 이를 악물고 발설하지 말아야 자신의 미래가 보장되는 것이다.

경설형은 한숨을 내쉬었다.

생긴 것은 비틀어진 목내이 같아 금방이라도 으스러질 것 같았지만 보통 사람과 다른, 마귀 같은 생을 살아와서인지 지독한 데가 있었다.

경설형은 다시 점혈자로 혈유의 가슴 한곳을 찔렀다.

손가락으로도 점혈은 가능하지만 점혈자나 판관필로 하는 점혈은 훨씬 더 정교하다. 그래서 그만큼 다양한 고통을 줄 수 있다.

"크으으!"

혈유의 입에서 기괴한 신음이 나왔다.

평상시의 말투라도 다른 사람이 듣기에는 악령의 울부짖음 같은 그의 신음에 경설형은 절로 눈살을 찌푸렸다.

그래도 혈유가 굽히지 않자 진우청이 나섰다.

"이 친구를 예전으로 돌릴 방법을 말해라."

진우청이 낮은 음성으로 물었다. 그 옆에는 유화결이 무표정하게 혈유를 쳐다보고 있었다.

가문을 풍비박산으로 만든 임문정의 심복이기에 정상일 때의 유화결이라면 찢어 죽여도 모자랄 것이지만 지금은 아무런 생각이 담기지 않은 눈으로 그렇게 무표정하게 쳐다보며 진우청에 대한 혹시 모를 위험 상황만 대비하고 있었다.

"그런 것은 없다."

혈유가 귀기 가득한 음성으로 말했다. 그러나 여전히 의지는 꺾이지 않았다.

진우청은 한 발 앞으로 다가가 한 손으로 혈유의 목을 잡아 올리며 힘을 가했다.

붉은 혈유의 눈이 더욱 붉게 충혈되었다. 진우청의 손이 좀 더 힘을 가하자 혈유의 충혈된 눈에 공포가 가득 채워졌다.

"허어억!"

잠시 숨통이 트인 혈유가 다급히 숨을 들이켰다. 그러나 채 한 모금도 삼키기 전에 숨통이 조여왔다.

점혈자의 고통도 죽음만큼 괴로웠다. 하지만 죽음 자체는 아니었다. 그러나 지금의 이 고통은······.

숨통을 거머쥐고 죽음 일보 직전까지 갔다가 겨우 한 모금, 아니, 반 모금의 숨도 들이켜기 전에 다시 조여오는 숨통!

그것은 그야말로 죽음의 공포였다. 비명을 지르고 싶어도 지를 수도 없고, 발악을 하고 싶어도 불가능한 절정의 공포!

차라리 죽어버렸으면 좋겠지만 목을 조이고 있는 손은 자신의 호흡과 맥박을 낱낱이 읽고 죽기 일보 직전의 가장 공포스런 순간에 한 모금의 호흡만 틔어주고는 또다시 숨통을 조였다.

육체적인 고통은 아비규환의 절규라도 하며 그 고통을 상쇄시킬 수 있지만 지금 이 고통은 온 영혼을 무너뜨리고 있었다.

이런 고통이 있을 줄 상상하지 못했다.

마침내 머릿속이 하얗게 탈색되며 모든 의지가 무너졌다.

그 순간 목구멍을 통해 한 가닥 대기가 밀려들었다.

"크헉—"

붉게 충혈된 눈이 보통 사람처럼 검게 변하며 혈유는 미친 듯이 숨을 들이켰다.

"이 친구에 대해서 네놈이 알고 있는 것을 모두 말해라."

진우청은 허공에 들려 있던 혈유를 바닥으로 내려놓으며 말했다. 그러나 여전히 목을 감아쥔 손은 풀지 않았다. 그리고 그 손이 다시 힘을 가하려 하고 있었다.

그 순간, 혈유의 입술이 다급하게 움직였다.

"저자는 옥령지왕이다."

눈빛과 함께 귀기를 잃은 혈유의 목소리는 지독한 탁음이었다. 그것이 본래의 음성인 모양이었다.

"옥령지왕?"

경설형의 눈 사이가 좁혀졌다.

"저자는… 오랫동안 옥령지기를 흡수해서… 옥령인으로서는 최고의… 체질이었다. 그래서 죽이지 않고… 옥령지왕으로 만들었다."

"그런데 왜 다른 옥령인과 달리 이런 모습이 되어가느냐!"

진우청이 고함을 질렀다.

"옥령지왕은… 크크! 당신을 처치하기 위한… 오직 그 한 가지 임무를 위해 급조되었다. 그래서… 다른 옥령인들에 비해 몇 배로 강하지만 수명 또한… 몇 배로 짧다. 옥령지체의 여인이 마지막 순간 방해하여 우리의 목적은 이루지 못했지만 수명은 변함없다.”

혈유의 입에서 예상은 하고 있었지만 결코 듣고 싶지 않은 대답이
기어코 흘러나왔다.

“얼마나 살 수 있나?”

“…….”

“어서 대답해라, 이 괴물!”

진우청이 자신도 모르게 손에 힘을 가하자 혈유의 눈이 튀어나올 듯
커졌다.

“크으으… 이미 죽었어야 했다. 그런데… 아직 살아 있다. 아마도
그 여인의 염력 때문인 것 같다.”

혈유의 입에서 이젠 절망적이기까지 한 대답이 흘러나왔다.

“그 여인은 어찌 되었지!”

이번에는 을지소소가 초조한 목소리로 고함을 질렀다.

혈유의 대답이 잠시 미루어졌다. 그의 눈에 갈등의 빛이 어리고 있
었다.

“끄으윽—”

진우청의 손에 더 큰 힘이 들어갔다. 자칫하면 목뼈가 부러져 숨길
을 끊을 수도 있을 만한 힘이었다.

“그녀… 지금… 옥령인처럼 돌이… 되어가고 있다. 이유는 모른다.”

혈유는 서둘러 답하며 진우청의 기색을 살폈다.

“돌이 되어간다고?”

진우청은 자신의 손에 혈유의 목이 잡혀 있다는 사실도 잊은 듯 멍
하니 중얼거리며 걸음을 옮겼다. 자연 혈유는 질질 끌려가며 고통스런
표정을 지었다.

"사숙! 이제 이놈은 제게 넘겨주십시오."

경설형이 얼른 혈유를 진우청의 손에서 넘겨 들었다. 그것마저도 의식 못하는지 진우청은 넋 잃은 사람처럼 허공을 응시했다.

돌이 되어서라도 공자님을 다시…….

그녀가 보낸 서찰의 마지막 구절이 생각났다.

희미하게 흐려져 가는 필체로 기를 쓰며 적었던 그 구절은 지금의 상황과 딱 들어맞았다.

그녀는 지금 자신의 상태를 예상하고 그렇게 적은 것일까? 아니면 우연의 일치일까?

어쨌든 상황은 최악으로 치닫고 있었다.

유화결의 몸은 죽어가고 있고, 그런 유화결을 되돌릴 실낱같은 희망이라도 쥐고 있는 여인은 돌이 되어가고 있다.

진우청은 이젠 경설형의 손에서 다시 이것저것 심문을 당하고 있는 혈유에게로 다가갔다.

"사숙!"

경설형이 다급하게 진우청을 만류했다.

진우청은 당장에라도 죽일 듯이 혈유를 노려보다가 손을 내렸다.

第九十一章
진군(進軍)

　　“이틀 후면 놈들이 내성으로 들이닥칠 것 같습니다.”

　비원각주 원다영이 무거운 어조로 구양천에게 보고했다.

　구양천은 그 보고를 들었는지 말았는지 자신의 처소 창가에서 밖을 내다보고 있었다.

　옥령인을 앞세운 서왕문도들이 남패천의 모든 지부들을 무너뜨리고 결국에는 총단까지 침공했다.

　지금은 외성 밖 인공 호수에 설치된 기관과 식인어들에 막혀 있지만 그것들도 옥령인들의 차돌 같은 몸뚱이에 부딪쳐 하나하나 부숴져 가고 있다.　식인어 또한 마찬가지였다.

　애초부터 식인어나 기관들은 인간들을 막기 위한 것이지, 옥령인 같은 괴물들을 염두에 두고 만든 것은 아니었다.

오늘 안으로 인공 호수에 설치된 기관들과 식인어들은 모두 사라질 것이고 내일은 외성 성벽으로 개미 떼처럼 기어오르거나 성문을 공격할 것이다.

남패천의 성벽과 성문이 아무리 견고하다 하더라도 쇳덩이 같은 몸으로 포탄처럼 돌진하는 옥령인들에게는 하루를 견디기 힘들 것이다. 성문이 부서져 나가고 나면 외성은 일반 마을이나 다를 바 없으니 놈들은 내성으로 곧장 쳐들어올 것이다.

"내성은 얼마나 버틸 것 같으냐?"

한참 동안 말없이 서 있던 구양천이 가라앉은 음색으로 물었다.

"옥령인들의 능력이 예상을 훨씬 뛰어넘습니다. 그들이 없다면 열흘은 견딜 수 있겠지만… 사흘을 견디기 힘들 것 같습니다."

원다영은 차마 떨어지지 않는 입술을 움직여 답했다.

"허허!"

구양천이 허탈한 웃음을 흘렸다.

"지금의 남패천을 건설하는 데 평생이 걸렸다. 그런데 놈들이 공격을 시작한 지 일 년이 되기도 전에 무너진단 말인가? 무림맹의 소식은?"

"그들 역시 옥령인을 앞세운 서왕문 흑룡대에 막혀 의창에서 진퇴를 거듭하고 있습니다."

"그렇다면 사흘 안에 도움을 받기는 틀린 것이군."

구양천의 독백과도 같은 말에 원다영은 대답을 하지 못하고 서 있었다.

"아가야!"

구양천이 사적인 호칭으로 원다영을 불렀다.

"네, 아버님."

원다영도 그렇게 답했다.

"너는 지금부터 짐을 싸거라!"

구양천이 단호한 어조로 말하자 원다영은 눈을 크게 떴다.

"너는 오늘 즉시 가족들과 함께 해남으로 가서 남해왕 태장호(台場瓦)의 군선에 몸을 의탁하거라. 이미 연락은 해놓았다."

"안 됩니다, 아버님! 죽어도 같이 죽고 살아도……."

"같이 살 수 있는 상황은 못 되는 것 같구나. 그렇다면 같이 죽는 수밖에 없는데 그건 바보 같은 짓이지. 태장호라면 후일을 기약할 수 있을 모든 준비를 해줄 것이다. 네 남편과 함께 절치부심하여 후일 다시 남패천을 세우거라. 그것이 최선이다."

원다영의 말을 자른 구양천이 거역할 수 없는 어조로 말했다.

"아버님… 흑!"

원다영이 말을 잇지 못하며 피 같은 눈물을 쏟았다.

그동안 모든 노력을 강구했다. 그러나 그 모든 것은 옥령인이라는 마물들과 함께 물거품처럼 사라지려 하고 있었다.

'이럴 때 어른들이라도 계셨더라면…….'

원다영은 눈물이 망막을 덮어 흐릿해진 시선으로 시아버지의 뒷모습을 바라보았다.

평생 그림자처럼 옆에 있던 태상호법이라도 있다면 시아버지의 모습이 덜 외로워 보일 것이다. 또한 남패천의 오늘을 있게 한 일등 공신들인 팔대장로가 본당 뒤채에 버티고 있다면 지금처럼 온몸이 떨리는 않을 것이다.

'너무 경솔했어.'

원다영의 가슴으로 후회가 밀려왔다.

무얼 하려는지도 모르고 태상호법과 팔대장로들을 무적대주와 같이 보냈다.

단신으로 피에 굶주린 미친 늑대들 사이에 뛰어들어 그들을 제압하고, 지옥의 원정길을 거치며 맡은 일을 십분 완수한 그 청년에 대한 믿음이 절대적이긴 했지만 대체 무슨 일을 꾸미려는지 일언반구도 않는 그 청년에게 모든 것을 맡겨 버린 일은 지금 이 순간 큰 자책을 안겨주었다.

목을 내놓고서라도 그때 시아버지를 말려야 했다.

백전노장인 그들 아홉 명이 이곳에 있었다면 전황은 또 다른 양상으로 전개되고 있을지도 모른다.

아무리 옥령인들이 무적의 마물이라 하지만 절대고수 아홉이 진두에서 군사들을 지휘한다면 남패천의 사기는 지금보다 세 배는 더 높아질 것이다. 그것이면 그 어떤 기관보다 더 강한 방어막을 칠 수도 있는 것이다.

청년을 따라간 그들은 아무런 소식도 없고 이젠 총단이 무너질 위기에 놓였다.

"아버님!"

구양천의 큰아들이자 자신의 남편인 구양승문의 목소리에 원다영은 얼른 눈물을 씻고 고개를 들었다.

갑옷으로 무장한 남편의 모습은 백만 대군을 호령하는 장수를 연상케 했다. 원다영은 그런 남편의 모습에서 무너져 내리는 자신을 추스르고 용기를 얻었다.

"어찌 되어가느냐?"

구양천이 빠르게 물었다.

"옥령인이 물러가고 있습니다."

구양승문은 보고를 하는 스스로도 못 믿겠다는 표정으로 말했다.

"그게 무슨 말이냐? 소상히 설명해 보거라!"

구양천 역시 뭘 잘못 들었지 않나 하는 눈으로 아들을 쳐다보았다.

"한 식경 전쯤 옥령인들이 갑자기 뒤로 물러나 퇴각하기 시작했습니다."

"그게 말이나 되는 소리더냐? 며칠에 걸친 공략 끝에 내일이면 외성을 무너뜨릴 수 있을 텐데 왜 그놈들이 물러난단 말이냐?"

"이유는 모르겠습니다. 하지만 분명히 그 마물들은 무엇에 이끌리듯 뒤로 물러나 치달리기 시작했습니다. 너무 갑작스런 그들의 행동에 서왕문 놈들도 얼이 빠져 쳐다보기만 하고 있습니다. 그런 연유로 그들의 외성 공격은 중단된 상태입니다."

"왜? 왜 그들이 그렇게……?"

원다영도 도저히 이해하기 힘든 표정으로 목소리를 높였다.

"어머니!"

구양혜림이 문을 부술 듯이 뛰어들었다.

딸의 경망스런 행동에 평소 같았으면 사정없이 고함을 쳤을 것이지만 원다영은 혹시나 딸로부터 이 혼란스런 상황의 실마리를 잡을 수 있지 않을까 하는 눈으로 구양혜림을 쳐다보았다.

"무적대주가 아홉 분 할아버지들과 함께 동방회주를 납치했다는 소식입니다!"

"뭐, 뭐라 했느냐? 다시 한 번 말해보거라."

원다영 부부가 서로 경쟁이라도 하듯 딸을 다그쳤다.

"태호에서 무적대주와 태상호법님, 여덟 장로님이 동방회주를 납치하여 철갑마차에 태워 휘주로 돌진하고 있다고 합니다. 또한 진 공자와 북제성의 사람들이 하나둘 휘주로 모이고 있다는 보고입니다."

구양혜림이 숨넘어갈 듯 대답했다.

"그거였군. 놈들이 황급히 옥령인을 퇴각시킨 것이 휘주로 모이게 하기 위함이었군. 회주가 납치되었으니 전의가 상실되겠지. 그러면 서왕문 역시 동요하며 그들의 결속이 깨어질 확률이 높아. 와중에 북제성까지 포위하고 들면 놈들이 최후로 믿을 수 있는 것은 옥령인들이지. 그래서 모든 옥령인들을 불러 모으는 것이야."

구양천이 모든 것이 이해가 된 듯 목소리를 높였다.

"이젠 됐습니다, 아버님! 옥령인들이 없는 서왕문 놈들은 겁날 게 없습니다! 오히려 우리 쪽에서 성문을 열고 나가 쓸어버릴 수도 있습니다!"

구양승문이 당장이라도 달려나갈 것처럼 소리쳤다.

"아직은 신중을 기해야 한다. 자칫 놈들의 기만술일 수도 있으니까."

"물론입니다, 아버님! 하지만 예감은 더없이 좋군요."

구양승문이 우두둑 주먹을 쥐었다.

"장로님들의 안위는?"

마음을 가라앉힌 구양천이 구양혜림에게 물었다.

"태상호법님과 장로님 두 분만이 살아남으셨다고……."

구양혜림이 말을 끝맺지 못하고 눈물을 떨어뜨렸다.

"그분들이야말로 남패천의 기둥인 것을… 기둥 여섯 개가 무너졌구나……."

구양천의 눈에도 뜨거운 눈물이 두 줄기 내를 이루며 흘러내렸다.

"어서 무림맹에 연락해라! 철갑마차에 원군을 보내고, 서왕문 무리들을 협공하자고 말이다!"

잠시 후 눈물을 훔친 구양천이 분기 가득한 고함을 질렀다.

*   *   *

두두두―

철갑마차의 바퀴 소리가 지축을 뒤흔들었다.

그동안 수십 번의 습격이 있었지만 철갑마차의 견고한 보호막을 뚫지 못했다. 아니, 그것보다는 회주가 포로로 잡혀 있는 철갑마차를 함부로 공격하지 못한 결과였다.

놈들의 공격이 거세어질 즈음이면 유화성은 회주의 목을 한 손에 쥐고 철갑마차 지붕으로 올라갔다. 그리고는 회주의 목덜미에 검을 갖다 대거나 목구멍 속으로 칼을 쑤셔 넣기까지 했다.

그럴 때마다 태상호법 나유백과 두 명의 장로, 그리고 오무평 등은 간이 콩알만 해졌지만 유화성은 눈 하나 깜박하지 않았다. 그런 기세에 질렸는지 동방회의 공격은 매번 그 상황에서 꼬리를 내렸고 철갑마차는 휘주를 향해 돌진하고 있었다.

그 뒤로는 무슨 다른 명령이 있었는지 추격이 일시에 사라졌다. 아마도 임문정이 지시를 내린 때문인 것 같았다.

"대단한 젊은이로군!"

동방회주 임초건이 초췌한 모습으로 말문을 열었다.

무공을 익히지 않은 노인의 몸으로 온갖 고난을 겪은 상태에서도 동방회주 임초건의 눈빛은 조금도 의기소침하거나 두려움의 기색이 비치지 않았다.

"하지만 자네는 여러 가지 실수를 하고 있네. 후후!"

임초건은 여유있는 웃음마저 흘렸다.

"이제까지 빈틈없이 잘해왔다고 생각하오만."

유화성 역시 차분하기 그지없는 음성으로 임초건의 말을 받았다.

"그랬지. 세상 누가 동방회주를 납치할 생각을 하고, 그걸 성공시킬 수 있었겠나. 잘하다 못해 귀신도 울고 갈 노릇이었지. 하지만 그 다음부터 실수의 연속이더구먼."

임초건의 입에서 소리없는 웃음이 피어올랐다.

"내가 얼마나 많은 실수를 했는지 일깨워 주실 수 있겠소?"

유화성은 시종일관 똑같은 표정과 똑같은 음성으로 말했다.

임초건의 눈이 잠시 빛을 발했다.

"거래를 하려는 상품은 무엇보다 가치를 떨어뜨려서는 안 되는 법이지. 한데 자네는 상품의 가치를 현저히 떨어뜨려 놓았네."

"그 다음은?"

유화성이 계속 질문했다.

"그 다음은 휘주로 방향을 잡지 말아야 했네. 휘주는 한때 자네의 가문이 있는 곳이겠지만 지금은 아니지. 그곳은 이제 동방회의 안마당이야."

"또 있소?"

유화성은 여전히 똑같은 어조로 물었다.

"그리고 자네는 내 아들을 너무 모르네. 난 내 아들을 독사로 키웠지. 누구보다 냉정하고 차갑게 말일세. 더 나아가 최악의 순간이 도래하면 살모사로도 변할 수 있도록 교육시켜 놓았지. 날 그곳으로 데려

간다고 해서 내 아들이 흔들릴 것 같나?"

임초건의 입가에 피어오른 미소가 훨씬 더 짙어졌다. 잠시 후 유화성의 입가에도 흐릿한 조소가 피어올랐다.

"사람이란 상품이 아니기에 목숨이 붙어 있는 한 가치가 떨어지는 법은 없소. 그리고 휘주는 절대로 동방회의 안마당일 수가 없소. 그곳에는 수많은 원혼들이 당신들의 소행을 기억하며 당신들의 멸망을 위해 분주히 움직이고 있을 것이오. 언젠가 그 원혼들의 힘이 한곳으로 뻗어 나오게 될 것이오. 그리고 또… 당신 아들이 살모사의 기질을 최대한 발휘하길 빌겠소. 그건 오히려 내가 바라 마지않은 바이오."

유화성은 차가운 눈으로 임초건을 응시했다.

"당신 아들이 당신 예측대로 행동해서, 당신 아들은 필요하면 자기 아버지까지도 버릴 수 있는 인간이란 걸 모든 동방회 인원들이 똑똑히 인식하게 된다면 동방회의 결속력은 현저히 약화될 것이오. 난 그걸 간절히 바라오. 단지 당신 부자에게만 원수를 갚는 것으로는 성에 차지 않소. 난 동방회가 왕창 무너지길 바라오. 그러려면 그 결속력이 최대한 약화되는 것이 우선이지요."

"돈이란 것은 도검보다 훨씬 강하다네. 돈이 있는 한 그 결속력은 사라지지 않네."

유화성의 반박으로 인한 패배감을 벗어던지려는 듯 임초건은 목소리에 힘을 실으며 말했다.

"돈은 항상 그 자리에 있지 않소. 물처럼 흐르게 마련이오. 앞으로는 급격히 다른 곳으로 흐르게 될 것이오."

말을 맺은 유화성은 다시 입을 열려는 임초건을 향해 급히 손을 들어올렸다. 그리고는 벼락같이 표풍검을 뽑았다.

"자, 자네⋯⋯."

나유백과 두 명의 장로, 그리고 백봉령주가 놀란 눈으로 유화성을 쳐다보았다.

"내가 뭘 실수했는지 이제야 알겠군!"

그 말과 함께 유화성은 섬전처럼 표풍검을 임초건의 입속으로 찔러 넣었다.

표풍검 끝에 걸린 임초건의 입술이 찢어지고 그 안에서 붉은 핏물이 흘러내렸다.

"산공독!"

핏물에서 풍겨 나오는 냄새를 맡은 나유백이 급히 임초건의 턱 아래의 혈을 찍었다. 그리고는 임초건의 입 안에서 반쯤 녹은 작은 알약 하나를 끄집어냈다.

"이걸 녹이기 위해 계속 실없는 말을 걸며 입을 움직였군."

나유백은 임초건을 잡아먹을 듯이 노려보았다.

임초건은 말을 하며 입 안에 있는 산공독단을 아주 천천히 녹였다. 워낙에 고수들이었기에 단번에 깨물면 당장 표시가 날 것이기에 그렇게 천천히 녹인 것이다.

"빌어먹을!"

공력을 끌어올리던 나유백이 소리를 질렀다. 어느새 산공독에 중독되었는지 내력이 반밖에 모이지 않았다.

"자네? 자넨 어떤가? 그리고 장로님들은?"

나유백은 유화성과 두 장로를 번갈아 쳐다보았다.

"내력이 반도 모이지 않네."

장로 한 명이 이를 뿌드득 갈며 말했고 유화성도 낮은 신음을 흘렸다.

늙은 생강이 맵다고 했기에 조심에 조심을 했지만 당하고 말았다.

"수만 금을 주고 구입한 산공독을 들이켜고도 공력을 반이나 유지하다니 정말 명불허전이군. 그러나 해독은 결코 쉽지 않을…… 큭!"

조소를 흘리던 임초건이 비명과 함께 허리를 꺾었다. 유화성이 검집으로 임초건의 아랫배를 터뜨릴 듯 쑤셔 버렸기 때문이다.

그 순간!

콰앙—

뭔가 날아와 마차 지붕을 두드렸다.

모퉁이를 도는 순간, 바위 위에 있던 누군가가 마차 지붕 위로 뛰어내린 것이다.

"계속 말을 몰아요!"

고함을 지른 백봉령주가 쇠줄 하나를 잡아당겼다. 그러자 마차 지붕이 약간 벌어지며 그곳으로부터 강침들이 쏟아져 나갔다. 이런 가까운 거리에서라면 강전이 아니라 작은 강침들이라도 온몸을 고슴도치로 만들다 못해 관통해 버릴 수도 있을 것이다.

그런데 마차 지붕 위에 뛰어내린 놈은 끄떡 않고 다시 지붕을 두드렸다.

"옥령인이에요!"

백봉령주가 당황한 눈빛과 함께 고함을 질렀다.

"그때 회주의 배에 있던 그놈이네!"

여섯 번째 서열의 장로 성막도(成寞到)가 신음처럼 소리쳤다.

회주의 배에 침입하여 천신만고 끝에 회주가 있는 선실을 열고 들어갔을 때 그곳에 있던 다섯 명의 옥령인들!

그들은 징그러울 정도로 강했다. 그래서 그들 둘을 죽이느라 장로 네 사람이 목숨을 잃었다. 나머지 두 명 중 한 놈은 유화경이 던진 화탄에 폭사했고 다른 한 놈은 유화성의 검에 찔려 죽었다. 이놈은 그때 살아남은 한 놈인 것이다.

다른 생각은 없고 오로지 회주를 지키고 구해야 한다는 일념만이 뇌리에 각인된 마물이기에 자신의 행동이 회주를 오히려 위험하게 할 수 있다는 사실도 자각하지 못하고 달려들고 있었다.

콰앙—

철판으로 된 지붕이 우그러질 정도로 연속적인 타격음이 울렸다.

"후후! 내 충실한 파수꾼이 마음에 들지 않소?"

임초건이 나유백을 보며 빈정거렸다.

"저놈이 이 마차 속으로 들어오는 순간 네놈이 제일 먼저 죽는다."

나유백이 살기등등한 눈으로 임초건의 목을 움켜쥐었다.

"그게 더 나을지도……."

임초건은 죽음을 도외시한 듯 눈을 감았다.

다시 한 번 커다란 격타음과 함께 철판 지붕이 움푹 찌그러졌다.

"이랴!"

오무평이 거칠게 고삐를 흔들었다. 예전에 진우청에게 했던 대로 할 생각이었다.

마차가 요동치며 이리저리 비틀거리자 옥령인의 공격이 멈추었다. 공처럼 둥근 마차 지붕 위에서 중심을 잡는 것도 힘들었기 때문이다.

"이랴!"

오무평은 계속해서 미친 듯이 마차를 몰았다.

덜컹—

솟아오른 돌을 밟은 마차가 한쪽으로 급격히 기울어졌다.

옥령인의 그림자가 예전에 진우청이 그랬던 것처럼 춤을 추었다. 그러나 그건 본능적인 몸부림일 뿐, 진우청처럼 마차의 진동을 온몸으로 흡수하고 그것을 두 손을 통해 대기 속으로 흩어버리는 움직임은 아니었다.

털썩—

옥령인이 바닥으로 떨어지며 길 한쪽에 처박혔다.

목뼈가 부러지거나, 심하면 척추마저 꺾여질 상황이었지만 놈은 아무 일 없었다는 듯 벌떡 일어나 경공을 펼쳤다.

"징그러운 마물!"

성막도가 질린 표정으로 혀를 찼다.

길바닥의 흙이 허공으로 치솟아오를 정도로 세차게 땅을 박차며 달려오는 옥령인의 속도는 가히 날아다니는 새를 연상케 했다. 보통의 인간이 저런 식으로 경공을 펼치면 무릎이나 발목이 부서져 나갈 것이지만 옥령인은 점점 더 세차게 땅을 박차며 몸을 날리고 있었다.

그렇게 옥령인과 마차의 거리는 점점 더 좁혀졌다.

"이러다간 말들이 먼저 쓰러지겠네."

또 다른 장로 전국산이 거품을 물고 있는 말들을 보며 말했다. 그러나 속도를 늦출 입장도 아니었다.

유화성은 내력을 끌어올렸다. 장로들이나 나유백과는 달리 임초건과 마주 보며 대화를 나눴던 유화성은 본신 내력의 이 할도 끌어올리기 힘들었다. 이 상태로는 두 장로와 나유백, 그리고 자신이 한꺼번에 상대한다고 해도 저 마물을 당해낼 수 없을 것이다.

제대로 운기하려면 시간이 한참 더 필요했다. 그사이, 옥령인과의 거리가 더욱 좁혀졌다.

최악의 경우 모든 계획을 포기하고 최소한의 복수만을 할 수밖에 없다.

유화성은 표풍검을 동방회주 임초건의 목에 들이댔다. 말들이 모두 쓰러지거나 치달려온 옥령인이 마차 속으로 뛰어들면 임초건의 목부터 베고 옥령인을 상대할 것이다.

콰앙—

옥령인이 다시 마차 지붕 위로 뛰어올랐다. 그러나 이번에는 마구잡이로 부수려 하지 않고 마치 지붕을 박차며 말을 향해 날아가고 있었다.

"안 돼!"

백봉령주가 고함을 질렀다.

아무리 철제 갑주를 입혔다지만 말은 마차처럼 완벽한 방어망을 갖추지 못했다.

휘익—

오무평이 채찍을 휘둘러 옥령인의 다리를 감았다. 그러나 옥령인은 아랑곳 않고 제일 뒤쪽의 말잔등에 오르며 말 옆구리를 후려갈겼다.

히히히힝—

말이 구슬픈 비명을 지르며 펄쩍 튀어 올랐다가 바닥으로 떨어져 내렸다.

덜컹—

마차는 바닥으로 뒹구는 말을 밟고 휘청거리다가 겨우 중심을 잡고 그대로 달렸다. 쓰러진 말은 마차의 속도에 못 이겨 나뒹굴며 끌려오다가 줄이 끊어지며 완전히 떨어져 나갔다.

옥령인이 다시 다른 말 한 마리의 등으로 몸을 날렸다.

동료의 처참한 죽음을 목격한 말은 옥령인이 잔등에 날아 내리기도 전에 미쳐 날뛰었다.

"안 됩니다, 장로님!"

나유백이 고함을 질렀다.

마차 문을 연 성막도가 옥령인에게로 날아가고 있었다. 날아가는 모습만으로도 그의 공력이 제대로 운기되지 않는다는 것을 확연히 느낄 수 있었다.

휘이익—

말을 향해 휘두르려던 옥령인의 주먹이 성막도를 향해 날아들었다.

성막도는 장력을 뿌려 옥령인의 주먹에 대항했다.

폭음과 함께 성막도의 신형이 선혈을 흩뿌리며 길 왼쪽의 절벽을 향해 날아갔다.

"성 장로님!"

나유백이 비명 같은 고함을 지르며 창문을 열어젖혔다. 그러나 성막도의 신형을 잡아채기엔 너무 늦었다.

나유백이 눈을 질끈 감으려는 순간, 한 개의 신형이 비조처럼 날아와 성막도의 신형을 낚아챘다.

"타우……."

유화성이 신음처럼 중얼거렸다.

초하이와 함께 중원 말을 제대로 하지 못하던, 몽고인의 피가 흐르는 북제성 제자였다.

그 옆으로 초하이도 몇 명의 젊은이들과 함께 검을 휘두르며 몸을 날리고 있었다.

예상치 못한 적의 출현에 옥령인은 말을 내려치려던 손을 휘둘러 초하이의 검을 막아갔다.

까앙—

쇳소리가 울리며 초하이의 검이 댕강 부러졌다.

다른 말잔등에 내려선 초하이가 '뭐 이런 게 다 있냐?'는 눈빛으로 옥령인을 쳐다보았다.

그사이 마차는 서서히 속도를 늦추었다.

초하이는 반 토막 난 검을 한 번 더 휘두르며 옥령인에게로 몸을 날렸다.

허공에서 초하이와 옥령인이 얽힌 후 바닥으로 내려섰다.

"하앗!"

성막도를 길바닥에 눕혀놓고 몸을 날려 따라온 타우가 두 주먹을 어지럽게 흔들며 바닥에 내려서는 옥령인에게 달려들었다.

퍼엉—

타우의 권풍이 옥령인의 가슴을 강타하자 옥령인이 비틀거리며 뒤로 밀렸다.

옥령인의 위협에서 벗어나자 오무펑은 완전히 마차를 세워 심장이 터져 쓰러지기 일보 직전인 말들의 숨을 돌리게 하고는 길바닥에 눕혀져 있는 성막도에게로 달려갔다.

"젊은 나이들이지만 개개인의 무위는 우리를 뛰어넘을 것 같구려. 그래서 북제성인가?"

전국산 장로가 탄식처럼 말했다.

그러는 사이 초하이와 타우, 그리고 세 명의 다른 젊은이들에게 둘러싸인 옥령인의 몸에서 피가 튀기 시작했다.

“어서 마차 뒤로!”

옥령인의 몸이 급격히 부풀어 오르는 것을 본 젊은이 하나가 소리를 질렀다. 그러나 그 소리에 앞서 타우의 주먹이 옥령인의 가슴을 정확히 가격하며 옥령인을 절벽 쪽으로 날려 보냈다.

콰앙—

절벽 아래쪽에서 폭음이 터지며 피와 살점이 튀어 올랐다.

“괜찮나? 무적… 대주?”

초하이가 창백한 얼굴의 유화성을 보며 서툰 한어로 물었다.

유화성은 무겁게 고개만 끄덕였다.

늙은 여우의 수작에 넘어가 제대로 힘을 쓰지도 못한 자신의 모습이 이 순간 한없이 수치스러웠다.

“가야… 한다.”

타우가 성막도 장로를 마차 안에다 눕히고 나오는 오무평을 보며 말했다.

“그놈의 말투는 여전하군. 아무리 그래도 일각은 쉬어가야 하네.”

오무평이 아직도 거품을 물고 있는 말들에게 물통을 가져가며 답했다.

*　　　　*　　　　*

“사숙! 주완 사고께서 가까워지고 있어요! 그렇다면 성주님도 같이 온다는 말이에요!”

은신처 밖을 나간 조송령이 바람처럼 뛰어들며 소리를 질렀다. 그 소리에 모두들 화들짝 몸을 일으켰다.

"무슨 소리야? 그걸 어떻게 알지?"

경설형이 미심쩍은 눈으로 조송령을 쳐다보았다.

"바람의 방향이 바뀌며 홍와향이 풍겨와요! 사흘이나 이틀이면 당도할 것 같아요!"

조송령은 연신 코를 킁킁거리며 소리를 질렀다. 그러나 여전히 경설형은 의심스런 기색을 감추지 못했다.

북제성 사람들끼리만 통하는, 그것도 오랜 기간 거듭된 수련을 한 사람들만 맡을 수 있는 홍와향은 중원의 그 어떤 추종향보다 뛰어난 것이었다. 하지만 그 당사자가 조송령인 것이 경설형으로서는 못내 믿기지 않는 것이다.

"우리 몸에 뿌린 것을 잘못 맡은 것은 아니겠지?"

을지소소도 한편으로는 더없이 기쁘면서도 다른 한편으로는 의심이 가는 표정으로 물었다. 만약 조송령이 실수한 것이라면 경거망동으로 놈들에게 위치를 알려줄 수도 있는 일이다.

"홍와향이 사람 몸에 뿌려지면 그 사람의 체향과 섞여 각각 다른 냄새가 나요. 내가 맡은 냄새는 주완 사고의 것이 틀림없어요. 정 못 믿겠으면 추 사백님께 여쭤보세요."

"조 사질의 말이 맞네. 나로서는 누군지 모르겠지만 여기 있는 사람의 몸에서 풍기는 홍와향은 아니네."

추목진이 긴장한 표정으로 고개를 끄덕였다.

"그럼 우리가 마주쳐 가면 하루면 만날 수 있겠군!"

진우청이 질문하자 조송령은 서둘러 고개를 끄덕였다.

진우청은 벌떡 일어서서 용호곤을 등 뒤에 꽂았다. 그간의 시간은 일각이 여삼추였다.

이젠 최대한 빨리 성주 일행과 조우하는 일만 남았다.

"조금 있으면 어두워질 테니 그 즉시 출발합시다."

진우청은 한시라도 빨리 어둠이 짙어지기를 기다리는 눈으로 밖을 내다보았다.

"쿨럭!"

밭은기침과 함께 성주의 입에서 선혈이 흘러나왔다.

"성주님!"

주완이 놀란 음성과 함께 면포를 가져와 노인의 입가를 닦았다.

양은 많지 않았지만 시커멓게 죽은피는 노인의 내상이 심각함을 나타내 주었다.

"조금만, 조금만 더 참으세요, 성주님! 홍와향의 냄새가 점점 짙어집니다."

주완은 달려가는 마차의 속도가 더 빠르지 못한 것을 한탄하듯 마부석을 쳐다보았다.

그러나 마차는 더 이상 속도를 올릴 수 없는 정도로 질풍같이 달려가고 있었다.

"좀 더 빨리!"

곽자서가 고함을 질렀다.

"너무 채근하지 말거라. 막내 사질이 현덕 사제가 남긴 안배를 모두 풀었다니 다 늙은 난 지금 죽어도 여한이 없다네. 자네들이 천형을 떨쳐 버릴 수 있다면 된 것이야."

마차 안에 누운 성주가 온화한 얼굴로 말했다.

이미 눈썹이 모두 빠져나가고, 기침에도 적지 않은 선혈이 섞여 나

오는 상태이기에 극심한 고통을 겪고 있을 터였지만 북제성 문도들의
암흑 같은 미래를 희망으로 바꿔놓은 성주의 얼굴은 평온하기만 했다.

무림맹주의 자리에 올라 격무에 시달린 성주의 혈맥은 그동안 극도
로 피폐해졌고 며칠 전부터는 앉아 있지도 못할 정도가 되었다. 이런
상태로 간다면 얼마 더 지나기 전에 전 성주처럼 피부까지 짓물러 피
고름으로 흘러내릴 것이다. 그나마 진우청이 창룡금시의 비밀을 풀었
다는 사실이 큰 위안을 주고 정신적으로 성주를 지탱해 주고 있었다.

"얼마나 더 남았는가?"

대사형 관일엽이 주완을 보고 물었다.

"지금은 바람의 방향이 바뀌어 맡을 수 없지만 어제까지의 홍와향
농도로 보아 이틀이면 조우할 것 같습니다."

주완이 답했다.

"정말 다행이네."

곽자서가 낮은 한숨을 내쉬었다.

"여기서 좀 쉬어가자고 전해라!"

관일엽의 지시에 곽자서는 성주에게서 시선을 돌려 창문을 열었다.

뒤에는 또 다른 마차 한 대가 달려오고 있었다. 그리고 그 주위로 여
러 필의 말이 앞서거니 뒤서거니 따르고 있었다.

그들은 이후에 서서히 모이기 시작한 북제성 문도들이었다.

그들 말고도 다른 경로를 통해 휘주로 오고 있는 문도들도 있었다.
물론 그들 중에는 그동안 원수처럼 반복했던 흑궁의 인물들도 있었다.
그들까지 다 모인다면 모든 북제성 문도들의 반은 모이는 것이다. 나
머지 반은 좀 더 시간이 지난 후에나 모일 것이다.

그중 몇 명은 끝까지 나타나지 않을 수도 있다. 공손후상과 함께 가

장 큰 반대파였던 귀면랑의 사부 정고성(鄭尻性)은 아마도 나타나지 않을 것이다.

"일각만 쉬어간다!"

곽자서가 손을 흔들며 고함을 치자 두 대의 마차가 서서히 속도를 줄였고 뒤를 따르던 말들도 마차와 함께 멈추어 섰다.

그 순간 관일엽이 고개를 들었다.

그의 시선이 향하는 곳에 한 개의 화살이 허공에서 떨어지고 있었다. 화살촉 대신 구멍이 뚫린 호각 모양의 물체를 달아 소리가 울리게 하는 초명적이었다. 그러나 그 초명적이 내는 소리는 낙하할 때만 뿜어져 나와 쏘아 올린 곳에서는 들리지 않았다.

척후조로 반 시진 정도 앞서 간 문도들이 마차가 보이자 쏘아 올린 모양이었다.

우우웅―

관일엽이 허공으로 손을 뻗어 두어 바퀴 둥글게 원을 그렸다. 그러자 다른 곳으로 떨어지던 화살이 주인 품으로 날아드는 새처럼 관일엽의 손바닥으로 날아들었다.

화살을 낚아챈 관일엽은 초명적 호각을 돌려 뽑았다. 그리고는 속이 빈 화살대 속에 돌돌 말린 종이를 끄집어내어 급히 읽었다.

"지금부터 놈들이 접근하기 전까지는 숨소리도 내지 말아야 한다."

혈룡도(血龍刀) 이택군(李擇群)은 매복한 부하들에게 재차 당부했다. 붉은빛을 띠는 그의 눈은 더욱 붉게 충혈되고 있었다. 서왕문의 지옥 단주로서 오늘을 있게 한 그의 독문병기 혈룡도도 허리에서 붉은빛을 발산하고 있었다.

두두두—

마차 한 대가 모퉁이를 돌아 절벽 아래로 달려오고 있었다. 그 뒤로 다른 마차 한 대도…….

이택군은 옷자락 소리 하나 내지 않겠다는 듯 조심스럽게 손을 들어 올렸다.

뒤를 따르는 여러 필의 말들까지 모두 모습을 드러낸다면 들어올렸던 손을 내려 이 계곡을 폭파시킬 것이다. 아무리 천하사패의 한곳인 북제성이라 할지라도 날아다니는 새가 아닌 이상 쏟아져 내리는 돌 더미 속에서 곤죽으로 변하고 말 것이다.

'조금만 더 기다려!'

부하들의 재촉하는 눈빛에 이택군 역시 그런 뜻을 담은 눈빛으로 답했다.

마차 두 대가 절벽 아래로 완전히 모습을 드러낸 후에도 뒤를 따르던 말들은 보이지 않았다.

그들 말들까지 모두 돌무더기 속에 파묻어야 완벽한 성공을 거두는 것이다.

단 백 명만으로도 네 개 하늘 중 하나를 차지하고 있는 인간들이기에 한 명이라도 한 개의 작은 지부와 맞먹는 무게를 차지한다. 다시 말해, 이들을 한 명이라도 더 죽이면 지부 하나를 더 궤멸시키는 것과 마찬가지다.

마차 뒤로 말발굽 소리가 들렸다.

이택군은 손을 내릴 준비를 하였다.

그런데……?

이택군의 눈이 크게 뜨여졌다.

말 머리가 보이고 완전히 말 한 마리의 모습이 드러났지만 마상에는 사람이 보이지 않았다.

이택군의 뇌리로 얼음송곳이 지나갔다.

그러고 보니 잔뜩 휘장이 내려진 마부석에도 사람은 보이지 않는 것 같았다. 말고삐가 팽팽하게 당겨져 있기에, 그리고 잔뜩 몸을 숙이느라 제대로 볼 수 없어 사람이 있는 줄 알았다.

"폭약을 터뜨려라!"

이택군은 미친 듯이 손을 내리며 고함까지 질렀다.

일차 작전은 실패로 돌아갔다. 그래도 폭발을 시키고 그 혼란 속에서 다음 작전을 펼쳐야 한다.

"크윽!"

폭발음 대신 비명이 울렸다.

뒤이어 더 많은 비명들이 연속으로 울렸다.

그것은 하나같이 심지에 불을 붙이려던 부하들이었다.

그들이 모두 죽고 나서야 이택군은 비로소 상대를 볼 수 있었다.

절벽 사이에서도 평지처럼 몸을 움직이는 몇 명의 인영들!

그들에 의해 폭약의 심지를 잡고 있던 부하들이 모두 도륙되고 절벽은 폭연 대신 혈향이 가득했다.

"궁수!"

이택군은 급히 뒤로 물러나며 이차 공격을 지시했다.

피피피핑—

수백 개의 화살이 절벽을 향해 쏟아졌다. 이런 화살 세례라면 절벽을 따라 날아다니는 새라도 바닥으로 떨어질 것이다.

"정말 명불허전이군."

이택군은 어쩔 수 없이 찬사를 터뜨렸다.

깎아지른 절벽을 평지처럼 차고 날아가며, 쏟아지는 화살들을 검이나 맨손으로 모조리 쳐내는 신위는 인간의 능력으로 보이지 않았다.

북제성의 두려움을 온몸으로 체험한 이택군은 손짓을 하며 부하들을 뒤로 후퇴시켰다. 그리고 자신 역시 신속히 몸을 날렸다.

그러나 상대는 자신의 예상을 또 한 번 뛰어넘었다.

한 명의 중년인이 어느새 옷자락 소리를 내며 뒤로 접근하고 있었다.

파앗—

이택군은 혈룡도를 빛살처럼 휘둘렀다.

붉은 빛줄기가 반원을 그리며 쏟아져 나갔다.

퍼엉—

폭음과 함께 흙먼지가 일었다. 뒤이어 이택군의 등줄기를 향해서도 한줄기 경력이 화살처럼 꽂혀들었다.

이택군은 급히 몸을 허공으로 뽑아 올리며 고개를 돌렸다.

평범한 모습의 중년인!

그의 손에서 다시 지풍이 뻗어 나왔다.

이택군은 혈룡번신의 수법으로 몸을 뒤집으며 혈룡도를 들어올렸다.

째앵—

지풍을 막은 혈룡도가 비명을 질렀다. 혈룡도의 이빨 한곳이 뭉턱 떨어져 나갔다.

아랑곳 않은 이택군은 세차게 혈룡도를 뿌렸다.

붉은 염화의 기운이 혈룡도에서 쏟아졌다.

"제법이군!"

이택군의 공격을 가볍게 피한 중년인은 얼핏 미소를 지으며 다섯 개의 손가락을 활짝 펼쳤다.

다섯 가닥의 지풍이 이택군의 상체 다섯 개 대혈을 노리고 들었다.

도저히 거역할 수 없는 빠르기!

두 개는 잘라내고 나머지 세 개는 필사적으로 몸을 틀며 급소를 비껴 맞은 이택군은 경사면을 향해 추락하듯 몸을 날렸다.

그의 몸에서 세 개의 핏줄기가 튀어 올랐다.

비록 급소는 피했지만 결코 경시할 수 없는 상처가 생긴 것이다. 그러나 이택군의 얼굴은 고통보다 안도감을 머금고 있었다. 여기까지만 도망 오면 목숨은 건진 것이다.

이택군의 심장을 향해 마지막 일격을 가하려던 등홍비는 주춤 신형을 멈추었다.

이택군이 굴러 내려간 경사면이 들썩거리고 있었다.

퍼억—

땅거죽이 터져 오르며 그곳에서 시커먼 먼지가 튀어 올랐다.

"옥령인……."

먼지 속에서 포탄처럼 쏘아져 나오는 인영들을 본 등홍비는 신음을 토했다.

곽자서 역시 두 명의 옥령인을 마주하며 이글거리는 눈빛을 폭사시켰다.

험지와 압도적인 숫자를 이용하여 놈들은 이중 삼중의 계략을 세우고 문도들을 흩어지게 만들었다. 이건 결코 무림인들의 수법이 아니었다. 전장의 군사들이나 사용하는 수법이었다.

곽자서는 빠르게 시선을 돌려 주변을 훑었다.

다행히 경사면 저쪽에 선 성주는 몇 명 사질들의 보호를 받고 있었다. 그러나 그곳에는 옥령인들 또한 다섯이나 버티고 있었다.

주완과 관일엽, 오면서 합류한 다른 사제, 사형들도 제각기 흩어져 옥령인들과 마주하고 있었다.

저 앞쪽에 있는 무리들이 곽자서의 눈에 들어왔다.

'척백대!'

곽자서는 내심으로 이를 갈았다.

자신들의 행적을 정확히 꿰뚫고 전장의 군사들 못지않은 계책을 준비한 자!

역시 척백대의 잔당들이 개입된 것이다.

북제성이 무림의 깊은 숲으로 들어가 버리자 제이의 백인대가 될 것을 우려한 놈들은 동방회와의 결탁이라는 극단적인 수단까지 써가며 최후의 발악을 하고 있는 것이다.

아니, 어쩌면 북제성을 지우고 자신들의 야욕을 실현시키려 하고 있는지도 모르겠다. 그런 정황이 최근 여러 곳에서 포착되었다. 다른 사람들은 그것을 눈치 채지 못할지 몰라도 북제성은 누구보다 그들의 행적을 잘 꿰뚫고 있다.

그건 그들 역시 마찬가지지만…….

그때 한줄기 호각 소리가 들렸다.

슈아악—

옥령인 하나의 손이 쾌속하게 뻗어왔다.

아무것도 쥐지 않은 맨손이었지만 그 어떤 무기보다 단단하고 치명적인 손이었다.

곽자서는 즉시 검을 쳐올렸다.

깡—

예상대로 옥령인의 팔에서는 쇳소리가 터져 나왔다.

다른 곳에서도 똑같은 쇳소리가 들렸다.

곽자서는 다시 검을 쳐올렸다. 그리고는 뒤로 밀렸다.

전신 공력을 뿌리면 팔 한 개 정도는 자를 수도 있겠지만 혈맥이 손상되어 비틀거리는 순간 다른 놈의 손이 심장을 쑤시고 들 것이다. 몇 번의 격돌만으로도 벌써 내부가 진탕되고 있었다.

조금 더 지나면 선혈을 토하게 될지도 모를 만큼 격렬한 충돌이었다.

"절벽 쪽으로 후퇴하여라."

귓속으로 성주의 전음이 들렸다. 전음을 쓰는 것도 이젠 기력에 부치는지 마지막 음성은 잘 전달되지도 않을 정도였다.

곽자서는 의문을 가질 여유도 없이 연신 뒷걸음질을 쳤다.

"저놈들도 별수없군."

옥령인들을 맞아 정신없이 뒤로 밀리는 북제성 문도들을 보며 서왕문의 흑림단주(黑林團主) 하조운(河條殞)은 탄성을 토했다.

최후로 만들어진 옥령인은 초기의 옥령인에 비해 훨씬 강했다. 그들의 극강함에 최강의 무인 집단인 북제성도 속수무책으로 후퇴하고 있었다.

"멍청한……."

냉막한 음성이 하조운의 귓전을 때렸다.

하조운은 눈살을 찌푸리며 고개를 돌렸다.

오늘의 계략을 짜고 뒤에서 모든 것을 지휘하는 기분 나쁜 놈이었다. 동방회에서 특별히 보낸 놈이란 것 외에는 아무것도 아는 바가 없었지만 전신으로 한기와 살기가 느껴지는 놈이었다.

그놈이 옥령인의 승리에 감탄사를 연발하는 자신을 비웃고 있는 것이다.

"무슨……?"

자신을 멍청이로 부른 이유를 물으려는 찰나 기분 나쁜 놈은 몸을 날렸다. 그를 따라 동료 두 명도 같이 몸을 날렸다.

"이지도 없는 마물들!"

성주는 낮은 중얼거림과 함께 처음 왔던 절벽 쪽으로 문도들을 이끌었다. 문도들도 자신의 의중을 짐작하고 톱니바퀴처럼 움직이고 있었다.

이제 조금만 더 아래쪽으로 놈들을 유인하면 되었다.

깡―

까앙―

연신 쇳소리가 들려왔다. 그러나 그건 건성으로 싸우며 터져 나오는 소리였다. 그러기에 격타음은 더 컸다. 무거운 내력을 불어넣고 전력을 다해 검을 휘두른다면 저 소리의 십분지 일도 터져 나오지 않을 것이다.

"다 됐습니다, 성주님!"

아래쪽에서 관일엽의 외침이 들렸다.

성주는 신형을 날렸다.

이제 저 심지에 불만 붙이면 마물들은 북제성 문도들을 매몰시키기 위해 설치해 놓은 폭약에 의해 몰살될 것이다.

퍼엉—

바위 위로 몸을 날리는 순간 한줄기 장력이 쏟아졌다.

성주는 양손을 급히 내뻗었다.

다시 한줄기 폭음이 울리며 목구멍으로 비릿한 기운이 숫구쳤다. 터진 혈맥으로 선혈이 역류한 것이다.

"쿨럭—"

기침을 토한 성주의 시야로 척백대원들의 모습이 들어왔다.

"늙은 여우!"

한 사내가 폭약의 심지를 잘랐다.

"성주가 병중이라더니 맞는 말이었군."

사내는 득의에 찬 모습으로 검을 들어올렸다.

"후후! 아무리 병중이라도 자네들 정도는 문제가 없다네."

성주는 호흡을 고르며 손을 들어올렸다.

"성주님!"

재촉하는 관일엽의 목소리가 다시 들렸다.

성주는 슬쩍 우수를 흔들었다.

우우웅—

미풍과 같은 기운이 척백대원들 세 명을 향해 부드럽게 밀려갔다.

언뜻 느끼기에는 구름 같기도 하고, 겨우내 꽁꽁 언 대지에서 피어오르는 아지랑이 같은 한없이 부드러운 기운이었다. 그러나 그 기운 속에는 창칼보다 더 날카롭고 살벌한 기운이 어려 있었다.

"피해!"

성주의 병약한 모습에 방심하던 척백대원 세 명이 감히 대적할 생각을 못하고 황급히 몸을 날렸다.

휘익—

덮쳐 오는 공력이 거짓말같이 사라지며 그 사이로 성주의 신형이 연기처럼 스며들었다.

속은 것을 안 세 명의 사내가 급급히 천근추의 수법을 펼치며 떨어져 내렸다.

그러나 성주의 손이 한발 앞서 끊어진 심지 끝을 잡고는 공력을 돋우었다.

치이익—

심지가 타 들어가기 시작했다.

동시에 세 명의 사내가 휘두른 검이 성주의 가슴과 허리로 쏟아졌다.

카아앙—

귀를 찢을 듯한 포효 소리와 함께 흑풍의 발톱이 두 개의 검을 한꺼번에 쳐냈다. 그러나 한 개의 검은 흑풍의 등줄기 깊숙이 꽂혔다.

흑풍은 사력을 다해 몸을 틀며 자신의 등에 검을 꽂은 척백대원의 팔을 물었다.

"으아악!"

흑풍의 송곳니가 살을 파고들고 뼈까지 으스러뜨리자 중년인은 공포에 질린 고함을 토하며 흑풍의 머리를 향해 수도를 내려쳤다.

흑풍의 머리가 수박처럼 으깨어졌다. 그러나 중년인 역시 성주의 일장에 가슴이 시커멓게 타 들어가며 절벽 아래로 추락했다.

"노물!"

두 명의 척백대원이 빛살처럼 검을 휘둘렀다.

오랜 시간 손을 맞춘 것처럼 두 개의 검은 완벽한 방위를 점하며 날아들었다.

그들의 공격은 살인무예의 절정고수들다운 수법이었다. 그러나 상대 역시 황실을 무너뜨리기 위해 온몸의 혈맥이 파열될 정도로 파(破)와 멸(滅)의 무공을 익힌 백인대의 후예였다.

파츠츠츠—

성주의 손에서 청광이 일렁거리며 번개가 치듯 뻗어나갔다.

퍼억—

콰앙—

척백대원 두 명의 가슴과 복부가 터져 나가는 파육음과 폭약이 터지는 굉음이 같이 울렸다.

뒤이어 절벽이 한꺼번에 무너져 내렸다.

"후후!"

무너지는 절벽에서 몸을 옮길 기력마저 상실한 성주가 담담한 눈으로 하늘을 올려다보았다.

모든 것이 한순간에 사라져 버리는 꿈일 뿐이었다. 그 꿈속에서 전 성주인 사형의 모습이 떠올랐다. 그 뒤로 행방이 묘연한 사매의 모습도 보였다.

그리고…….

언제나 신인 같았던 사제의 모습이 가장 선명하게 떠올랐다.

'정말 미안하네, 사제!'

무너지는 절벽과 함께 성주의 몸이 아래로 같이 떨어져 내렸다.

그러나 성주의 의식은 그것도 느끼지 못한 채 사제의 모습을 쫓고 있었다.

사제의 모습이 더욱 크게 확대되어 시야에 들어왔다.

“사백!”

사제의 얼굴이 한 청년의 얼굴로 바뀌며 급격히 가까워졌다.

무너져 내리는 바윗덩이들을 밟으며 성주의 몸을 받아 안은 진우청은 계속해서 허공에 뜬 바위들을 밟으며 필사적으로 절벽 위로 솟구쳤다. 그러나 아래로 떨어지는 속도가 너무 엄청났기에 진우청의 몸은 허공에 정지한 듯 떠 있기만 할 뿐 더 이상 솟아오르지 못했다.

“사숙!”

벼랑 끝을 잡은 을지소소가 채찍을 뿌렸다.

긴 채찍이 장대처럼 곧게 뻗어왔다. 진우청은 마지막으로 바윗돌을 박차며 몸을 솟구쳤다.

척—

아슬아슬하게 채찍 끝이 손에 잡혔다.

“하앗—”

을지소소는 기합성과 함께 채찍을 세차게 휘둘렀다. 그에 맞춰 진우청은 한 꺼풀 무너져 내린 후 새로 생긴 절벽을 박차며 위로 솟구쳤다.

절벽 위에 겨우 올라선 진우청은 숨을 돌릴 겨를도 없이 성주의 맥문과 단전에 손을 갖다 댔다.

극도로 쇠약해진 몸에 혈전을 치르느라 성주의 몸은 생명의 불꽃이 꺼지기 일보 직전이었다.

진우청은 급히 호흡을 골랐다.

우우웅—

온몸 전신에 간직된 황금빛 서기가 몰려와 진우청의 양손이 황금색으로 물들었다.

“쿨럭!”

기식이 끊어질 것 같던 성주의 몸이 꿈틀하며 기침을 토했다. 그 기침과 함께 시커먼 흑혈이 폭포수처럼 쏟아졌다.

진우청은 계속 황금빛 서기를 성주의 단전과 맥문으로 흘려 넣었다.

어느 순간 성주의 입에서 맑은 선혈이 흘러나왔다.

기침을 멈춘 성주는 곧바로 운기에 들어갔다.

진우청은 성주의 몸에서 손을 떼고 비로소 숨을 고르며 주변을 살폈다.

절벽 아래로 유인하여 옥령인들을 매몰시킨 문도들이 분분히 날아올라 동방회 무리들 앞을 막아서고 있었다. 옥령인을 모두 잃은 그들의 눈빛은 이미 전의를 상실한 채 활시위만 겨우 당기고 있었다.

“쏴라!”

하조운이 다급하게 고함을 질렀다.

북제성 사람들이 가까이 접근하기 전에 화살을 날려 후퇴할 시간이라도 벌겠다는 심산이었다.

“창파전륜(蒼波轉輪)!”

제일 가운데에 선 관일엽이 일성을 터뜨렸다. 그러자 옆에 선 사람들이 일제히 손을 들어올려 기이한 각도로 흔들었다.

창파전륜은 북제성 사람들의 합격술 중 한 가지 초식이었다.

대부분 점조직으로 떨어져 있는 북제성 사람들로서는 아주 드물게 펼칠 수밖에 없는 무공이었다.

쿠우웅—

개개인으로도 가공할 만한 기운이 한데 모여 뻗어나가자 그야말로 만경창파가 몰려오는 듯한 느낌이었다.

앞으로 밀려가던 창파가 화살과 마주치는 순간 거대한 소용돌이를 이루었다. 그 소용돌이가 화살들을 모두 휘감아 들이다 어느 순간 도로 튕겨냈다.

"아아악!"

자신들이 날린 화살을 도로 뒤집어쓴 궁수들이 짚단처럼 무너졌다. 그 사이로 북제성 사람들이 바람처럼 스며들었다.

일방적인 살육의 상황이 펼쳐지려는 순간 운기에 들었던 성주가 몸을 일으켰다.

"물러나거라!"

나직한 성주의 목소리가 경사면 끝까지 울려 퍼졌다.

북제성 사람들과 동방회의 사주를 받은 무리들이 동시에 움직임을 멈추었다. 낮은 성주의 목소리에는 그 모든 사람들의 움직임을 단번에 멈추게 할 만한 위압감이 서려 있었다.

"무기를 버리고 왔던 곳으로 돌아가거라. 그러면 목숨을 구할 것이니라."

성주의 목소리가 다시 울려 퍼졌다.

잠시 정적이 흐르다 한두 명이 무기를 바닥으로 던졌다. 그것을 신호로 모든 사람들이 무기를 바닥에 놓고는 분분히 흩어졌다.

그들 중 일부는 휘주 쪽으로 방향을 잡았고, 다른 일부는 정반대 쪽으로 움직였다. 그들은 휘주로 돌아가지 않고 아예 다른 곳으로 사라지고 있었다.

"흑흑! 흑풍—"

한참 동안의 정적은 을지소소의 울음과 함께 깨어졌다. 그녀는 한 번 더 애타게 흑풍을 불렀지만 무너진 바위 더미 속으로 사라진 흑풍의 모습은 보이지 않았다.

"오랜만이구나."

관일엽은 진우청과 함께 온 흑궁의 사람들을 보며 말했다.

"사형을 뵙습니다."

추목진 이하 다른 사람들이 깊이 허리를 숙였다.

"다른 사람들은?"

타우의 사부인 포종명이 추목진을 보며 물었다. 추목진은 포종명에게로 고개를 숙였다. 반목할 때는 원수였지만 이젠 그들에게도 포종명은 둘째 사형이었다.

"조만간 휘주로 올 것입니다."

"다행이네, 정말 다행이야."

포종명이 추목진의 손을 잡으며 어깨를 두드렸다.

"어서 휘주로 갈 준비를 하세."

잠시 후 관일엽이 주변을 돌아보며 말했다.

"먼저 할 일이 있습니다."

성주와 함께 진우청이 다가왔다.

관일엽은 깜짝 놀란 얼굴로 성주의 얼굴을 쳐다보았다.

성주의 얼굴은 마치 탈태환골한 것 같은 느낌을 주었다.

이곳으로 오는 도중 완전히 빠진 눈썹은 그대로였지만 나무껍질처럼 변해가던 피부와 혈색은 젊은 사람처럼 붉고 윤이 났다.

혈맥 속에 웅크리고 있던 천형의 기운을 모두 떨쳐 버린 결과였다.

"성주님……."

관일엽의 입에서 나직한 탄성이 새어 나왔다.

“대사형부터 차례로 시작하겠습니다. 팔을 내밀어보십시오.”
진우청은 잡아끌 듯이 관일엽의 맥문을 잡았다. 그리고는 양손을 금
빛으로 물들였다.

第九十二章
결단(決斷)

결단(決斷)

"옥령지체를 깨울 방법은 도저히 없는 것이오?"

동방회 부회주 임지건이 중년인을 향해 물었다. 형인 임초건이 납치당한 후 그는 형언할 수 없이 초조한 표정과 함께 광분한 듯 움직이고 있었다.

중년인은 눈을 감은 채 한참 대답을 미루고 있다가 천천히 고개를 들었다. 그의 얼굴에 난감한 빛과 함께 한줄기 굵은 땀이 흘러내렸다. 땀을 훔치기 위해 중년인의 손이 얼굴을 향해 들려졌다.

먹물을 칠한 듯한 새까만 손!

서왕문의 약왕당주 흑수화타 교길소였다.

약왕당주이지만 약초보다는 독초를 더 많이 만져 손이 흑수로 변해버린 교길소는 무림맹의 서왕문 공격 결정에 가장 큰 요인을 제공한 장본인이기도 했다.

"이런 경우는 처음입니다그려!"

교길소는 고개를 저었다. 그리고는 덧붙였다.

"부회주께서 주신 자료들을 전부 검토하여 똑같이 시행해 보기도 하고, 거기에 제 나름대로의 방법을 가미해 보기도 했지만 옥령지체를 깨울 수가 없습니다."

교길소는 돌처럼 굳어가고 있는 이여옥의 모습을 곁눈질로 흘긋 쳐다보았다.

옥령인의 초기 의식을 일깨우는 역할을 하는 옥령지체의 여인!

그런데 그녀가 옥령인과 흡사한 모습의 돌덩이가 되어가고 있다.

옥령인에 대한 그 어느 문헌과 자료에도 그런 언급은 없었다.

옥령지체는 옥령수와 만나면서 완전해진다. 태어나면서부터 옥령수 속에서 살았다면 이 여인은 정상인과 똑같았을 테지만 그러지 못해서 다리가 뒤틀린 상태로 고통을 겪어야 했다.

그러나 옥령지체의 운명은 결국 이 여인을 옥령수 속으로 불러들였고 뒤틀린 다리가 정상으로 돌아왔다. 그리고 옥령인들을 훌륭하게 되살렸다.

그건 문헌대로였다. 그리고 문헌대로라면 옥령수의 용출이 계속될 때까지는 자신의 역할을 충실히 해야 한다.

옥령수는 아직도 일정한 양으로 용출되고 있다. 영원히 지속되지는 않겠지만 지금 현재로서는 변한 것이 없다. 그런데 옥령지체는 전혀 다른 상태로 변모해 버렸다.

그동안 옥령지체의 여인을 대신해 자신의 독술과 주술로 옥령인의 의식을 일깨우려 하였지만 모조리 허사가 되었다. 옥령인의 의식을 일깨우는 것은 자신의 능력으로는 도저히 불가능한 일이었다.

이건 심각한 문제였다.

아니, 단순히 심각하다는 말보다는 물줄기를 완전히 바꿔놓을 정도의 일이었다.

옥령지체의 여인의 깨어나지 못한다면 더 이상의 옥령인은 만들 수 없다.

그렇다면 동방회의 전력은, 더 나아가 동방회와 손잡은 서왕문의 전력은 약화일로를 걷게 될 것이다.

옥령인들이 더 이상 공급되지 못한다면 북제성과 무림맹의 연수 공격을 막기에는 무리가 따른다.

서왕문으로서는 새로운 선택을 해야 할 기로에 선 것이다.

"도대체 어쩌다가 옥령지체가 이런 꼴이 되었는지 이유라도 알았으면……."

교길소는 자신의 내심을 감춘 채 안타까운 표정을 지었다.

"그건 우리도 알 수가 없는 일이오. 그동안 달라진 것은 하나도 없었소. 처음과 똑같은 환경, 똑같은 일이 반복되었소. 그런데 옥령지체가 어느 날 잠에서 깨어나지 않았소. 처음에는 피로가 겹쳐 쓰러진 줄 알았는데 며칠이 지나도 일어나지 않았고 마침내는 저 모양이 되었소."

"그것참!"

교길소는 혀를 찼다.

"어쨌든 그간 내 모든 지식을 다 동원했지만 옥령인의 의식을 일깨우지도, 옥령지체의 의식을 일깨우지도 못했소. 이건 내 능력 밖의 일이오. 이젠 그만 돌아가야겠소."

교길소는 연거푸 고개를 흔들었다.

"그렇게 하시구려. 아무런 성과는 없었으나 약속은 약속이니 황금 일천 냥은 드리겠소."

임지건은 품속에서 전표를 끄집어내어 교길소에게 건넸다.

"쩝! 이걸 받아도 될지……."

교길소는 탐욕에 번들거리는 눈으로 전표를 쳐다보았다.

"받으셔야지요. 그래야 계산이 정확해지지요."

임지건은 교길소의 손에 억지로 전표를 쥐어주었다.

"고맙소이다. 그럼 이 쓸모없는 인간은 처소로 가서 귀향 준비를 하겠소."

교길소는 내심과 달리 무감동하게 전표를 품에 넣으며 문을 나섰다.

자신의 처소로 돌아온 교길소는 이맛살을 찌푸렸다.

회주의 아들이 자신의 처소에, 그것도 자신의 침상에 앉아 있었다.

유가검보는 이젠 동방회의 터전이나 마찬가지인 곳이니 그가 와 있어도 되겠지만 자신에게 할당되고 나서부터는 자신의 공간이다. 그런데도 이 어린 놈은 허락도 없이 침상에 앉아 있었다.

"어쩐 일이신가?"

교길소는 불쾌한 기색을 억누르며 말했다. 내심의 감정을 고스란히 드러내기에는 품에 있는 천 냥짜리 전표가 너무 무거웠다.

"우리 상가에는 오랜 격언이 있지요."

임문정은 교길소의 예측과는 전혀 다른 대답을 했다.

교길소의 눈 사이가 더욱 좁혀졌다.

"그게 뭔가?"

교길소가 물었다.

"그건… '대가없이 큰돈이 품으로 굴러들어 왔을 때가 가장 경계해야 할 때다' 라는 격언이지요."

임문정은 여전히 모호한 대답을 했다.

"경계?"

"다른 말로 한다면 가장 위험한 때이기도 하다는 말이지요."

"이놈이?"

이제야 뭔가를 느낀 교길소는 은밀하게 공력을 끌어올렸다.

"비열한 놈. 내게 준 천 냥이 아까운 것이냐?"

교길소는 계속해서 공력을 끌어올리며 목소리를 높였다.

"여전히 감을 못 잡으시는군요. 은유적 표현의 묘미를 그렇게 이해 못하시다니……. 그럼 내가 가장 싫어하는 직접적인 표현으로 풀이해 드리지요."

임문정의 입술이 뒤틀렸다. 그리고 그 입술 사이로 한 단어가 흘러나왔다.

"살인멸구!"

그 말과 함께 임문정은 손을 들어올렸다. 그 손에 은은한 백광이 어려 있었다.

"애송이! 내가 먼저다!"

교길소가 한발 앞서 끌어올린 공력을 양손으로 뿌렸다.

치이익—

인두로 살을 지지는 듯한 거북한 음향과 함께 교길소의 손에서 먹물과 같은 기운이 뻗어 나왔다. 그 기운 속에서 비릿한 냄새가 같이 뿜어졌다. 흑수화타란 별호에 어울리는 독공이었다.

파츠츠츠—

임문정의 손에서도 백색 기류가 뻗어 나왔다.

"가소로운!"

교길소는 득의에 찬 고함을 질렀다.

불은 독의 상극이지만 그렇지 않은 경우도 있었다. 불을 만나야만 제대로 효력이 발생하는 독연(毒煙)이 그것이다. 방금 교길소가 뿜어낸 독은 연무독(煙霧毒)으로 열을 가해야만 효력을 발휘한다.

그동안 임문정의 손에서 뻗어 나오는 열강지기를 익히 알고 있던 교길소는 만일의 사태에 대비해 연무독을 손바닥 속에 흡수해 놓았던 것이다.

치이익—

연무독이 타 들어가는 소리와 함께 연기가 피어올랐다. 그리고 그 독연은 임문정의 전신을 뒤덮어갔다.

자신처럼 그 독에 면역이 되어 있거나, 자신이 만든 해독제를 가지고 있지 않은 이상 절대로 살아날 수가 없다.

이제는 놈이 비틀거리거나 쓰러질 일만 남았다.

그런데……

독연은 서서히 사라져 가고 있지만 놈은 쓰러지지 않았다.

교길소의 눈이 부릅떠졌다.

"돈은 독보다 강하지요."

임문정은 가슴에 매달고 있던 피독주를 꺼내 보이며 다른 한 손을 쾌속하게 내뻗었다.

우웅우—

예의 그 백색 기류가 교길소의 가슴을 두드렸다.

교길소의 가슴이 새하얀 빛을 내며 타올랐다. 그 속에서 금화 천 냥의 전표도 같이 타올랐다.

"종말의 순간이 점점 가까워지는군."

교길소의 주검을 보며 임문정은 음울하게 중얼거렸다.

"서왕문도들이 사라졌다고?"

휘주로 진격하던 중 보고를 받은 관일엽이 미심쩍은 얼굴로 말했다.

북제성 성주 일행을 절벽 아래로 매장시키기 위한 동방회의 계획이 실패한 후 북제성의 문도들은 휘주를 포위하듯 모여들었다.

백 명도 안 되는 북제성 문도들!

그러나 그들이 휘주로 모여들고 있다는 소식은 그 어떤 대군의 진격보다 큰 영향을 미쳤다.

제일 먼저 서왕문이 동요했다.

남패천 총단을 공격하던 옥령인들이 모두 철수하자 서왕문은 남패천과 무림맹의 군사들에게 오히려 역공을 당하게 되었다.

옥령인들이 떠나자 서왕문은 당장 수적 열세에 처하게 되었다. 그동안은 옥령인들이 그 모든 것들을 아무렇지도 않게 메워주었으나 옥령인이 떠난 빈자리는 쉽게 메워지지 않았다.

결국 그들은 패주하기 시작했다.

그들의 패주와 함께 휘주에 남아 있던 서왕문도들은 동요에 동요를 거듭하다가 곽자서가 동방회에서 더 이상 옥령인을 만들지 못한다는 소문을 빠르게 흘리자 마침내 어제 썰물처럼 사라졌다는 것이다.

"믿을 만한 소식인가?"

"현재로서는 그렇습니다."

곽자서가 확신 어린 어조로 말했다. 혈맥 속의 천형을 모두 걷어낸 그의 얼굴에는 그놈들이 죽치고 있어도 아무런 상관이 없다는 자신감이 어려 있었다.

관일엽이나 포종명, 등홍비 역시 그랬다. 그리고 그 제자들이자 진우청의 사질들인 청년들의 얼굴에도 단 한 번의 도약에 해라도 쏘아 떨어뜨릴 만한 기운이 충만했다.

"허튼 정보를 흘리고 배후를 칠 가망성은?"

관일엽은 신중함을 잃지 않고 계속 질문했다.

"그럴 가망성은 없습니다."

"왜 그런가?"

이번에는 포종명이 나서서 물었다.

"그들로서는 동방회에 더 얻을 것이 없습니다. 그러니 더 이상 협력도 무의미하지요. 또한 시간이 흐를수록 무림맹에 의해 퇴로가 차단당할 가망성이 크고, 무림맹이 아니더라도 겨울 한파가 몰아닥치면 떠나고 싶어도 떠날 수가 없습니다. 지금 떠나든지, 아니면 내년 봄까지 기다리든지 양자간 선택을 해야 하는데… 내년까지 기다릴 이유는 전혀 없습니다."

"그렇겠군. 그건 곧 자살 행위나 마찬가지니까."

곽자서의 설명을 들은 포종명이 고개를 끄덕였다.

"그놈들이야 떠나든 말든 이제 별문제가 아니네. 문제는 옥령인들이야."

관일엽의 표정이 무거워졌다.

서왕문도들이 물러나는 것도 무릅쓰고 휘주로 모두 불러들인 옥령인이 유가검보에 집결해 있다. 그동안 이곳저곳에서 많이 쓰러지긴 했지만 아직도 남은 옥령인이 백 명이 넘을 것이다.

어쩌면 그보다 더 많을지도 모른다.

다행인 것은 옥령지체를 타고난 여인이 쓰러져서 더 이상 만들지 못한다는 것이다.

관일엽은 고개를 돌려 진우청이 있는 곳으로 시선을 주었다. 모든 문도들의 표정은 날아갈 듯 밝았지만 유화결 곁에 있는 진우청의 표정은 어둡기만 했다.

옥령지체의 여인이 쓰러진 것은 자신들에게 있어서는 무엇보다 다행스런 일이었지만 진우청에겐 그렇지 않았다. 오히려 정반대로 점점 더 무거운 표정과 함께 초조해하고 있었다. 그래서 조금이라도 빨리 휘주에 도착하고자 제일 앞에서 말을 몰고 있었다.

"그들은 결국은 쓰러뜨려야 할 마물들이지요."

포종명이 말했다.

"그들을 쓰러뜨리려면 너무 많은 희생이 따를 것이네."

"그렇지요. 하지만 이젠 여유를 갖고 느긋이 기다리면 그 마물들이 결국은 뛰쳐나올 것이 아니겠습니까? 그때 한 놈 한 놈 차례대로 처치하면 되지 않겠습니까?"

포종명의 눈이 전의에 불탔다. 그러나 관일엽의 표정은 시종 무겁기만 했다.

포종명은 얼른 들뜬 기색을 지우고 사형의 시선을 쫓았다.

"저 아이는 어떻게 될까?"

검은 복면을 쓴 채 진우청의 옆에서 말을 몰고 있는 유화결을 보며 관일엽이 혼잣소리처럼 말했다.

말 위에서 고삐를 잡고 있었지만 텅 빈 눈과 부자유스런 움직임은

점점 위태로운 느낌마저 주었다. 이젠 옥령인으로서의 강함마저 없어
보이고 까딱하다가는 왕창 무너져 내릴 것 같은 느낌마저 주었다.

"저 아이 생각은 못했군요. 그러고 보면 마냥 여유있는 입장도 아닙
니다."

포종명이 한숨을 내쉬었다.

"신안강입니다!"

앞서 가던 운가목이 외쳤다.

모퉁이를 돌자 신안강을 지나 휘주가 저 멀리 펼쳐져 있었다.

진우청은 길게 심호흡을 했다.

이들 중 누구보다 저 강에 얽힌 사연이 많은 자신이었다.

그 사연이란 게 모두 죽음과 연관된 처절한 사투였기에 다시 보는
신안강은 반가움보다 가슴 한곳을 거북하게 만드는 느낌을 한발 앞서
전해주고 있었다.

며칠 전 탈출하며 무너뜨린 다리는 멀리서도 연결이 되어 있는 것으
로 보아 임시방편으로나마 보수가 된 모양이었다.

그 다리를 통해 그대로 마차를 몰고 말을 타고 휘주로 들어가면 될
것 같았다.

거기까지는 그렇게 쉽게 갈 수 있을 것 같았는데 그 다음부터는 어
떻게 될까?

그 다음부터란 바로 유가검보 한복판으로 들어가는 것이다.

그곳으로 들어가야 이여옥을 만나고, 또 유화결을 옛날로 되돌릴 방
법을 찾을 실낱같은 희망이라도 있는 것이다.

어쩌면 그건 자신 혼자만의 생각일지도 모른다.

혈유의 말대로 점점 돌이 되어간다던 이여옥은 이젠 완전히 돌이 되

어버렸을지도 모를 일이다.

"이랴!"

어느 순간 진우청은 세차게 말고삐를 흔들었다.

깜짝 놀란 말이 쏜살처럼 달려나갔다.

"사숙!"

경설형이 고함을 지르며 신형을 날렸다. 그 뒤를 을지소소와 운가목 등도 놀란 눈으로 따랐다.

"사제!"

곽자서가 급히 말을 달려와 진우청의 말고삐를 잡았다.

"침착하게, 사제!"

곽자서의 고함 소리에도 상관없이 진우청은 저 멀리 한곳에 시선이 고정되어 있었다.

비로소 곽자서도 진우청의 시선이 못 박힌 곳으로 시선을 돌렸다.

마차 한 대가 쏜살처럼 달려오고 있었다.

보통의 마차가 아니었다.

한 마리가 떨어져 나가고 일곱 필의 말이 끄는 마차는 겉보기에는 평범했지만 자세히 보면 온통 철갑으로 뒤덮여 있었다. 마부석까지 그런 모습이었다. 말 역시 갑주를 뒤집어씌워 완전무장을 하고 있었다.

백봉령주가 설계하고 만든 남패천의 철갑마차였다.

진우청은 한층 더 빠르게 말을 몰았다.

철갑마차에서도 이쪽을 보았는지 한 사내가 모습을 드러냈다.

"타우 사형이에요!"

을지소소가 소리를 질렀다.

타우의 뒤로 초하이와 다른 청년들도 모습을 드러냈다.

진우청은 남패천의 철갑마차 주변으로 그들의 모습이 보이는 것이 의아했지만 그런 심정은 묻어두고 계속해서 말을 달렸다.

마부석을 덮은 철판이 치워지고 오무평의 모습이 드러났다.

그리고 마차 안에서 또 한 사람의 모습이 드러나자 진우청은 치달리는 말의 속도를 줄였다.

유화성이었다.

진우청은 가슴이 쿵 무너지는 느낌을 받았다.

유화성이 동생 화결과 대면하게 된다면 어떻게 되는 것일까?

유화결은 형을 알아보기나 할까?

복면을 씌운 그대로 가만히 둔다면 유화성은 텅 빈 눈빛의 유화결을 알아보지 못할지도 모른다.

차라리 아무것도 밝히지 말고 서로를 모르게 두는 게 좋을까?

이미 너무 많은 것을 잃은 저 사내가 동생의 지금 모습을 보게 된다면……?

그건 너무 가혹한 일이었다.

"사숙……."

을지소소도 안절부절못하는 모습으로 진우청을 쳐다보았다.

그러는 사이 철갑마차와 유화성은 점점 가까워졌다.

말에서 훌쩍 뛰어내린 유화성은 북제성주를 향해 깊이 고개를 숙였다.

"정말 오랜만이다, 이놈아!"

태상호법 나유백이 진우청을 안을 듯이 달려왔다.

그 뒤로 팔대장로의 한 사람인 전국산도 모습을 드러냈다.

"오랜만입니다, 태상호법님. 그리고 전 장로님."

진우청은 유화성의 시선을 애써 외면하며 나유백과 전국산에게 인사를 건넸다. 그리고 그들을 북제성주에게 소개를 시켰다.

큰 소리로 고함을 지르던 나유백의 표정이 흠칫 굳어졌다.

말 그대로 지상 최고의 고수라 할 수 있는 사람과 마주하고 있는 것이다. 전국산 역시 나유백과 비슷한 표정으로 성주를 쳐다보았다.

북제성의 천형을 떨쳐 낸 성주의 모습은 그야말로 선인(仙人)을 방불케 했다. 그러면서도 지극함을 뛰어넘어 오히려 평범해 보이는 반박귀진의 기운이 온몸을 감싸고 있었다.

그 옆에서 서 있는 관일엽과 포종명 등도 하나같이 그런 모습이었다.

"허어!"

나유백이 불식간에 탄식을 토했다. 그의 눈이 감동으로 물이 들었다.

"내 살아생전에 북제성주님을 뵈올 줄은 몰랐소이다."

나유백은 성주에게 상체를 숙였다.

"같이 늙어가는 처지에 과례는 곧 비례나 마찬가지지요."

성주의 손에서 흘러나온 부드러운 기운이 나유백의 상체를 곧추세웠다.

"우청… 오라버니……."

마차 문이 열리고 온 상체를 붕대로 감싼 유화경이 백봉령주의 부축을 받으며 다가왔다.

야윌 대로 야위고 핏기 하나 없는 그녀의 모습은 그야말로 반쪽이 되어 있었다.

진우청은 잠시 그녀를 알아보지 못하고 눈을 멀뚱거렸다. 그러다 입을 딱 벌렸다.

"너… 너 대체……?"

진우청은 벌린 입을 제대로 다물지 못하고 고함을 질렀다.

유화경은 서 있는 것조차 위태로워 보였다.

진우청은 더더욱 기가 막힌 심정이 되었다.

유화경의 반쪽이 된 모습 때문이기도 했다. 그러나 더 큰 이유는 자신의 예상대로 옆에 서 있는 유화결이 형제 둘을 몰라본다는 것이다.

복면을 한 채 텅 빈 눈으로 유화경과 유화성을 쳐다보고 있는 유화결의 눈에는 아무런 생각이 어리지 않고 있었다.

진우청은 순간적으로 유화결을 죽도록 때려주고 싶은 충동을 느꼈다.

부질없었다.

정상적인 상태였다면 형과 동생을 위해서 지옥의 불길 속으로라도 뛰어들 녀석이 아니었던가?

그런 놈이 자신의 형제들을 몰라보는 것이 기가 막혔지만 그게 어디 그의 잘못인가?

그런 기막힌 심정이 들수록 임문정에 대한 증오심은 끝없이 높아만 갔다.

'그런데 이젠 어떡하지?'

진우청은 자신에게로 다가오는 유화성과 유화경을 보며 참담한 심정이 되었다.

이 자식이 당신 동생 유화결이라고 말할 수도 없었고, 그렇다고 아무 일도 없는 척 그들을 남남으로 대하게 놔둘 수도 없었다.

그때 예상치 못한 일이 벌어졌다.

“형……”

유화결의 입에서 억양 없는 소리가 흘러나왔다.

악령의 중얼거림처럼 높낮이는 전혀 없는 음성이었지만 그것은 예전 유화결의 목소리였다.

다가오던 유화성이 우뚝 걸음을 멈추었다.

유화성의 눈이 복면을 쓴 유화결의 전신을 훑었다.

처음부터 뭔가 이상한 느낌!

눈빛과 행동은 완전히 달랐지만 너무나 친숙한 체격과 몸매!

유화성은 주춤거리며 다가와 유화결의 복면을 벗겼다.

“아악―”

백봉령주가 비명을 질렀다.

온통 호랑이 얼굴 문신은 진저리쳐지는 옥령인의 표식이었다. 유화경도 너무 놀라 백지장 같던 안색이 투명하게 변하는 듯했다.

그러나 유화성은 꼼짝도 않고 유화결을 쳐다보았다.

“다시 말해봐! 뭐라고 했지?”

유화성은 태울 듯한 눈으로 유화결을 쳐다보며 소리쳤다. 그러나 유화결의 입에서는 더 이상 아무 말도 흘러나오지 않았다. 눈빛 역시 공허하게 유화성의 시선 너머를 쳐다보고 있었다.

아주 짧은 순간, 옥령인의 의식마저도 건드리지 못한 영혼 저 밑바닥에 가라앉아 있던 한 조각 의식이 입을 통해 표출되고는 까마득히 사라져 버린 모습이었다.

유화성은 벼락치듯 진우청에게로 고개를 돌렸다.

진우청이 눈을 질끈 감았다.

“어떻게 된 일인지 말해주게.”

‘이게 누군지 말해주게’가 아니었다. 유화성은 이미 이 옥령인이 유화결임을 확신하고 그 연유를 묻고 있었다.

진우청은 우두커니 선 자세 그대로 유화결에 얽힌 이야기를 들려주었다.

모든 사연을 들은 유화경이 의식을 잃고 주르르 쓰러졌다.

비명을 지른 백봉령주가 유화경을 안아 들고 마차 안으로 뛰어들어갔다.

영겁 같은 정적이 흘렀다.

그 정적의 끝에서 유화성의 목소리기 들려왔다.

“예상은 하고 있었네. 자네하고 같이 있었다니, 아니, 내 앞에 이렇게 나타났으니 불행 중 정말 다행일세.”

유화결보다 더 억양 없는 어조로 말한 유화성은 나무토막처럼 뻣뻣한 걸음걸이로 마차를 향해 다가갔다.

잠시 후 유화성의 손에서 한 초로인이 끌려 나왔다.

동방회주 임초건이었다.

임초건의 목을 걸머쥐다시피 끌고 나온 유화성은 그를 동생 앞에 세웠다.

“내 동생이오!”

유화성은 임초건의 고개를 유화결의 얼굴 앞으로 들이밀며 말했다.

“채색이 아주 잘되었군.”

임초건이 입술을 비틀며 말했다.

“그렇지요. 채색이 잘되었지요. 저런 걸 지우기 위해 남패천의 한 령주가 고생깨나 했지요.”

유화성은 억눌린 목소리로 말하고는 임초건을 바닥으로 집어 던졌다.

"이제까지는 당신 아들 앞에서 당신을 죽이려 했는데… 내 동생을 보고 나니 생각이 바뀌었소. 이젠 당신 앞에서 당신 아들을 죽이겠소. 그것도 며칠에 걸쳐 아주 천천히……."

신안강을 넘었지만 휘주는 쥐 죽은 듯이 고요했다.

예전에는 휘주는 물론, 신안강을 건너 둔계까지도 흉흉한 기운과 함께 간간이 감시의 눈초리가 느껴졌지만 지금은 신안강을 건너 한참 더 휘주 중심을 향해 들어왔는데도 그런 기운은 느껴지지 않았다.

그럴 만도 했다.

북제성 사람들의 휘주 진격과 함께 서왕문 무사들이 모두 떠나 버리자 동방회는 남은 옥령인들과 남은 무사들을 모두 유가검보에 집결시켰다.

유가검보는 예전보다 수십 배는 더 험지가 되어버렸지만 유가검보 밖은 마수가 걷혀진 셈이 되었다.

진우청과 유화성 일행은 신안강 변에서 조금 더 휘주 안쪽으로 들어온 어느 주루에서 여장을 풀었다.

북제성 사람들이라는 말에 객점 주인과 점소이, 숙주 등은 모두 도망쳐 버렸다. 자연 일행은 넓은 객점을 전부 차지하게 되었다. 그리고 인근의 민가에도 인기척이 느껴지지 않았다.

슥슥―

백봉령주의 손이 부지런히 움직였다.

예전에 생포한 옥령인의 얼굴에 새긴 호랑이 문신을 지우던 것과 똑같은 방법으로 유화결의 얼굴에 새긴 문신을 지우고 있는 것이다.

그때처럼 헝겊에 용액을 묻혀 수십 번을 거듭 닦고 나자 문신이 지워지기 시작했다.

"작은 오빠!"

유화경이 억눌린 울음을 토했다.

갈비뼈가 몇 대나 부러진 상태인 그녀는 울음마저 크게 터뜨릴 수 없었다.

마침내 유화결의 얼굴에서 진저리쳐지는 문신이 모두 씻겨져 나갔다.

"오, 오빠… 그런데 왜?"

유화경이 비명처럼 말했다.

문신이 씻겨진 후 잠시 예전의 모습으로 돌아왔던 유화결의 얼굴이 다 타버린 재처럼 칙칙한 회색빛을 띠어갔다.

청옥색의 푸른빛도 아닌 칙칙한 회색의 기운!

그것은 최근 유화결에게서 일어나고 있는 신체적인 변화와 연관이 있었다.

온몸 곳곳에서 나타나기 시작한 반점들!

그리고 녹아내리기라도 할 듯한 피부!

혈유의 말대로 일여 년간 옥령수 샘에서 제련된 여타의 옥령인과는 달리 유화결은 오로지 진우청을 죽이기 위해 속성으로 만들어진 옥령지왕이었다.

그 능력은 가히 옥령지왕이라는 단어가 무색했지만 수명은 한시적이어서 온몸 곳곳에서부터 그 증세가 나타났다.

"흐흐흑―"

유화경이 갈비뼈의 통증도 무릅쓰고 목 놓아 울었다.

"그만 울어라."

진우청은 유화경을 토닥거렸다.

"맨 얼굴도 그리 인상 좋은 놈이 아니었는데 뭘 그래. 차라리 이 얼굴이 나아……."

진우청은 들끓어오르는 심정을 가누고자 속에도 없는 소리를 했다.

"그 여인은 분명히 뭔가 방도를 마련해 놓았을 거야. 서찰의 마지막 부분은 그걸 적어놓았을지도 몰라. 그러니 너무 걱정 마."

진우청은 유화경을 억지로 안심시켰다. 그러나 자신의 마음은 반 푼도 확신이 서지 않았다.

자신의 서찰 마지막 구절처럼 돌이 되어가고 있다는 여인!

설사 만난다고 하더라도 어떻게 유화결을 예전의 모습으로 돌리고, 그 여인은 또 어떻게 살릴 수 있을까?

아니, 지금의 상황으로는 그곳에 도착하는 것이 가능하기나 한 일인가?

그러나 그런 내색마저 할 입장이 아니었다.

"정말, 정말 그런 거죠, 우청 오라버니? 오라버니는 언제나 우릴, 그리고 작은 오빠를 지켜주셨잖아요. 이번에도 꼭 그러실 거죠? 네, 오라버니?"

유화경은 애원을 하듯 진우청에게 매달렸다.

"모두 잘될 거야. 그러니 넌 네 몸부터 추슬러. 내가 볼 땐 저 녀석보다 네가 더 위태로워."

"제발, 제발… 우리 오라버니를… 흑흑!"

마침내 유화경이 진우청의 무릎께에 쓰러졌다.

진우청은 엉거주춤 그녀를 붙잡은 채 억눌린 한숨을 토했다.

“지금 인원만으로는 무리네. 예전처럼 놈들이 나돌아다니면 모르겠지만 거북이가 등껍질 속으로 몸을 감추듯 놈들은 유가검보 터전 안에 몸을 웅크리고 있네.”

관일엽이 고개를 흔들며 말했다.

이곳에 모인 북제성 인원은 전체 인원에 반도 채 되지 않았다. 그 인원만으로 유가검보 안으로 쳐들어가기에는 무리가 있었다.

놈들의 전면적인 공격 위험이 없는 지금은 오히려 이쪽에서 느긋하게 기다리며 장기전을 펼쳐 놈들을 점점 고립시키는 것이 최상의 선택이었다. 그러다 보면 무림맹의 군사들이나 남패천의 군사들이 합류할 것이다. 그럼 놈들은 자연히 궤멸될 것이다.

“그렇게 마냥 기다릴 수만은 없습니다.”

밤새 한잠도 못 잤는지 진우청은 충혈된 눈으로 나섰다. 평소라면 진우청 역시 느긋이 누워서 누구보다 오래 기다리겠지만 지금은 한시가 급한 심정이었다.

문신을 씻어낸 유화결의 얼굴은 오늘 아침 더 칙칙한 빛을 띠었다. 더구나 언제나 진우청 곁에 서 있는 자세마저 버리고 앉아 있을 때가 많았다.

기력마저 그만큼 떨어지고 있다는 말이었다.

“하지만 지금으로서는 도저히 방법이 없네. 열흘만 더 기다리면 무림맹의 군사들이 도착하네. 또한 남패천의 군사들도 올 것이네. 그때라면 총공격이 가능하네.”

관일엽이 타이르듯 말했다.

진우청은 머리를 감싸 쥔 채 한참 동안 서성거렸다.

“운 사질!”

진우청이 갑자기 운가목을 불렀다.

“왜 그러십니까, 사숙?”

운가목이 바람처럼 달려왔다.

“밖으로 나가서 심부름을 할 만한 개방도 한 사람을 찾아봐!”

“개방도는 왜?”

“어서!”

진우청의 벼락같은 고함에 더 묻지 못한 운가목이 밖으로 신형을 날렸다.

“사숙, 안 됩니다.”

경설형이 양팔을 벌리며 진우청의 앞을 막았다. 그 옆으로 을지소소와 조송령, 운가목 등이 울타리를 만들어 진우청을 막아섰다. 그 뒤에서는 성주와 관일엽, 포종명 등이 난감한 표정으로 상황을 주시하고 있었다.

“비키시오!”

진우청이 단호한 음성으로 말했다. 그러나 경설형과 을지소소 등은 더 단호하게 막아서고 있었다.

개방도 하나를 불러와 한 장의 서찰을 적어 임문정에게 보낸 진우청은 그 답장을 받은 후 유화결, 유화성만 대동한 채 유가검보로 가려 하고 있었다.

그건 그야말로 자살 행위이다.

임문정 그 독사 같은 놈이 서찰의 내용대로 무사히 통과시켜 준다는 보장도 없고, 설사 그렇다 하더라도 옥령수 샘이 있는 유가검보의 한복

판은 무간지옥만큼 험지였다. 또한 그곳은 해천 노인의 말대로 엄청난
양의 폭약이 설치되어 있을 가능성이 높았다.

진우청 역시 그걸 모를 리 없었지만 더 이상 기다릴 수 없었다.

진우청은 동방회주 임초건을 인질로 내세워 자신의 계획을, 그러니
까 이여옥을 만나게 해주면 임초건을 풀어주겠다는 계획을 관철시키려
했다. 아무리 독사 같은 놈이지만 자기 부친이 인질로 잡혀 있는 이상
함부로 할 수 없을 것이라는 계산하에서였다.

"그곳으로 가면 진 형은 죽습니다."

해천, 백운 노인과 함께 진우청의 숙소로 같이 온 여조명이 앞으로
나서며 말했다. 그는 유가검보 안의 사정에 대해서 몇 가지 위험 요소
를 더 감지하고 있는 듯했다.

"여 형이라고 천년만년 살 수 있는 건 아니오. 앞으로 백 년 후엔 여
형도 죽소."

진우청은 담담히 말했다.

"하지만 개죽음은 피해야……."

"말 함부로 하지 마시오!"

시종 가라앉아 있던 진우청의 눈이 불을 뿜었다.

"어떤 것이 역사에 길이 남을 영웅적인 삶이고, 어떤 것이 개죽음인
지는 난 모르겠소. 자기 친구 하나, 자신을 기다리는 여인 하나 제대로
지켜주지 못한다면 천 년을 잘 먹고 잘산다 해도 그것이야말로 개 같
은 삶이고 개 같은 죽음이라 생각할 뿐이오."

투박스럽지만 조금도 주저없는 진우청의 말에 여조명은 더 이상 아
무 대꾸도 못하고 입을 다물었다.

"그럼 남은 사람들은 어떡해요, 사숙?"

조송령이 눈물을 글썽이며 말했다. 진우청의 말이라면 뭐든 따르는 그녀마저도 지금 진우청의 행보가 사지로 뛰어드는 것이나 마찬가지임을 느낀 것이다.

"기필코 살아 돌아올 테니 너무 걱정 마."

진우청이 조송령의 어깨를 두드렸다.

"다시 한 번 생각해 보게, 사제. 이건 말도 안 되는 일이야."

관일엽과 곽자서도 만류에 만류를 거듭했지만 진우청은 뜻을 굽히지 않고 용곤과 호곤을 등 뒤에 꽂았다.

자신의 애병을 쳐다보며 해천 노인은 망연한 표정을 지었다. 처음 진우청에게 용호곤을 넘겨줄 때는 이런 일이 생길 것이라고는 꿈에도 생각지 못했다. 씨줄, 날줄처럼 얽힌 인연의 끈들과 예측 불가능한 인간의 운명은 이 년도 안 된 시간 사이에 너무 많은 질곡을 만들었다. 그리고 그 운명의 격류가 또 어떤 모양의 질곡을 만들어낼지 한 치 앞도 예상할 수 없었다.

"그럼 우리도 같이 가요."

을지소소가 체념한 목소리로 말했다.

진우청은 묵묵히 그녀를 바라보며 고개를 흔들었다.

"그러면 놈도 약속을 지키지 않을 거요."

"그런 인간의 약속을 어떻게 믿어요!"

을지소소가 발작적으로 소리를 질렀다.

"독사 같은 놈이라도 효심은 지극한 모양이오. 이제껏 여기 있는 우리를 공격 안 한 것도 그렇고, 철갑마차를 공격 않고 이곳까지 오게 한 것 등을 보아도 자기 부친이 풀려나기 전까진 나에게 함부로 못할 것이오. 그러니 을지 사질은 섣부른 짓 하지 말고 다른 분들과 함께 여기서 기다리시오."

　진우청은 모든 사람들의 걱정에도 아랑곳 않고 벌떡 몸을 일으켰다.

　앉아 있던 유화결이 진우청을 따라 몸을 일으켰고 유화성이 그 뒤를 따랐다.

　유화경과 백봉령주, 을지소소는 얼굴을 감싸 쥐며 눈물을 흘렸고 성주는 망연한 눈으로 세 사람의 뒷모습을 쳐다보고 있었다.

第九十三章

천혈의 여인

철혈의 여인

"미친 짓 아닌가?"

세 사람만 걸어가게 되었을 때 유화성이 툭 던지듯이 진우청에게 말을 걸었다.

"겁이 나십니까?"

진우청이 대꾸했다.

"걱정이 되네."

"제가 말입니까?"

"아닐세. 자네야 걱정 같은 것과는 거리가 먼 사람 아닌가?"

유화성이 고개를 흔들었다.

"그럼 누가 말입니까, 이 자식 말입니까?"

진우청은 유화결에게로 시선을 돌렸다.

"그것도 아닐세. 자네가 옆에 있는데 무슨 걱정인가. 내 걱정은 그게 아니라 자네가 잘못되면 아직 도착하지 않은 북제성 문도들은 어떻게 되나?”

유화성의 대답에 진우청은 어이가 없는 듯 입을 벌렸다.

“잘못되긴 누가 잘못된단 말입니까? 그런 엉뚱한 걱정은 그만 하고 당면한 걱정부터 하는 게 어떻습니까?”

진우청은 버럭 고함을 질렀다.

당면한 걱정이 너무 컸기에 유화성은 현실과 많이 동떨어진 걱정을 하며 현재의 순간을 망각하려 하는 것 같았다. 진우청 역시 목소리를 높이며 그에 동조했다. 한참을 걸어왔지만 쥐새끼 한 마리 보이지 않는 을씨년스런 거리는 그렇게라도 하지 않으면 지옥길이나 마찬가지로 느껴질 것이다.

“은자 세 냥과 동전 몇 닢의 가치가 이렇게 큰 것일 줄 몰랐네.”

유화성이 다시 말을 건넸다.

“그러게 말입니다. 모르는 사람이 던져 주는 돈은 절대로 받지 말라던 조부님의 가르침이 이렇게 뼈에 사무칠 줄 몰랐습니다.”

진우청은 유화성과 처음 만났던 객점을 쳐다보며 답했다. 그때는 밤이 깊도록 왁자지껄하던 그곳 객점 역시 쥐 죽은 듯이 조용하기만 했다.

“어떤 여인인가?”

유화성이 다시 뜬금없는 질문을 던졌다.

“누구……?”

진우청은 얼핏 갈피를 못 잡다가 이여옥의 모습을 떠올렸다.

“옥령지체라 하지 않았습니까.”

“을지 소저로부터 어제 좀 더 들었네. 그녀도 어떻게 자네가 그 여인을 만나고, 어떤 사연이 있었는지는 모르더군."

"한 번도 본 적 없습니까? 같은 동네에 살면서……."

진우청은 약간 의외라는 음성으로 말했다.

"아주 어릴 적, 먼발치에서 한 번밖에 본 적이 없네. 밖으로 잘 나오지 않는 여인이라서 말일세. 나 역시 그렇고……."

"매일 술집에 살던 사람이 밖으로 안 나왔다니요?"

진우청이 실소를 흘리며 말했다.

"술집 밖으로 나간 일이 별로 없다는 말일세."

유화성의 대답에 진우청은 입맛을 다셨다.

생긴 건 그렇지 않은데 대화를 해보면 언제나 예측을 불허하게 하는 사내였다. 가혹한 운명만 아니었으면 세상에서 가장 유쾌하고 세상 모든 사람의 호감을 한 몸에 받았을 사내였다. 어쩌다가 이런 사내에게 그런 가혹한 운명이 따라다니는지 정말 모를 일이었다.

"인간이 그렇게 서럽게 울 수도 있는 존재란 걸 그 여인을 통해 처음 알았습니다. 그리고 안아 들었을 때 그렇게 가벼웠던 느낌도 처음이었고……."

"그새 안아도 봤나?"

유화성은 입가에 짓궂은 미소를 피워 올리며 답했다.

"그냥 말없이 갈 길만 가는 게 낫겠습니다."

진우청은 다시 한 번 입맛을 다시며 앞서 나갔다.

끼이익—

유가검보의 철제 대문이 귀곡성을 지르며 열렸다.

여기까지 오는 동안 시종 담담하던 유화성도 이때만큼은 평정심을 유지할 수 없는지 눈빛이 어지럽게 흔들렸다.

애초의 유가검보 대문은 이런 철문이 아니었다.

아무런 채색이 없이 나뭇결을 그대로 살린, 은행나무로 만든 대문이었다.

작년의 참사 때 그 대문이 부서지고, 놈들은 이런 괴물 같은 철제 대문을 달아놓은 것이다.

담장 역시 마찬가지였다.

옛날의 운치있던 모습은 사라지고, 세 배는 더 쌓아 올린 높이의 담장 끝에는 쳐다만 보아도 소름이 끼치는 칼날들이 빽빽이 꽂혀 있었다.

절정고수라 하더라도 이 담장은 뛰어넘을 수 없을 것 같았다.

세 사람이 들어서자 육중한 철문이 또 한 번 귀곡성을 울리며 닫혔다.

"으음!"

유화성의 입에서 마침내 신음이 흘렀다.

대문 안쪽의 건물 역시 예전 유가검보의 모습은 찾아볼 수조차 없었다.

고풍스러우면서도 웅장하게 지어진 본채와 별채는 그 흔적조차 보이지 않고 그곳에는 건물이라고 하기보다는 흉물스럽기 그지없는 철구조물이 자리하고 있었다.

그것은 마치 풍뎅이의 등껍질 같았다. 그러면서도 표면에는 쇠침들이 길게 뻗어 나와 송충이 같은 느낌도 주었다.

송충이 껍질을 둘러쓴 풍뎅이!

유가검보 대문 안의 건물은 모조리 그런 모습으로 대체되어 있었다.

그 건물은 안에서 문을 열어주지 않는다면 밖에서는 수천 근의 화약을 터뜨려도 열리지 않을 것 같았다.

그 건물 주변 곳곳에 매복의 기운이 느껴졌다.

유화성은 자신도 모르게 주먹을 불끈 쥐었다가 낮은 호흡과 함께 들끓어오른 감정을 추슬렀다.

"저쪽으로……."

철문을 연 사내들 중 하나가 몸수색을 한 후 손을 들어 풍뎅이 같은 건물 한쪽을 가리켰다.

끼이익―

흉물스런 내부 건물의 출입문 역시 귀곡성을 울리며 열렸다.

그 안에서부터 음습한 기운이 후욱 밀려왔다.

여러 가지 화합물과 약초, 독초가 어우러진 냄새였다.

자신도 모르게 인상을 찌푸린 진우청은 잠시 숨을 멈추었다가 건물 안으로 들어갔다.

건물 안으로도 몇 개의 철문이 더 앞을 막고 있었다.

족히 다섯 치는 될 만한 두께의 철문들이었다.

그건 아무리 고수라도 무공으로는 파괴할 수 없는 두께의 문이었다.

"다 왔소!"

다시 한 개의 철문이 열리며 대낮같이 밝은 빛이 쏟아졌다.

횃불이나 장명등 불빛이 아니었다.

자연광에 가까운 빛은 천장에 박힌 수많은 야명주가 발산하는 빛이었다.

저렇게 많은 야명주가 세상에 존재했는지 의심이 갈, 아니, 세상의 모든 야명주가 이곳에 모여 있지 않나 의심이 갈 정도였다.

돈의 위력이란 것이 새삼 느껴졌다.

야명주의 빛에 익숙해진 망막 속으로 이번에는 푸른빛이 쏟아졌다.

'옥령수!'

진우청은 그것이 옥령수임을 직감했다.

옥령인이라는 마물을 탄생시킨 청옥색의 물!

그 저주받은 물이 실내 한가운데서 요요하게 빛을 발하고 있었다.

유화성의 눈빛이 어지럽게 흔들렸다.

자신의 가문 한가운데로 솟아오르는 이 물 때문에 가문은 참극을 당했다. 할 수만 있다면 모조리 폭파시켜 버리고 싶은 눈빛이었다.

진우청도 한참 동안 옥령수 샘을 쳐다보았다.

그러다 내심 엇! 하고 외마디 비명을 질렀다.

유화결이 첨벙하고 그 옥령수 샘으로 뛰어들었다.

안내하던 사내들도 깜짝 놀란 모습이었지만 유화결은 어느새 옥령수 샘 한가운데로 가서 편안하게 누운 채 둥둥 떠 있었다.

여전히 텅 빈 눈동자로 보아 무슨 생각이 있어 한 행동은 아닌 것 같았다. 본능적으로, 무엇에 이끌리듯 한 행동이었다.

그렇게 옥령수 샘에 몸을 담그고 있자 유화결의 얼굴에 어린 회색빛이 빠르게 사라지기 시작하며 그 자리에는 보통 사람 같은 살색의 기운이 감돌았다.

"역시 그랬었군!"

실내 한쪽에서 임문정이 모습을 드러냈다.

먼지 한 점 묻지 않은 화려한 백의에 자신만만한 빛을 머금은 그 얼굴은 작년과 조금도 다르지 않았다.

그는 옥령수 샘 속에 떠 있는 유화결에게 시선을 고정시키고 있었다.

진우청을 죽이러 간 유화결이 진우청과 함께 온 것을 보며 많은 것을 짐작하는 모양이었다.

진우청은 만약의 경우에 대비해 유화성 곁으로 몸을 밀착시켰다.

누구보다 냉철한 사내였지만 지금은 도를 뛰어넘는 상황이 될 수도 있었다.

그러나 그건 진우청의 기우였다.

유화성은 호흡만 조금 흐트러졌을 뿐 미동도 않고 서 있었다.

"모든 것이 옥령지왕을 저런 모습으로 만든 것과 귀결되는군."

아직까지도 유화결에게 온 시선을 고정시킨 임문정은 독백처럼 중얼거렸다.

진우청을 죽이기 위한 한 가지 목적으로 탄생시킨 옥령지왕이 진우청의 가장 큰 호위병으로 변해 있었다.

그렇게 만들 수 있는 사람은 옥령지체인 이여옥뿐이다. 옥령지왕을 만든 이후 그녀는 쓰러져서 돌처럼 굳어가고 있었다.

임문정의 검미가 몇 번이나 꿈틀거리다가 제자리를 찾았다.

"이런……! 결례했소."

고개를 돌린 임문정이 두 사람을 향해 인사를 건네왔다.

"결례야 예전부터 수없이 했지."

진우청이 딱딱한 어조로 말을 받았다.

"그렇소? 그렇다면 이런 인사는 필요없겠군요. 우선 좀 앉으시오."

일정한 거리를 유지한 임문정이 자리를 권했다.

"그런 건 필요없고… 이 소저에게 안내나 하시오."

진우청이 고개를 흔들며 말했다.

"가는 것이 있다면 오는 것이 있어야 하지요. 그전에 내 부친이 무사히 있다는 증표를 보여주시겠소?”

임문정은 유화성을 보며 말했다.

유화성은 품속에서 뭔가를 끄집어내어 임문정에게 던졌다.

“자네 부친 치아일세. 충치를 갈아내고 아주 특별한 보석을 박았더군. 잘 살펴보면 부친 것이 확실하다는 것과 오늘 뽑았다는 것을 알 수 있을 걸세. 예전에 한차례 내 검을 쑤셔 넣어 뽑아버리고 남은 몇 개 중 하나일세. 그걸 오늘 한 개 더 뽑았다네. 잇몸이 퉁퉁 부어 뽑기가 꽤나 힘들어서 부친의 고생이 심했지.”

유화성은 임초건을 걱정하는 듯한 음성으로 말했다.

임문정의 검미가 훨씬 더 심하게 꿈틀거렸다. 그러나 순식간에 평정을 찾고 입을 열었다.

“그랬군요. 엄살이 좀 심한 노인네라 더 힘들었을 것이오. 안 그래도 더 좋은 보석으로 바꿔 만들어 드릴까 생각했었는데…….”

“불가능할 걸세. 내 칼 솜씨가 서툴러 잇몸까지 후벼 파버린 상태라…….”

“…….”

두 사람의 불꽃 튀는 설전을 지켜보며 진우청은 가슴이 울렁거려 옴을 느꼈다.

유화성의 심정을 모르는 바는 아니나 이곳은 범의 아가리 속이다. 저 독사 같은 놈이 어느 순간 이성을 잃고 설친다면 이곳이 곧바로 무덤이 될 것이다.

그러나 독사들은 극한의 상황에서도 이성을 잃지 않는 법이다.

“잘 알겠소. 그 은혜는 차후에 섭섭지 않게 갚겠소. 이리 오시오.”

임문정은 성큼 등을 돌려 걸음을 옮겼다.

옥령수 샘이 있는 방 한쪽으로 또 다른 방이 있었고 임문정은 그곳으로 진우청을 안내했다.

"물렁탱이!"

진우청은 유화결을 불렀다.

이젠 눈까지 지그시 감고 옥령수 속에 떠 있던 유화결이 그대로 몸을 날려 진우청 뒤를 따랐다. 그 모습은 여기 올 때까지의 기력없던 모습이 아니었다. 처음 봤을 때 청의를 입은 옥령인마저 쉽게 무너뜨리던 그 극강한 모습이었다.

작은 방으로 들어갔을 때 진우청은 자신도 모르게 걸음을 멈추었다.

이여옥!

그녀가 그곳에 있었다.

수정관 속에 옥령수가 가득 담겨 있었고 그 속에 그녀가 누워 있었다.

진우청은 잠시 동안 자기 자신마저 망각한 채 그녀를 쳐다보았다.

회색빛을 띠는 유화결과는 달리 그녀의 얼굴은 푸른빛을 띠고 있었다.

청옥색 옥령수의 빛이 비친 때문에 그런 것이 아니었다.

돌이 되어간다던 혈유의 말처럼 그녀는 청옥으로 변해가는 모습이었다.

진우청의 망막 속으로 그녀의 다리가 비춰졌다.

뒤틀린 채 걸음도 제대로 못 걷던 그 다리가 아니었다.

조금도 뒤틀리지 않고 곧게 뻗은, 그러면서도 어떤 여인 못지않게 성숙하고 아름다운 다리가 치마 아래로 윤곽을 드러내 있었다.

진우청은 숨이 멎는 느낌이었다.

옥령수의 청옥빛이 전신을 감싼 그녀의 모습은 인간이 아니라 마치 옥을 깎아 만든 조각상 같았다.

눈이 시릴 정도로 아름다웠다.

지금 그녀에 대한 느낌은 더 이상은 어떤 표현으로도 형용할 수 없었다.

가혹할 정도로 슬픈 운명을 타고난 여인이기에 그 아름다움은 진한 슬픔을 머금고 있었다.

그렇게 눈이 시릴 정도로 슬프게 빛나는 아름다움 속에서 그녀는 잠이 든 듯 누워 있었다.

진우청은 당장이라도 그녀의 이름을 불러 깨우고 싶었지만 가슴에 만근 무게의 바윗덩어리가 얹힌 것처럼 아무런 말이 나오지 않았다.

청옥빛이 감도는 그녀의 얼굴 위로 처음 만났을 때의 모습이 겹쳐져 왔다.

너무도 그윽한 봄밤의 호금 소리에 안간힘을 쓰며 춤을 추려 하던 슬픈 몸짓!

춤을 추게 해주었을 때 피를 토해내듯 오열하며 들썩이던 가녀린 어깨!

언젠가 한 번만 더 춤을 추게 해달라며 절벽에 매달린 사람처럼 애원하던 그녀!

그녀를 다시 만나고 나서야 비로소 그녀가 자신의 가슴속에 얼마나 깊이 자리하고 있는지 알 것 같았다.

산더미처럼 거센 풍랑 앞에서 한시도 편할 날 없이 부대끼며 살아온 나날들이었기에 순간순간 잊고 있을 때도 많았지만 가슴 밑바닥 속에는 언제나 그녀의 모습이 자리하고 있었다.

온갖 풍랑들을 헤치고 이제 다시 만났는데…….

진우청은 억장이 무너지는 느낌에 자신도 모르게 가슴을 두드렸다.

소리가 울리도록 연속해서 두드렸지만 가슴 위에 얹힌 만근 바위는 치워지지 않았다.

그녀 앞에 펼쳐진 운명은 왜 이리도 가혹한가?

춤 한 번 추는 것조차 온 영혼으로 갈구해야 했던 삶!

이젠 그 마지막 순간마저 이렇게 슬픈 빛으로 스러져 가는 것인가?

진우청은 눈을 질끈 감았다.

너무 슬픈 그녀의 모습을 더 이상은 쳐다볼 수가 없었다.

"공자님!"

갑자기 진우청의 뇌리 속으로 한줄기 음성이 들렸다.

진우청은 깜짝 놀라 눈을 뜨며 이리저리 두리번거렸다.

유화성이나 임문정은 그 소리가 들리지 않는지 아무런 움직임을 보이지 않고 있었다. 오히려 유화결은 뭔가 감응됐는지 상체가 흔들렸다.

"오셨군요…….."

그 음성이 다시 들려왔다.

진우청은 이번에는 내색을 않고 그 음성에 온 의식을 집중했다.

고막으로 들리는 음성이 아닌, 머릿속에서 곧장 울리는 음성!

그리고…….

어딘지 낯설지 않은 음성!

어느 순간 진우청의 상체가 눈에 띄게 흔들렸다. 아무도 진우청을 주시하지 않고 있었기에 모를 뿐이었다.

오랜 기억 밑바닥에 있는 그 음성은 이여옥의 음성이었다.

분명 그녀의 음성이었다.

그런데 어떻게……?

어떻게 그녀의 음성이 머릿속에서 울린단 말인가?

진우청은 두 배는 더 크게 뜨여진 눈으로 이여옥을 쳐다보았다.

"돌이 되어가는 육체 속에 갇혀 공자님을 볼 수는 없지만 영혼으로 느낄 수는 있습니다."

이여옥의 목소리가 뇌리 속에서 다시 울렸다.

진우청은 자신이 꿈을 꾸는 것이 아닌가 하는 생각도 하다가 다시 신경을 집중했다.

영능력이 뛰어난 여인이기에 이런 일도 충분히 가능할 것이다.

그렇게 생각하니 가슴이 쿵쾅거렸다.

돌이 되어 죽은 것이나 다름없다고 생각했던 여인!

그 여인이 의식만큼은 똑똑히 깨어 있었다. 그리고 자신의 존재를 인식하고 있었다.

"공자님이 오시는 날을 목마르게 기다리면서도 공자님께서 모든 것을 잊어버리고 이곳에 오지 않기를 간절히 빌었습니다. 이젠 공자님을 곁에 두고도 쳐다볼 수조차……."

이여옥의 음성이 급히 끊어졌다.

"시간이 없답니다, 공자님! 돌이 되어서 간직해 놓은 내 마지막 의식도 얼마 지나지 않아 흩어질 것입니다. 그전에……."

쾅—

수정관 뚜껑이 벽으로 날아가며 박살이 났다.

누가 말릴 사이도 없이 수정관을 부숴 버린 진우청은 이여옥을 안아 들었다.

“멈춰!”

임문정이 고함을 질렀다.

역겨울 정도로 냉정함을 유지하던 그의 얼굴도 이번만큼은 하얗게 탈색되어 있었다.

“비켜!”

진우청이 막아서는 임문정의 복부를 걷어찼다.

퍼억!

갑작스레 복부를 걷어차인 임문정이 벽으로 날아갔다.

휘익―

벽을 박차고 공중제비를 돈 임문정이 미친 듯이 쌍장을 갈겼다.

가을 하늘의 뭉게구름 같은 기운이 구렁이처럼 꿈틀거리며 진우청에게로 날아들었다.

퍼엉―

유화결이 쌍장을 뻗으며 그 기운을 막았다.

“네놈 부친의 목숨은 포기한 모양이지?”

유화성도 유화결 곁에 막아서며 차갑게 외쳤다.

한 번 더 장력을 발출하려던 임문정이 자신의 손을 쳐다본 후 아무 일 없었다는 듯 아래로 내렸다.

“미안하오. 여태껏 살아오면서 누군가에게 걷어차인 적이 없어서 잠시 이성을 잃었소.”

임문정은 복부에 찍힌 커다란 발자국을 털어내며 말했다.

진우청은 임문정을 거들떠보지도 않은 채 이여옥을 안고 걸음을 옮겼다.

이번에는 진우청의 발이 미치지 못할 만큼 충분한 거리를 두고 임문정이 다시 앞을 막아섰다.

"제자리에 돌려놓으시오!"

임문정이 협박을 하듯 말했다.

"다시는 네놈에게 넘겨주지 않는다!"

진우청은 계속해서 앞으로 밀고 나갔다.

"옥령수 샘에서 멀어지면, 아니, 이젠 옥령수 속에 하루 종일 몸을 담그지 않으면 그녀의 안전을 보장할 수 없소."

임문정이 뒷걸음질을 치며 빠르게 말했다.

"더 이상은 네놈이 상관할 일이 아니야. 네놈은 그럴 자격이 없어."

"당신은 무슨 자격으로……."

임문정이 어이없다는 표정으로 말을 받았다.

"내 여인이니까……. 너무 둔해서 처음에는 그걸 몰랐지."

진우청의 말을 들은 임문정이 일순 멍하니 굳어졌다.

"와— 하하하!"

옆으로 비켜선 임문정이 발작적으로 웃음을 터뜨렸다. 그 웃음소리는 그칠 줄 모르고 한참을 이어졌다.

"큭큭! 그랬군. 그래서 모든 것이 이렇게 복잡하게 얽혀 버렸군. 하하하!"

임문정은 실성한 사람처럼 계속 웃음을 토했다. 그러는 사이 진우청은 옥령수 샘을 지나 넓은 실내의 문 앞에 섰다.

"얼마나 갈 수 있으리라 생각하시오?"

웃음을 그친 임문정이 팔짱을 끼며 내뱉었다.

"평소에도 그 여인은 인근 백 리 밖을 나가지 못했소. 하물며 지금은 이 옥령수 샘에서 일 리만 떨어져도 당장 온몸에서 반응이 나타날 것이오."

"그건 내가 알아서 한다. 차라리 그렇게 죽더라도 네놈 곁에 있는 것보단 나아. 네놈은 네 부친이나 돌려받아라."

진우청은 앞을 막고 있는 문을 걷어찼다. 문이 죽는소리로 비명을 토했다.

"잘 알겠소. 어차피 더 이상 나에게도 필요없는 존재가 되어버린 여인이오. 당신에게 더 절실히 필요하다면 당신이 데려가시오. 대신 내 부친은……."

"돌려보내겠다."

"믿겠소!"

임문정이 손을 흔들었다. 그러자 진우청 앞의 철문이 육중한 소리를 내며 열렸다.

진우청은 그 통로 속으로 걸음을 옮기려다 급히 뒤로 물러섰다.

송곳 같은 경기 한줄기가 통로 속에서 뻗어 나오고 있었다.

통로 속에서 두 명의 노인이 걸어 들어왔다. 한 명의 노인과 한 명의 노파였다.

"비열한!"

진우청이 고개를 돌려 임문정을 쳐다보았다.

임문정의 이마가 일그러졌다.

"여긴 어쩐 일이시오?"

임문정의 표정과 질문 내용으로 보아 두 노인의 출현은 그로서도 뜻밖의 일인 모양이었다.

"약속이 다르군."

완전히 실내의 밝음 속으로 들어온 두 노인 중 한 노인이 말했다.

진우청은 두 노인을 뚫어져라 쳐다보았다.

흰 수염이 온 얼굴을 가린 노인은 깡마른 얼굴에 큰 키로, 온몸 곳곳으로 창칼 같은 살기가 자연스럽게 흘러나오고 있었다.

그 옆에 선 노파 역시 날카로운 눈빛과 함께 갈아놓은 칼 같은 기운을 풍기고 있었다.

노인과 다른 점이 있다면 보통 키에, 머리는 눈처럼 희었지만 곱게 뒤로 빗어 넘겨 용모가 환하게 드러났다.

주름이 가득한 모습임에도 미태가 느껴지는 노파는 젊었을 때는 대단한 미모였을 것임을 짐작케 해주었다.

그 노파의 눈빛이 찰나지간 진우청의 시선과 얽혔다가 멀어졌다.

'척백대!'

진우청은 이들의 기도가 척백대 부대주의 기도와 흡사함을 느꼈다.

"옥령인의 제조법은 내게 넘긴 것으로 알고 있다. 그게 아니더냐?"

노인은 나직하지만 실내를 가득 채우는 음성으로 말했다.

"제조비법은 벌써 넘기지 않았습니까?"

"간교한 놈! 옥령지체가 없이 어찌 옥령인을 만든단 말이냐?"

임문정의 대답이 끝나자마자 노인이 일갈을 터뜨렸다. 진우청은 그들의 대화에서 노인의 정체를 확신할 수 있었다. 옥령인의 제조비법을 최근에 손에 넣은 자는 척백대 대주란 소문이 은밀히 퍼져 나가고 있었다.

"옥령지체는 어차피 쓸모가 없어져 버렸습니다."

"쓸모가 있을지 없을지는 내가 결정한다."

노인의 눈이 형형한 살기를 뿜어냈다.

"이미 결정된 일이오."

“그 결정 역시 내가 한다.”

노인은 단호한 목소리와 함께 진우청에게로 시선을 돌렸다.

“후후!”

노인의 입에서 메마른 웃음이 흘러나왔다.

“척백대의 미래를 위해 기필코 처단해야 할 놈이 제 발로 기어들어 왔구나.”

척백대주 형옥신은 시체를 쳐다보듯 진우청을 쳐다보았다.

진우청으로 인해 북제성이 양지로 나와 무림의 깊은 숲으로 스며들었고, 진우청으로 인해 가만히 두어도 혈맥이 썩어 사라져 버릴 백인대가 환골탈태나 마찬가지의 모습으로 재탄생했다는 정보를 입수했다.

하지만 그 수는 아직 반이 되지 못한다. 이놈을 죽이면 그 반은 없는 것이나 마찬가지이다. 그러면 해볼 만한 것이다.

백인대가 사라진다면 대업을 훨씬 쉽게 이룰 수 있다. 그러기 위해서라면 저놈을 기필코 이 자리에서 죽이고 옥령지체를 손에 넣어 옥령지체에 남아 있는 마지막 힘으로 자신이 필요로 하는 최소한의 옥령인을 만들어야 한다. 물론 자신의 원하는 옥령인보다는 많이 부족하겠지만 그것만으로도 충분하다.

“내려놓아라!”

형옥신이 진우청을 향해 단호한 음성으로 말했다.

“비키시오!”

진우청은 마주 고함을 질렀다.

“말로는 안 될 놈이로구나.”

형옥신이 진우청을 향해 신형을 움직였다.

그때 덜컹! 하는 소리와 함께 벽인 줄 알았던 곳에서 문이 열리며 그 속으로부터 열 명의 옥령인이 뛰쳐나왔다.

하나같이 청의를 걸친 옥령인들!

이들은 제일 나중에 만들어진 옥령인으로 초기의 옥령인에 비해 두 배는 더 강했다.

"네놈이 감히?"

형옥신의 탈색된 수염이 부르르 떨렸다.

"당신은 내 부친의 목숨을 위태롭게 하고 있소."

임문정이 찌르듯이 형옥신을 쳐다보았다.

"내 부친이 이곳으로 오고 난 후엔 어떤 짓을 해도 좋소. 그러나 그 이전엔 절대 용납 못하오."

임문정은 다시 손을 흔들었다.

옥령인이 빠르게 형옥신과 노파를 향해 다가갔다.

"이 마물들을 물려라. 그렇지 않으면 이곳을 모두 날려 버리겠다."

형옥신이 품속에서 주먹만 한 화탄 하나를 꺼냈다.

"그걸로 뭘 할 수 있으리라 생각하오? 이곳은 대포로 하루 종일 포탄을 쏘아댄다고 해도 끄떡없을 곳이오."

임문정이 콧방귀를 뀌었다.

"멍청한 놈. 내가 실험실에서 실험만 한 줄 아느냐? 그동안 혈유란 네놈의 심복을 구워삶았지. 황실 어의의 의술로 천형을 고쳐 준다는 조건과 함께 이곳 지하 곳곳에 이런 화탄을 수백 개도 넘게 설치했다. 이곳에서 폭음이 울리면 부하들도 심지에 불을 붙일 것이다. 네놈의 독사 같은 심계를 절대로 믿을 수 없었기에 나름대로의 패를 준비한 것인데 이렇게 적중했다. 크하하하!"

형옥신이 광소를 터뜨렸다.

임문정의 표정이 도박판의 사내들처럼 시시각각 변했다. 이윽고 그가 입을 열었다.

"믿을 수 없소!"

"그런가? 그럼 증거를 보여주지."

형옥신은 품속에서 한 장의 두루마리를 꺼내 임문정에게 던졌다.

"이건?"

임문정의 표정이 밀랍처럼 굳어졌다.

두루마리에는 유가검보 터전 아래로 뚫린 동굴의 위치가 상세히 그려져 있었다. 예전에 유화결이 비밀 통로를 통해 침입을 시도한 후 혈유를 통해 작성한 것이다. 그런데 똑같은 것이 노인 손에도 들려 있었다. 그건 혈유가 넘겼다는 반증이었다.

뿌드득—

임문정이 이를 갈았다.

옥령인을 제조하여 완벽한 파수꾼을 만들면 혈유의 존재 가치는 희미해진다. 놈도 그걸 느끼고는 제 살길을 찾은 모양이었다.

결국은 놈도 무인이었다.

환술을 쓰는 무인!

가장 가까운 심복이었던 무인이 등 뒤에서 찌른 칼에 유명을 달리했던 조부의 전철을 자신도 똑같이 밟고 있었다는 자괴감이 온 뇌리를 가득 채웠다.

"이놈들을 물려라. 안 그러면 터뜨리겠다."

형옥신이 손에 공력을 끌어올렸다. 그의 손이 붉어졌다.

"그걸 터뜨리면 당신도 죽을 텐데……?"

"내 목적을 이루지 못한다면 난 죽은 목숨이나 마찬가지지. 황실, 백인대, 무림맹… 도처에 내 적들이지. 전부를 잃든지, 전부를 얻든지 나에게는 두 개 중 하나의 선택만 있을 뿐이다."

형옥신의 손이 더욱 붉게 빛났다.

임문정의 눈빛도 사악하게 빛났다. 그의 악독한 심계가 발동을 하고 있는 것이다.

"이제 공은 진 공자에게 넘어간 것 같소. 진 공자가 알아서 하시오. 나로서는 더 이상 방법이 없소."

임문정은 손을 흔들었다. 달려들려던 옥령인이 주춤거리며 뒤로 물러섰다.

옥령인이 물러나며 형옥신이 다가들었다.

화탄을 잡은 손에 어린 불길 같은 기운이 사라지고 다른 한 손이 검게 물들었다.

"내놓아라."

형옥신이 진우청을 향해 다시 말했다.

"역겨운 노물!"

진우청은 더 이상 아무 말도 듣기 싫다는 듯 마주 소리쳤다.

"이젠 그만 절 넘겨주세요, 공자님."

진우청의 뇌리 속으로 이여옥의 음성이 다시 들려왔다.

"그럴 순 없소!"

진우청이 소리를 질렀다.

"이젠 그것밖에 방법이 없습니다. 그렇게 공자님이라도……."

"그만 하시오!"

진우청의 목소리가 다시 실내를 울렸다.

그때 갑자기 형옥신의 손에서 흑색 기류가 터져 나왔다.

지극히 짧은 순간의 빈틈을 놓치지 않은 늙은 여우의 섬전 같은 기습이었다.

지옥의 암흑 같은 기운이 앞을 막는 것은 모조리 집어삼킬 듯이 진우청의 전신을 향해 몰려왔다.

이여옥을 내려놓을 여유도 없이 진우청은 오른손을 쭈욱 뻗었다.

진우청의 우장에서 은빛 광채가 이글거렸다.

"맞서면 안 돼!"

손을 뻗는 진우청의 귓전으로 다급한 목소리가 들렸다.

뇌리 속에서 울려 퍼지는 이여옥의 목소리가 아니었다. 귓전에서 들리는 전음이었다.

진우청은 순간적으로 극심한 혼란을 느꼈다.

이곳에서 여인은 이여옥과 노파뿐이었다. 이여옥의 목소리는 아니었다. 그렇다면 이 전음은 노파의 것이란 말이다.

척백대주와 함께 온 노파가 왜 자신에게 이런 전음을 보낸 것인가?

그리고 이 지옥 같은 기운에 맞서지 말라면 온몸으로 고스란히 맞으란 말인데, 이런 기운을 몸에 맞고 살아날 수 있을까?

어쩌면 노파는 자신의 신경을 분산시키기 위해 합공 아닌 합공을 하는 것이 아닐까?

혼란에 싸인 진우청의 뇌리 속에 한 가지 이질적인 영상이 스쳐 지나갔다.

형옥신의 뒤에 위치한 채 철문 입구에서부터 두어 걸음 안쪽으로 이동하며 보인 노파의 움직임이었다.

그때는 느끼지 못했던 이질감이 절체절명의 순간 떠올랐다.

미세한 흔들림이었지만 노파는 다리를 절고 있었다.

진우청은 뻗어내던 손을 급히 거두어들였다.

휘이잉—

지옥의 암흑 같은 묵빛 기운이 환영처럼 진우청의 전신을 스쳐 지나 갔다. 그리고 그 암흑 뒤에서 창칼보다 더 섬뜩한 기운이 섬전처럼 심장을 찔러들고 있었다.

진우청은 머리끝이 하늘로 곤두서는 느낌이 들었다.

이런 치명적인 기운을 어떻게 이렇게 감쪽같이 숨길 수 있었을까?

날 때부터 환술을 익힌 혈유의 수법보다 몇 배는 더 음산했다. 혈유는 바람 소리나 웃음소리 속에 숨겨진 주문으로 정신을 흐리게 한 후 그런 것을 가능케 했지만 이 노인은 환술을 가미하지 않고도 이런 치명적인 기운을 묵빛 기운 뒤에 숨겨놓았다.

백인대와 맞서기 위해 황실에서 조직한 척백대의 수장!

결코 그 이름이 헛되지 않은 수법이었다.

진우청은 끌어들였던 우수를 재차 뻗어냈다.

콰앙—

고막을 터뜨릴 듯한 파열음이 실내를 진동시켰다.

그 속으로 한 명의 옥령인이 번개처럼 뛰어들었다. 유화결도 옥령인을 향해 몸을 날렸다.

한발 앞선 옥령인의 손에 형옥신의 손목이 뜯기듯 끊어져 나가며 화탄이 바닥으로 굴렀다.

이를 악문 형옥신이 나머지 한 손으로 그 화탄을 향해 이글거리는 열기를 내쏘았다.

"안 돼!"

옆에 있던 노파가 형옥신을 향해 일검을 날렸다. 형옥신의 옆구리에 노파의 검이 파고들었다.

형옥신은 쳐다보지도 않고 손목이 끊어져 나가고 부러진 나무토막처럼 변한 팔을 노파의 가슴으로 쑤셔 넣었다. 그리고는 화탄에다가 자신의 열양강기를 격중시켰다.

퍼억—

콰앙!

유화결의 손에 형옥신의 머리가 박살나는 소리와 함께 화탄이 폭발했다.

화염과 폭풍에 날린 옥령인 두 명이 피떡이 되어 벽 쪽으로 날아갔다.

그 자체만으로도 엄청난 위력의 폭약이었다.

그러나 그건 문제가 아니었다.

이 폭발음과 함께 지하 동굴에서 기다리고 있던 척백대주의 부하들이 다른 폭약의 심지에 불을 붙인다면?

"망할 노물들!"

고함을 친 임문정의 목소리가 어딘가로 멀어졌다.

"어서, 어서 나가거라!"

심장에서 붉은 피가 봇물처럼 터져 나오는 노파가 다급하게 소리치며 열쇠 꾸러미를 넘겨주었다.

"큰 것부터… 차례대로……."

노파는 입구 쪽의 철문을 가리켰다.

진우청은 아랑곳 않고 노파의 상처를 지혈했다.

뚫린 심장에서 터져 나오는 피는 조금 양이 줄어들었을 뿐 완전히 멈추지는 않았다.

"넌 어서 이 소저를 안아!"

유화결에게 고함을 친 진우청은 노파를 안아 들었다.

그 순간 쿠웅! 하는 둔중한 소음과 함께 바닥이 흔들렸다. 척백대주의 말대로 지하 동굴에서 폭발이 일어난 것이다.

"어서 문을 여십시오!"

진우청은 유화성에게 열쇠 꾸러미를 던지며 고함을 질렀다.

철문이 열리며 진우청과 유화결, 유화성은 바람처럼 몸을 날렸다.

그들이 몸을 날린 직후 똑같은 폭음과 함께 저주받은 옥령수 샘이 아래로 푹 꺼졌다. 잠시 후, 샘을 가득 채웠던 옥령수가 흔적 없이 사라져 버렸다.

"앞쪽도 무너졌어."

유화성이 절망 어린 목소리로 말했다.

순식간에 몇 개의 문을 열고 간신히 탈출했지만 이젠 앞까지 막혀 버렸다.

워낙 견고하게 축조된 통로라 아직 버티고 있지만 이곳도 언제 붕괴될지 알 수 없었다. 통로에 다행히 야명주 한 개가 박혀 있어 암흑 속에 갇힌 신세는 면했다.

"날 좀 내려……."

진우청의 품에 안긴 노파가 낮은 소리로 말했다.

진우청은 최대한 조심스럽게 노파를 내려놓았다.

계속해서 피를 흘린 노파의 안색이 백지장처럼 창백했다.

"현덕 사제의 제자더냐?"

노파는 힘겹게 물었다.

“짐작대로 사고님이셨군요.”

진우청은 고개를 끄덕이며 말했다.

“아아…….”

노파의 입에서 깊은 탄식이 흘러나왔다. 그 탄식은 가슴에서 뿜어지는 선혈보다 더 진한 색조를 담고 있었다.

“사고께서 어떻게 척백대에……?”

이 노파가 사고란 건 이해할 수 있다 치더라고 척백대의 일원이란 것은 도저히 이해가 가지 않았다.

“자네 사부가 우리에게 배신자로 낙인찍힌 사실은…….”

“그건 들었습니다.”

진우청은 사고의 말을 끊으며 답했다. 사고의 상태는 말 한마디도 적지 않은 기력이 필요한 처지였다.

“모두들 네 사부를 믿지 않았지만 나만은 그럴 수가 없었단다. 설령 네 사부 말씀이 모두 거짓이라 하더라도…….”

사고의 눈에 눈물이 흘렀다.

“네 사부가 탈출한 후 난 은밀히 흔적을 추적했다. 그리고 어느 동굴에서 네 사부를 만났다. 그는 그곳에서 죽어가고 있었다. 며칠 밤낮을 뜬눈으로 보살핀 결과 사부는 의식을 찾았다.”

사고는 기력이 달리는지 잠시 말을 멈추었다.

“그만 안정하십시오, 사고.”

진우청은 사고의 상처를 한 번 더 지혈했다. 그러나 피는 여전히 흘러내리고 있었다. 심장의 상처인지라 더 이상은 지혈조차 되지 않았다.

“이젠 시간이 얼마 남지 않았구나. 그… 시간 동안 모든 사연을 다

말할 수 있을는지……."

사고는 진우청의 만류에도 불구하고 더 서둘렀다.

"네 사부가 점차 회복되고 모든 사실을 들었지만 너무 안타까울 뿐이었다. 진정으로 문도들을 위하는 사람이 바로 네 사부였지만 아무도 그 말을 믿지 않을 것이기 때문이었다. 더더구나 얼마 후부터 추적의 기운까지 느껴졌다. 우리는 서둘러 도망쳤고 그렇게 일 년을 쫓겨다녔다. 그동안 위험한 고비도 숱하게 넘겼단다. 후후!"

사고의 웃음소리가 공허하게 울렸다.

"네 사부의 능력이라면 그런 추적쯤이야 아무 일 없이 떨쳐 버리고 사라질 수 있었겠지만… 태기가 있는 나 때문에 그럴 수 없었단다."

사고의 음성에서 한없는 회한이 묻어나며 잠시 이야기가 중단되었다.

기력이 더 떨어진 때문인 것 같기도 했고, 감정이 북받쳐 더 이상 말을 이어갈 수 없었기 때문인 것 같기도 했다.

진우청 역시 사고에게 태기가 있었다는 설명에 침만 꿀걱 삼키며 아무 말도 못했다.

"얼마 후 나는 예쁜 딸을 낳았단다. 한없이 기뻤지만 그 기쁨을 음미할 여유도 없었지. 출산과 함께 훨씬 더 위험해졌으니까. 난 결단을 내려야 했다. 그렇게 계속 쫓겨만 다니다간 세 사람 모두 위험했으니까……."

사고의 눈에서 피눈물이 쏟아졌다.

"그래서 따님을 취경원에 맡기셨습니까?"

"그, 그걸……?"

이제까지 듣고만 있던 진우청이 불쑥 질문을 던지자 사고의 눈이 화등잔만 하게 커졌다.

“네가, 네가 그걸 어떻게 아느냐? 아무에게도… 그것만큼은 아무에게도 말하지 않았는데. 내 딸만은 무림의 피 냄새가 닿지 않도록 네 사부에게도 말하지 않았고, 나 스스로도 잊고 살았는데…….”

사고, 아니, 외할머니의 눈에 공포가 어렸다. 혹시 자신의 딸에게 무슨 일이 일어났지 않았나 하는 모성 본능의 눈빛이었다.

“아무 걱정 마십시오, 외할머니! 어머니는 무사합니다. 대상인의 아내로 육 남매를 낳고 행복하게 살고 계십니다.”

“어, 어머니라니? 그럼? 네가……? 아아……!”

외할머니의 음성이 격동으로 떨렸다. 그와 함께 심장도 극심하게 오르내리며 선혈이 더 많이 솟아났다. 이젠 안정을 시키는 일은 무의미했다. 마지막 순간 평생의 한을 풀어드리는 일만 남았다.

“사부, 아니, 외할아버지께서는 말년에 딸을 찾았습니다. 그리고 외손자 한 놈을 제자로 삼아 창룡금시의 비밀을 풀게 했습니다. 남은 문도들 반은 천형이 풀렸습니다. 그런데 어떻게 외할머니께서 척백대원이 되셨는지요?”

진우청은 외할머니의 감정을 추스르기 위해 화제를 돌렸다.

잠시 더 감정에 복받쳤던 외할머니의 입술이 움직였다.

“네 사부 몰래 네 어미를 데리고 은신한 후 난 네 어미를 취경원에 맡겼다. 그곳이라면 무림의 피 냄새를 묻히지 않고 네 어미를 잘 키워 줄 수 있을 것 같았다. 네 어미의 목에 걸려 있던 창룡금시마저 풀어내어 모든 인연의 끈을 자르고 싶었지만 그것만큼은 할 수가 없었다. 그것이 이렇게… 모질디모진 것이 사람의 인연이구나… 후우—”

한숨을 한 번 쉰 외할머니는 마지막 설명을 이어갔다.

"네 외할아버지와 헤어지고, 딸마저 남에게 맡긴 나는 한동안 미칠 것 같았다. 하지만 그것이 두 사람을 살리는 길이기에 피를 토하며 하루하루를 참아냈다. 그렇게 몇 년 동안 마음을 추스른 나는 네 외할아버지의 뜻을 좇기로 했다. 문도들이 원망스럽긴 했지만 네 외할아버지처럼 문도들을 위해 내 모든 것을 희생하기로 했다. 그것이 네 외할아버지를, 그리고 네 어미를 위하는 길이기도 했으니까. 그래서 선택한 것이 척백대로의 투신이었다. 내 무공을 숨기고 척백대원으로 활약하는 것은 칼날 위에서 잠을 청하는 것만큼 위험한 일이었지만 척백대의 내부에 잠입해서 그들을 속속들이 안다면 그것만큼 백인대를 이롭게 하는 일이 없었기에……."

외할머니의 목소리가 점점 가늘어졌다. 또한 심장에서 뿜어져 나오는 선혈의 양도 그만큼 줄어들었다.

이젠 몸속에 남은 피가 얼마 없다는 반증이었다.

"단 한시도 마음을 놓을 수 없는 처절한 투쟁의 나날들이었지만 내 노력으로 백인대의 크나큰 위기를 몇 번이나 무사히 넘길 수 있게 했으니 여한이 없구나. 그런데 네가 이런 곳에 갇혔으니…… 아아……."

외할머니의 눈에서 생기가 급속히 빠져나갔다.

"아무 걱정 마십시오, 외할머니. 이보다 더한 위기 속에서도 난 견뎌냈습니다. 무식한 놈은 귀신도 어쩌지 못한다고 하지 않습니까."

진우청은 억지로 외할머니를 안심시켰다.

"내 딸… 내 딸이…… 네 외할아버지가 보고……."

허공으로 손을 내젓던 외할머니는 그렇게 숨을 거두었다.

너무 기막힌 사연에 진우청은 눈물도 나오지 않았다.

외할머니 이전에 처절하게 강한 한 무인의 죽음 앞에서 슬픔보다는 숙연한 마음이 먼저 가슴을 채웠다.

유화성도 그 자리에 서서 깊이 허리를 숙이고 있었다.

"외할머니… 당신의 딸은 제가 지켜 드리겠습니다. 기필코 이곳을 벗어나 평생 동안 행복하게……."

진우청은 외할머니의 눈을 감겼다.

쿠쿵―

우르르―

"이곳도 무너지려는 모양일세."

유화성이 얼른 고개를 들며 검을 휘둘렀다.

천장에 박힌 야명주가 떨어져 내렸다.

"이젠 가문의 터전마저 이렇게 무너져 내리니 나가면 당장 장사 밑천이라도 있어야겠지?"

그걸 조명으로 삼으려는 의도가 뻔했지만 유화성은 그렇게 말하며 야명주를 챙겼다.

진우청은 잠시 더 멍하니 서 있다가 외할머니의 시신을 안아 들었다.

처절한 삶을 살아온 분의 무덤마저 이런 음습한 지하에 만들 순 없었다. 어떻게든 모시고 나가, 사부를 못 찾으면 큰사백 곁에라도 묻어 드리고 싶었다.

우르르―

앞쪽에서 흙더미가 집채만큼이나 무너져 내렸다.

"빌어먹을!"

진우청은 고함을 질렀다.

하늘이 무너져도 솟아날 구멍이 있다고 했는데 솟아나기는커녕 대기가 스며들 구멍조차 없는 것 같았다.

우르르―

이번에는 머리 위에서 굉음이 울리며 물줄기가 쏟아졌다.

얼음보다 더 차가운 느낌을 주는 물, 옥령수였다.

옥령수를 온몸에 뒤집어쓰자 유화결은 안고 있던 이여옥을 얼른 바닥에 내려놓았다.

"왜, 왜 그래, 이 자식아?"

진우청은 고함을 지르다가 얼른 입을 다물었다.

이여옥을 쳐다보는 유화결의 입술이 달싹거리고 있었다. 그건 초기에 만난 옥령인이 자기들끼리 의사를 소통하는 바로 그 모습이었다.

콰앙―

어느 순간, 바람처럼 신형을 옮긴 유화결이 천장 한곳을 강하게 쳐 올렸다.

"이, 미친놈! 뭘 하려는 거야?"

진우청이 고함을 질렀지만 유화결은 미친 듯이 천장 한곳을 집중적으로 두들겼다.

우르르―

천장에서 굉음이 들렸다.

"이, 이 자식……."

우르르―

마침내 천장이 무너지며 그곳으로 옥령수가 흘러내렸다.

처음에는 팔뚝만 한 한줄기였지만 순식간에 여러 줄기로 늘어나더니 종국에는 폭포수처럼 쏟아졌다.

"이, 이……."

입에 담았던 말을 다 내뱉을 새도 없이 옥령수는 입 언저리까지 차오르고 마침내 머리까지 삼켜 버렸다.

진우청은 외할머니의 시신을 그대로 안은 채 필사적으로 눈을 떴다.

흙탕물 범벅의 옥령수는 야명주의 불빛마저 차단해서 아무것도 보이지 않았다.

쿠웅—

옥령수 속에서 둔중한 굉음이 들려왔다.

그리고 다음 순간, 온몸을 삼킨 옥령수는 어느 한쪽 방향으로 급격히 쏠려갔다. 진우청과 유화성 등도 그 속에서 한 개의 작은 부유물이 되어 떠내려갔다.

第九十四章

천상화(天上畵)

천상화(天上畵)

얼음장 같은 옥령수를 얼마나 들이켰는지 몰랐다. 이러다가 자신마저 옥령인이 되지 않을까 걱정이 되었다. 거의 질식하려는 찰나, 물살의 속도가 느려졌다. 이내 옥령수가 어느 한곳으로 급격히 사라지고 순식간에 바닥이 드러났다.

진우청은 바닥에 주저앉아 거칠게 숨을 들이마셨다.

옆에 쓰러진 유화성 역시 미친 듯이 숨을 들이마시고 있었다.

폐부로 공기가 빨려 들어가자 혼미했던 의식이 급격히 돌아왔다.

진우청은 진흙탕 바닥에 처박혀 희미한 빛을 발하고 있는 야명주를 집어 올렸다. 야명주에 묻은 진흙이 씻겨 나가자 실내가 눈에 들어왔다.

외할머니의 시신이 좀 떨어진 곳에서 먼저 눈에 들어왔다. 그러나 유화결과 이여옥은 보이지 않았다.

"어, 어디 있는 거야, 이 물렁탱이?"

진우청은 고함을 지르며 야명주를 이리저리 비추었지만 아무것도 보이지 않았다.

"공자님!"

그 순간 이여옥의 목소리가 들려왔다.

뇌리 속에서만 울리는, 전혀 방향을 잡을 수 없는 목소리였다.

야명주를 높이 쳐들며 진우청은 사방을 두리번거렸다.

"뒤쪽으로 오셔서 왼쪽 공간으로 들어오세요."

예상과는 달리 이여옥은 뒤쪽에 있다는 말이었다.

진우청은 외할머니의 시신을 안고 유화성과 함께 급히 신형을 이동시켰다.

이여옥의 말대로 뒤쪽, 그리고 왼쪽으로 공간이 있었다.

옥령수가 바닥에 조금 남아 있는 그곳에 유화결과 이여옥이 있었다.

이여옥은 옥령수가 있는 바닥에 눕혀져 있었고, 유화결은 벽에 기대앉은 채 멍하니 이여옥을 쳐다보고 있었다.

생사의 위기를 겪고 난 유화결의 눈빛은 오히려 이지가 되살아난 것처럼 피곤한 기색을 띠고 있었다.

"공자님, 제 왼손을 펴보세요."

이여옥의 목소리가 다급하게 뇌리에서 울렸다. 그 목소리는 마치 외할머니의 마지막 목소리처럼 생기를 잃어가고 있는 느낌이었다.

진우청은 급히 이여옥의 왼손을 쳐다보았다.

오른손과 달리 이여옥의 왼손은 뭔가를 감춘 듯 꼭 쥐어져 있었다. 진우청은 조심스럽게 이여옥의 왼손 손가락을 펼쳤다.

임문정과 그 부하들이 아무리 애를 써도 열리지 않았던 이여옥의 손가락은 한 점 힘도 들어가 있지 않는 것처럼 스르르 열렸고 그 속에는 쪽빛 구슬 하나가 들어 있었다.

"그걸 유화결 공자에게 삼키게 하세요. 그럼 화결 공자는 정상으로……."

이여옥의 음성이 잠기듯 끊어졌다.

"이, 이게……?"

진우청은 쪽빛 구슬과 이여옥을 동시에 쳐다보며 물었다.

"옥령정이라는 것이에요. 어서 삼키게 하세요. 어서요."

이여옥의 목소리가 다급하게 재촉했다.

진우청은 주춤주춤 유화결에게로 다가갔다. 그리고 유화결의 입을 벌리기 위해 손가락을 입술 쪽으로 가져갔다.

"저리 치워, 이 곰탱이!"

유화결이 세차게 진우청의 손을 쳐내며 소리를 질렀다.

옥령정이 바닥에 떨어진 것도 의식하지 못하며 진우청은 멍하니 유화결을 쳐다보았다.

방금 유화결의 행동은 옥령인이 되기 전의 그 모습이었다.

이 공간으로 들어왔을 때 피곤한 듯 보이던 눈빛은 착각이 아니었다.

그때부터 유화결은 이지가 돌아와 있었던 것이다.

"너, 너 대체 어떻게 된 거야? 너… 깨어난 거야?"

진우청은 유화결의 어깨를 잡고 세차게 흔들었다.

"저거나 주워."

유화결은 바닥에 떨어진 옥령정을 눈으로 가리켰다.

그러나 진우청은 계속해서 유화결을 쳐다보았다.

"옥령지체와 같은 옥령수 속에 있으면 이렇게 된다. 어서 주워."

비몽사몽간인 표정으로 진우청은 옥령정을 주워 들었다.

"어서 저 여인 입속으로 넣어."

유화결이 계속 앉아서 말했다. 그 모습은 일어날 기운조차 없는 것 같았다.

진우청은 혼란한 기분에 말을 잃고 두 사람을 번갈아 쳐다보았다.

"저 여인에게 그걸 삼키게 하면 저 여인은 정상으로 돌아온다. 그걸 이리 줘."

진우청이 움직이지 않자 유화결이 손을 내밀었다.

"안 돼요, 공자님!"

잠시 끊어졌던 이여옥의 목소리가 비명처럼 울렸다.

진우청은 유화결의 손을 쳐냈다.

"이리 줘, 이 자식아!"

유화결이 버럭 고함을 질렀다. 그러면서 옥령정을 뺏기라도 할 듯 다가들었다.

"잠시, 잠시 기다려 봐라, 이 자식아."

진우청은 뒤로 몸을 뺐다.

한 개의 옥령정을 놓고 두 사람 모두 서로의 입에 그것을 넣어주라고 재촉하고 있었다.

이 옥령정이 정말 두 사람을 정상으로 되돌릴 수 있는 물건인지도 아직 실감이 나지 않았다. 그리고 정말 그런 영능한 물건이라면 또 어떻게 해야 하는가?

이여옥은 이 옥령정을 유화결을 정상으로 돌리기 위해 혼신의 힘으로 만들고 나서 이렇게 돌이 된 것이다. 그래서 이 옥령정은 반대로 그녀를 정상으로 돌릴 수도 있다는 말이다.

"이리 줘. 시간없어!"

유화결이 조금 더 다가왔다.

"기다리라고 했잖아, 이 자식아. 둘 다 살릴 수 있는 방법이 있을 거야."

"그런 것 없어. 그녀는 그걸 만들어서 저렇게 됐어. 되돌려야 해."

유화결은 번개처럼 손을 뻗었다.

그 손을 못 피할 것도 없었지만 혼란한 마음이 움직임을 방해하며 유화결의 손에 옥령정을 빼앗겼다.

옥령정을 낚아챈 유화결이 겨우 일어서서 이여옥에게로 다가갔다.

"화결아!"

유화성이 유화결을 불렀다.

"형, 나 잘 알잖아."

유화결은 걸음만 멈춘 채 등은 돌리지도 않고 말을 이었다.

"난 이런 식으로는 단 하루도 살 수 없는 놈이잖아. 어떻게 한 여인의 피를 모두 뽑아 삼키며 내 생명을 유지할 수가 있겠어. 저 여인이 저놈을 얼마나… 얼마나 애타게 보고 싶어했는지 내 맘처럼 확연히 느껴지는데… 어떻게 내가 이걸 삼키겠어. 형을 이렇게 본 것만으로도 난 여한이 없어. 형이 내 몫까지 다 살아줘. 형은 영원한 내 우상이야."

멈춰 섰던 유화결이 다시 걸음을 옮겼다.

유화성은 눈을 질끈 감은 채 아무 말도 하지 못했다.

"화, 화결아!"

진우청이 처음으로 유화결의 이름을 불렀다.

"아들딸 많이 낳고 잘살아… 자식아!"

유화결은 이여옥의 입을 향해 손을 뻗었다. 그러다가 우뚝 움직임을 멈추었다.

"어쩔 수 없어서 제가 제압했어요."

이여옥의 목소리가 다시 울렸다.

"시간이 없어요. 어서 옥령정을 집으세요, 공자님."

이여옥의 목소리가 어느 때보다 더 다급해졌다.

"하지만……."

진우청은 유화결의 손에 들린 옥령정만 쳐다본 채 움직이지 못했다.

"어서요!"

이여옥이 계속 재촉했다.

"난 신이 아니오. 신도 아닌 인간에게 어떻게 이런 일을 결정하란 말이오?"

진우청은 세차게 고개를 흔들며 소리쳤다.

"이 옥령정은 화결 공자님을 정상으로 돌리기 위해서 만들었어요."

"그것이 없으면 이 소저도 죽지 않소?"

"부모를 팔아서 친구를 산다고 했어요. 공자님의 마음은 느낄 수 있습니다. 그것만으로도 전 세상 그 어떤 여인보다 행복합니다. 더 이상 바라는 것은 없습니다. 어서 친구를 살리세요. 그것이 진정한 공자님의 모습이고 그 모습을 볼 수 있다면 제 영혼은 영원히 행복할 겁니다."

이여옥의 목소리가 서찰 속의 마지막 글귀처럼 힘을 잃어갔다.

"어서 친구를 살리세요. 제 영원한 소망입니다."

"하지만 당신을 어떻게 내 손으로 죽일 수 있겠소?"

"제가 공자님의 여인이라고 아까 말씀하셨잖아요. 그렇다면 공자님께선 그럴 자격이 있습니다. 세상에서 공자님만이 유일하게 그럴 자격이 있습니다. 친구를 살리세요, 어서요……."

이여옥의 목소리가 한층 더 가늘어졌다. 그러나 그 목소리에 담긴 애절함은 천둥소리만큼 강렬했다.

진우청은 주춤주춤 옥령정을 손에 들었다.

"어서요, 공자님. 절 공자님의 여인으로 생각하신다면 어서……."

울컥!

가슴속에서 혈맥 한 가닥이 터지며 선혈이 솟구쳐 올랐다.

진우청은 피를 내뱉지도 못하고 덜덜 떨리는 손으로 유화결의 입속으로 옥령정을 밀어 넣었다.

이게 정말 옳은 일일까?

내가 정말 이 여인을, 이 여인의 운명을 결정할 자격이 있을까?

지금이라도 늦지 않았다.

유화결의 입을 벌리고 옥령정을 꺼내면 처음으로 되돌아간다.

유화결도 이여옥도… 차라리 내 생명을 내줄지언정 내 손으로 누굴 살리고 누굴 죽인단 말인가.

"공자님, 제발! 이 죄 많은 인간의 소원입니다!"

이여옥의 목소리가 핏빛 울음을 담고 있었다. 그리고 그 소리는 진우청의 뇌리에서 무수한 메아리를 남기고 있었다.

진우청은 유화결의 목 근처 혈을 두드렸다.

꿀꺽!

옥령정이 마침내 유화결의 목구멍 속으로 넘어갔다.

"으윽!"

짧은 신음과 함께 회색빛이 감돌던 유화결의 안색이 서서히 정상으로 돌아오고 있었다. 대신 이여옥의 몸은 급속히 푸른빛을 잃고 마지막 남은 생기마저 사라져 가고 있었다.

"소, 소저!"

고함을 친 진우청은 이여옥의 혈맥과 단전에 손을 대고 금빛 서기를 불어넣었다.

그러나 이여옥의 몸은 그 기운에 조금도 반응하지 않았다. 그것은 북제성 사람들에게만 통하는 기운이었다.

"제발… 이 소저!"

진우청은 이여옥의 신형을 안아 들고 미친 듯이 흔들었다.

대체 내가 무슨 짓을 한 것인가?

무슨 자격으로 이 여인을 죽이는 것일까?

단지 자기 여인이라는 한마디 말만으로 그럴 수 있는 것인가?

이제 다시는 이 여인을 볼 수 없는 것인가?

차라리 내가 죽어 이 여인을 살릴 수 있다면…….

천지신명이 굽어 살피어 제발 그렇게 해준다면…….

"슬퍼하지 마세요, 공자님! 저 역시 공자님과 같은 마음입니다. 내가 죽어 공자님의 분신 같은 친구를 살릴 수 있으니 더없이 행복합니다. 공자님의 선택으로… 전 영원히 공자님 여인으로 남을 수 있게 되었습니다. 제 영혼은 메아리가 되어 온 우주를 맴돌다 흩어지는 날까지 외롭지 않고 행복할 겁니다. 공자님… 안녕히……."

이여옥의 목소리가 모깃소리만 하게 뇌리에서 멀어졌다. 그리고는 더 이상 아무 소리도 들려오지 않았다.

"제발, 제발… 크흐흑!"

진우청의 눈에서 닭똥보다 더 굵은 눈물이 쏟아졌다. 철들고 나서 처음으로 쏟아지는 눈물이었다.

이제 다시는 이 가련한 여인을 만날 수 없다는 사실이 가슴을 찢어지게 했다.

이렇게 짧은 만남 뒤에 남은 길고 긴 이별을 어떻게 감내할 수 있을 것인가?

"이 개자식! 그 여인이 어떤 여인인데… 그 여인을 죽이며 옥령정을 내 입에 처넣은 거야! 넌 내 손에 죽는다, 이 망할 놈! 으아아—"

정신을 차린 유화결이 동굴이 떠나갈 듯 고함을 질렀지만 진우청은 듣지도 못하는 듯 이여옥의 신형만 끌어안은 채 울부짖었다.

"크흐흑— 사부……!"

황소울음을 터뜨린 진우청은 목 놓아 사부를 불렀다.

이 순간 어머니, 아버지보다 외할아버지인 사부의 얼굴이 먼저 떠올랐다.

"사부……! 난 어쩌란 말입니까, 사부……? 평생 동굴 속에 가둬놓지 뭣 하러 날 이 더러운 세상으로 쫓아 보낸 것입니까? 사부! 크흐흑……."

진우청은 동굴이 무너져라 절규했다.

절규와 함께 입에서 터져 나온 선혈의 양이 더 많아졌지만 진우청은 계속 통곡성을 터뜨렸다.

"크흐흑! 사부—"

진우청은 더 이상 앉아 있기도 힘든 듯 이여옥을 안은 채 동굴 벽에 기대어 스르르 무너졌다.

털썩—

유화결도 쓰러지듯 바닥으로 주저앉았다.

유화성만이 여전히 그 자리에 꼿꼿이 서 있었다. 그의 눈도 매운 연기가 들어간 듯 붉어져 있었다.

'그런데 이 향기는?

천천히 눈을 감던 유화성은 코끝으로 스며드는 기이한 향기에 사방을 둘러보았다.

외부의 대기는 한 점도 들어오지 않는 공간이었다. 그런데 말로 형언할 수 없는 향기가 코끝으로 스며들고 있었다.

그 향기는 점점 더 강해지며 온 공간을 가득 채워갔다.

넋을 잃은 듯 바닥에 주저앉았던 유화결도 눈을 번쩍 뜨며 사방으로 고개를 돌렸다.

한 번도 맡아보지 못한 향기!

세상의 어떤 꽃도 이런 향기는 발산하지 못한다.

인세의 것이 아닌 듯한 향기는 대기도 없는 동굴 안을 끊임없이 감돌았다.

유화결은 무엇에 홀린 듯 벌떡 일어나 그 향기를 쫓았다.

주춤거리며 진우청 앞에까지 온 유화결은 믿을 수 없다는 듯 눈을 크게 떴다.

그 향기는 진우청의 몸에서 흘러나오고 있었다.

도저히 믿을 수 없었지만 향기의 근원지는 진우청의 몸이었다.

"형!"

유화결은 형 유화성을 불렀다.

유화성도 주춤거리며 진우청 앞으로 걸어왔다.

"엇!"

무언가를 본 유화성의 눈이 더 이상 커질 수 없을 만큼 크게 뜨여졌다.

"야, 곰탱아!"

유화결이 얼른 무릎을 꿇고 앉아 진우청을 흔들었다.

진우청은 이여옥만 끌어안은 채 눈도 뜨지 않았다.

"눈 떠! 그리고 이것 좀 봐!"

다시 고함을 질렀을 때 진우청은 겨우 눈을 떴다.

"억!"

진우청도 외마디 고함을 질렀다.

청옥색 기운이 빠져나가고 짙은 회색으로 변해가던 이여옥의 얼굴에 핏기가 돌고 있었다. 또한 돌처럼 굳어 있던 몸이 해동(解凍)이 되듯 풀리고 있었다.

"이, 이게……?"

진우청은 후다닥 몸을 일으키며 이여옥을 바닥으로 내려놓았다.

눈을 부릅뜨며 이여옥의 상태를 살피던 진우청은 사방을 둘러보았다.

"네 몸에서 나는 향기야."

유화결이 뚫어져라 진우청을 쳐다보며 말했다.

진우청은 코를 킁킁거렸다.

그러다 화들짝 일어서서 사방을 살폈다.

세상 어느 곳에서도 맡을 수 없는 기이한 향기!

하지만 진우청에게 있어서 그 향기는 생소한 것이 아니었다.

안개가 걷히며 실체가 드러나듯 그 향기의 실체가 느껴졌다.

"사부……!"

진우청은 신음처럼 사부를 불렀다.

그 향기는 황산 동굴에서 추방을 당하던 날, 착각인 듯 빛나던 오색 찬란한 광채와 함께 구름에 가려진 사부의 거처에서 흘러나오던 향기였다.

제자를 쫓아 보내고 더덕이라도 굽는 줄 알았던 향기!

그 향기를 맡았을 때 순간적으로 몸이 깃털처럼 가벼워지는 것 같았다.

형언할 수 없는 그 향기가 자신의 몸에서 끊임없이 뿜어져 나오고 있었다.

"이 소저의 숨결 속으로 모두 빨려들고 있는 것 같네!"

유화성이 그답지 않게 흥분한 목소리로 말했다.

*　　　　*　　　　*

콰앙—

성주의 손에서 터져 나온 장력에 옥령인 하나가 휘청거리며 뒤로 나가떨어졌다.

"천하에 다시없는 마물들!"

성주의 입에서 노성이 터졌다.

연속 세 번의 장력에 격중되고도 옥령인은 움직임을 멈추지 않았다.

움직임이 현저히 둔해지긴 했지만 계속 일어서고 있었다.

천형을 치료하지 못한 예전이라면 자신이 먼저 쓰러졌을 것이다.

그런 옥령인들의 숫자가 많지 않다는 것이 다행이라면 다행이었다.

아니, 그건 절대 다행이 아니었다.

대폭발과 함께 많은 마물들이 그 속에 파묻혔겠지만 진우청 역시 마찬가지일 것이기 때문이다.

퍼엉—

다시 한 번의 장력에 격중되고 나서야 옥령인은 그 움직임을 완전히 멈추었다.

성주는 초조한 마음으로 주변을 둘러보았다.

유가검보의 터전은 전체적으로 반 장 가까이 꺼져 버렸다.

아마도 지하의 동공들이 모두 내려앉아 버린 모양이다.

그 속에서 진우청이나 유화성이 살아남을 수 있을까?

"자넨 계속해서 입구가 될 만한 곳을 찾게."

성주의 안위가 걱정된 듯 옆으로 다가서는 등홍비를 향해 성주가 지시를 내렸다.

푹 꺼져 버린 땅속에서 입구라고 무사할 리가 없었다. 예전의 입구였던 곳은 더 깊이 내려앉아 있었다. 하지만 지푸라기라도 잡는 심정으로 찾을 수밖에 없었다.

"알겠습니다."

등홍비는 혼전이 일고 있는 곳을 잠시 걱정스레 쳐다보고는 몸을 날렸다.

쉬이익—

곽자서의 검이 연속해서 빛살을 갈랐다.

옥령인 하나의 팔이 잘려 나갔다. 그곳에서 선혈이 쏟아졌다.

정상인과 다름없는 붉은 피!

유일하게 다른 점은 그 피가 정상인보다 훨씬 차갑다는 것이다.

크으으─

상처를 지혈한 옥령인이 다른 한 팔을 휘두르며 가일층 맹렬한 기세로 달려들었다.

츠츠츠츠─

곽자서의 검에서 푸른 섬광이 길게 뻗어 나오며 옥령인의 목을 잘라 갔다.

이젠 마음껏 뿌릴 수 있는 검기였지만 그 검기로도 옥령인은 단번에 쓰러지지 않았다.

세 번의 연속적인 공격에 그 마물이 천천히 뒤로 넘어갔다.

"백왕! 어서, 어서 찾아봐! 설아 너도……."

을지소소가 미친 듯이 백왕과 설아를 다그쳤다. 그러나 파묻힌 땅속에서 진우청의 냄새가 흘러나올 리 없었다. 백왕은 꼬리를 내렸다.

"안 돼! 절대 안 돼! 어서 찾아! 어서 찾아내란 말이야!"

을지소소가 백왕과 설아 사이의 땅을 채찍으로 세차게 때렸다.

깜짝 놀란 두 마리 백랑이 펄쩍 뛰어올랐다.

"어서 찾아줘. 제발 부탁이야……."

을지소소는 이젠 애원을 했지만 마찬가지였다.

털썩!

을지소소는 바닥에 주저앉았다.

"사저!"

장위봉이 도를 휘두르며 을지소소에게 고함을 쳤다.

이젠 옥령인의 숫자가 눈에 띄게 줄어들었지만 이렇게 무방비 상태는 위험천만한 일이었다.

을지소소는 앉은 자세 그대로 채찍을 휘둘렀다.

옥령인의 발목이 채찍에 감기며 중심을 잃었다. 그 위로 장위봉의 도가 벼락처럼 떨어져 내렸다.

옥령인의 가슴이 벌어지며 그곳에서 선혈이 쏟아졌다.

그러나 옥령인은 전혀 개의치 않고 주먹을 휘둘렀다.

"지겨운 놈들!"

운가목이 검과 하나가 되어 돌진하며 선혈이 쏟아지는 옥령인의 가슴으로 검을 찔러 넣었다.

푸욱—

운가목의 검이 삼 할 가까이 옥령인의 몸속으로 파고들었다.

"피해!"

을지소소가 고함을 질렀다.

잠시 후 옥령인의 몸이 수많은 조각으로 터져 나갔다.

"날 따라와!"

옥령인 하나를 해치운 후 뭔가 생각난 듯 을지소소가 조송령에게 소리를 질렀다.

조송령이 즉시 을지소소를 따랐다.

긴 싸움은 끝이 났다.

옥령인들이 모두 쓰러진 유가검보의 터전 위에는 귀기 어린 정적이 감돌았다.

여기저기 흩어진 옥령인들의 시신!

그들은 폭혈마공을 터뜨리기 전에 죽어버려 시신이라도 온전하게 유지했지만 회복 불능의 상처를 입고 스스로를 터뜨려 버린 옥령인은 수천, 수만 조각의 인육 조각으로 변해 온 대지 위를 뒤덮고 있었다.

그 모습들이 지옥도를 연상시키고 있었다.

"괜찮으십니까, 성주님?"

관일엽의 질문에 성주는 힘없이 고개를 끄덕였다.

몸은 괜찮았지만 마음은 피투성이였다.

막내 사질 진우청의 생사를 확인하지 못했기에 더욱 그랬다.

"장내 정리는 잠시 미뤄두고 모두 막내 사질을 찾아보도록 하게."

성주는 노구를 일으켰다.

*　　　　*　　　　*

갇힌 지 족히 하루는 지난 것 같았다.

진우청은 끈기있게 동굴 안을 살폈다.

한곳만 흙벽이었고 세 곳은 모두 암반이었다. 그래서 이곳은 무너지지 않은 것이다.

진우청은 용호곤을 계속 안으로 찔러 넣었다.

진흙 반죽 같은 흙더미가 앞으로 무너져 내렸지만 그 즉시 다른 진흙 더미가 그곳을 메워 버렸다.

이렇게 막힌 곳이라면 결국은 공기마저 탁해져 죽을 것이다.

"내가 좀 하겠네."

유화성이 용호곤을 받아 들었다.

용호곤을 넘겨준 진우청은 이여옥에게로 갔다. 그녀는 곤한 잠을 자는 듯 누워 있었다.

그녀의 얼굴이나 몸 어느 곳에도 옥령인의 흔적은 남아 있지 않았다.

그건 유화결 역시 마찬가지였다.

텅 빈 허공이 자리하던 두 눈에 예전의 그 성질 사나운 날카로움이 빛나고 있었다.

"넌 뭐 좀 아는 것 없냐?"

진우청이 질문을 던졌다.

"뭐 말이냐?"

유화결이 퉁명스럽게 반문했다.

"옥령인이 되기 전에 이곳으로 스며들었던 통로나, 아니면 옥령수가 흐르는 수맥 같은 것 말이다."

"미친놈! 내가 아직 옥령인이냐? 그걸 느끼게……!"

유화결이 고함을 질렀다.

정상인으로 되돌아오고 나서부터는 기운이 다 빠져 버렸는지 제대로 일어서지도 못하고 있었지만 성질은 조금도 죽지 않았다.

진우청도 유화결 옆에 털썩 주저앉았다.

"으윽! 미련 곰탱이!"

진우청의 엉덩이에 손이 깔린 유화결이 버럭 고함을 질렀다.

"물렁하기 짝이 없는 놈! 네놈은 옥령인일 때가 훨씬 낫다."

진우청은 입맛을 다셨다.

"나갈 수 있을까?"

진우청이 다시 말했다.

"나가야지."

"어떻게 말이냐?"

"이곳을 모두 헤집어서라도 나가야지. 그래서 그놈을 잡아 죽여야지."

유화결이 뿌드득 이를 갈았다.

“누구? 임문정 그 계집애 같은 놈 말이냐?”

유화결은 아무 대답 없이 숨만 거칠게 쉬었다.

“아서라. 그놈은 네 형 몫이야. 넌 상대도 안 될 테고.”

“왜 상대가 안 돼, 자식아?”

“상대가 되면 왜 잡혔냐? 그놈에게 한 방 맞아 다 죽어가는 상태에서 잡힌 것 아니냐?”

진우청은 유화결의 가슴께를 보며 말했다.

“누가 그래?”

유화결의 눈이 이글거렸다.

“네놈이 이 소저의 서찰을 가져다주었잖아. 거기 그렇게 쓰여 있었고…….”

진우청의 말에 유화결이 눈만 끔벅거렸다. 전혀 생각이 안 나는 모양이었다.

“그놈도 흙에 깔려 죽지 않았을까?”

“그놈이 너 같은 곰탱인 줄 아냐. 여우 굴을 몇 개는 파놓았을 거다.”

“그렇겠지. 그런데 넌 배 안 고프냐?”

진우청이 문득 생각난 것처럼 말했다.

“배가 왜?”

“그동안 넌 아무것도 안 먹고 살았잖아?”

유화결은 다시 눈을 끔벅거렸다. 그러고 보니 지독한 시장기가 느껴졌다.

“얼씨구… 사람 다 됐네.”

유화결의 배에서 꼬르륵거리는 소리를 들은 진우청이 반가운 소리를 질렀다. 그동안 아무것도 먹지 않는 유화결을 보며 애를 태웠는데 이젠 완전히 정상이었다.

“젠장!”

유화결이 벌떡 일어섰다.

흙탕물이라도 들이켜야 공복감이 덜할 것 같았다.

“엇!”

두리번거리던 유화결이 고함을 질렀다.

벽 한쪽이 붉게 물들고 있었다.

진우청도 벌떡 일어섰다.

“크크크!”

웃음인지 울음인지 모를 소리가 들렸다.

진우청은 눈을 부릅떴다.

저놈은 분명 팔다리를 부러뜨려 둔계의 은신처에 처박아두었는데 어떻게 여기에 나타난단 말인가?

혹시 임문정 그놈이?

진우청은 천룡후를 터뜨릴 자세를 잡았다.

“을지 소저가… 날… 보냈소.”

겨우 한쪽으로 몸을 옮긴 혈유가 말했다. 진우청이 비틀어놓은 다리가 아직 낫지 않았는지 움직임이 부자유스러웠다.

“을지 사질이?”

“그렇소. 당신들을 찾아주면… 맹주님도 날 끝까지 거둬준다고… 했소……. 크크!”

기괴하기 짝이 없는 혈유의 음성에 희망의 빛이 어려 있었다.

"살았다!"

진우청은 희열에 찬 얼굴로 유화결을 돌아보았다. 그러나 유화결의 눈에는 혈유에 대한 적의가 이글거리고 있었다.

"그만 해, 자식아! 이젠 우리 편이야."

유화결의 어깨를 두드린 진우청이 혈유를 쳐다보았다.

"이젠 나갈 수 있는 것이오?"

"몸이 딱딱한 당신들은 안 되오. 대신… 크크… 있는 곳을 찾았으니… 밖에서 파고들어 오면 될 것이오. 크크… 며칠만 기다리시오."

혈유의 모습이 꺼지듯 사라졌다.

"며칠?"

진우청이 와락 인상을 썼다.

"망할 놈! 네가 그렇게 도끼눈을 뜨고 있으니 말이 끝나자마자 저놈이 가버리잖아!"

진우청은 유화결에게 고함을 질렀다.

"그럼 어때서? 기분 나쁘기 짝이 없는 놈인데."

유화결은 아직도 적의를 풀지 않고 말했다.

"멍청아! 잘 구슬려서 먹을 거라도 좀 챙겨오게 해야 할 거 아니냐? 하여간 네놈은 줄기차게 도움이 안 되는 놈이다. 어이구, 내 팔자야!"

진우청의 목소리가 동굴을 무너뜨릴 듯이 울려 퍼졌다.

며칠 후 진우청과 유화결 등은 밖으로 나왔다.

나오자마자 진우청은 보통 사람 다섯 명분의 음식을 집어삼켰다.

이때만큼은 유화결도 진우청을 향해 곰탱이란 소리를 하지 않았다.

그 역시 정신없이 음식을 삼키느라 남 신경 쓸 겨를이 없었기 때문이
다.

구출되고도 하루가 더 지나서 이여옥은 의식을 차렸다.

한동안 그녀는 도저히 현실을 받아들이지 못했다. 모두 죽어서 저승
에서 만난 것으로 알았다.

현실을 의식한 그녀는 제일 먼저 일어서서 걸어보았다.

털썩!

그녀는 그 자리에 쓰러졌다.

옥령인이 되기 전에는 가벼운 보행 정도는 아무 무리가 없었지만 지
금은 다리에 힘이 없었다.

"저놈도 정상인으로 돌아오고 나서 한동안 주저앉아만 있었소. 좀
있으면 기력이 돌아올 테니 아무 걱정 마시오."

진우청은 처음 만났을 때처럼 이여옥을 향해 손을 내밀었다.

둥실―

이여옥의 몸이 깃털처럼 가볍게 일으켜 세워졌다.

"춤을 추시겠소?"

진우청은 짓궂은 표정과 함께 말했다.

"아, 아니에요. 다음에……."

이여옥은 온 얼굴에 홍조를 띠며 고개를 저었다. 아무리 간절한 바
람이었지만 만인이 쳐다보는 앞에서 그럴 순 없었다.

붉게 달아오르는 그녀의 얼굴이 선녀처럼 아름다워 실내에 있던 사
람들 모두가 한동안 눈을 떼지 못했다.

"그렇게 합시다. 이젠 시간이 얼마든지 있으니까요. 원한다면 하루
종일이라도 추게 해주겠소."

"곰탱이… 낯거죽에 아예 철판을 깔아라!"

마침내 유화결이 고함을 질렀다.

순식간에 한 달이 지나고 날씨는 겨울로 접어들었다.

중원 복판으로 발을 디딘 서왕문의 잔당들은 남패천과 무림맹의 협공을 받아 거의 궤멸되었다. 그리고 사천에 있는 서왕문 총단도 당문의 공격을 받고 있었다.

급격히 세력이 약화된 서왕문은 사천의 패권을 당문에 넘겨줄 날이 멀지 않게 되었다.

그동안 북제성의 남은 문도들은 휘주로 하나둘씩 모여들었다.

혈맥을 치유한 그들은 다른 문도들과 함께 총단으로 떠났다. 그들은 그곳에서 무림의 가장 강력한 문파를 건설할 것이다.

휘주 인근에서 붙잡힌 동방회 부회주 임지건은 유화성의 검에 목이 잘렸다. 그리고 회주 임초건은 혼란을 틈타 자결해 버렸다.

그 후 동방회는 자연히 해체되고 유화성의 바람대로 여러 개의 독자적인 상단으로 재편성될 조짐을 보이고 있었다.

유화성과 유화결은 진우청의 만류에도 불구하고 유화경을 백운무관에 맡긴 후 흔적을 찾은 임문정의 추적에 나섰다.

남패천주 구양천은 그런 유화성에게 무적대를 파견했다. 아니, 유화성이 임문정을 추적한다는 소문이 돌자마자 무적대는 천주의 허락도 떨어지기 전에 하나둘 소리없이 남패천에서 사라져 버렸다. 구양천은 차후에 결재를 내린 셈이었다.

세상에서 가장 집념 강한 사내의 추적을 받게 되었으니 아무리 간교한 놈이지만 임문정의 도주는 일 년을 넘기지 못할 것이다.

진우청은 그동안 여옥화원에서 지냈다.

별일이 없다면 내년 봄까지는 이곳에서 지낼 생각이었다.

산을 내려와서 지금까지 남들이 평생을 살면서도 다 겪지 못한 일들을 겪었다.

또한 내년 봄이 되면 할 일들이 무척이나 많을 것이다.

남은 북제성 사람들의 혈맥도 계속 치료를 해주어야 하고, 가묘만 정한 큰사백과 사고, 아니, 외할머니의 정식 장례도 온 무림이 떠나갈 듯 화려하게 치를 생각이었다.

또 이여옥을 데리고 항주, 소주를 구경한 후 집에도 들러야 할 것이다.

어머니께는 외할머니의 얘기를 하지 않을 생각이다. 외할아버지나 외할머니 모두 피비린내 나는 모든 사연을 들려주는 것은 원치 않을 것이다. 그래서 딸의 집에 다녀갔음에도 불구하고 외할아버지는 자신의 정체를 밝히지 않았으리라.

요즘은 문득문득 어떤 알 수 없는 힘을 가진 목소리가 저 멀리 동쪽에서 들려오는 것 같다.

핏줄 속에서 들려오는 목소리!

그 목소리를 따라 외할아버지는 사부의 품을 떠나 동녘으로 갔을 것이다. 언젠가 자신도 그곳으로 가보아야 할 것임을 운명적으로 느낀다.

그건 차후의 일이고… 어쨌든 내년 봄까지는 만사 잊어버리고 이곳에서 지친 심신을 달랠 생각이었다.

이여옥의 다리는 진우청의 말대로 서서히 힘을 되찾았다.

보통 사람들처럼 오래 걷거나 혼신의 힘으로 뛰어다니는 것은 불가능했지만 집 주변을 산책하거나 가까운 거리를 걸어다니는 데는 아무 지장이 없었다.

그러나 그 무엇보다 중요한 것은 옥령지체로서 이곳을 떠나서는 살 수 없는 저주스런 운명이 말끔히 걷혀져 버렸다는 것이다.

진우청과 함께 마차를 타고 백운 노인 집으로, 그리고 더 멀리까지 나가보았지만 온몸이 푸르게 변하며 얼음장처럼 차가워지고 숨을 쉴 수 없는 증상은 전혀 나타나지 않았다.

이번 일을 겪으며 유화결과 함께 그녀도 완전히 정상인으로 돌아온 것이다.

대체 사부는 어떤 사람일까?

어떤 사람이기에 자신과 이여옥에게 일어날 일을 꿰뚫어 보고, 하산하던 날 그런 향기를 자신의 몸속에 전해주었을까?

언젠가 핏줄 속에서 부르는 그 소리를 따라가 보면 사부를 만날 수 있을 것 같다. 그러면 사부가 어떤 사람인지 알 수 있을 것이다. 아울러 어머니와 자신의 몸속에 흐르는 피의 근원까지도…….

"눈이 와요!"

상념에 잠긴 진우청을 보며 이여옥이 활짝 웃는 얼굴로 말했다.

첫눈이 내리고 있었다.

눈은 점점 많이 내려 채 반 시진도 되기 전에 한 치도 넘게 쌓였다.

"한번 밟아봅시다."

진우청은 이여옥을 데리고 뒤뜰 정원으로 갔다.

이여옥은 딴 세상에라도 온 것 같은 표정으로 조심스럽게 정원으로 내려섰다.

뽀드득―

발밑에서 눈이 밟히는 소리가 천상의 음률처럼 들려왔다.

"너무 아름다워!"

이여옥은 낮은 탄성을 토했다.

해마다 몇 차례는 쌓이는 눈이었지만 이렇게 아름답게 느껴지지 않았다.

이제까지는 눈밭에 미끄러져 다리가 골절이나 되지 않을까 하는 걱정에 밟아볼 엄두도 내지 못했다. 어린 철부지 시절 할아버지의 손을 잡고 몇 번 밟아봤을 뿐이었다.

자신의 힘으로 온전히 서서 밟아보는 눈!

모든 것이 새롭게 느껴졌다.

꽃잎처럼 나풀나풀 내리는 눈도… 솜이불처럼 푹신하게 밟히는 눈도…….

모두 처음 맞이하는 것처럼 새로웠다.

이여옥은 양팔을 활짝 벌리고는 사르르 눈을 감았다.

그리고 내리는 눈을 모두 품에 안을 듯이 빙글빙글 돌았다.

미끈!

이여옥의 발이 순간적으로 미끄러졌다.

깜짝 놀라 비명을 지르고도 남을 상황이었지만 이여옥은 감은 눈조차 뜨지 않았다.

온 세상을 가득 채운 진우청의 존재감이 한 점 불안도 느끼지 않게 해주었다.

둥실—

중심을 잃었던 몸이 깃털처럼 가볍게 바로 세워졌다.

이여옥의 입가에 눈꽃보다 더 환한 미소가 어렸다.

작년 봄에 느꼈던 그 아름다운 기억이 어제처럼 선명하게 떠올랐다.

호금 소리는 들리지 않았지만 기화요초 만발한 꽃밭이 온 세상에 펼쳐졌다.

꽃밭 가득 형형색색의 나비들이 날아올랐다.

이여옥은 그 꽃밭을 누비며 마음껏 춤을 추었다.

밟힌 눈에 이따금씩 발이 미끄러졌지만 그때마다 어김없이 진우청의 발이 디딤돌처럼 받쳐 주었고, 진우청의 몸이 기둥처럼 의지해 주었다.

이여옥은 영원히 멈추지 않을 듯 춤을 추었다.

꽃잎이 날리듯 나풀거리는 눈꽃 송이 속에서 두 사람이 펼치는 춤사위는 어떤 화필로도 묘사할 수 없는 한 폭의 천상화(天上畵)를 그려내고 있었다.

大尾